KB164450

자기 발견을 위한
자서전 쓰기 특강

지은이 **이남희**

부산에서 태어나 충남대학교 철학과를 졸업하고 서울에서 교사 생활을 하였다. 1986년 여성동아
장편공모에 갑신정변을 다룬 역사소설 『저 석양빛』이 당선되어 작품 활동에 나섰으며, 1989년
교직을 그만두고 전업 작가 생활을 시작, 중앙대 예술대학원을 졸업하였다. 여러 대학과 사회
단체에서 소설 창작을 강의하고 있으며, 정신분석에 관심을 두게 되어 '자기 발견을 위한 자서전
쓰기'라는 심리학과 글쓰기가 섞인 강좌를 만들었다. 그 결과 이 책을 묶어 내게 되었다. 저서로
는 단편집 『지붕과 하늘』 『개들의 시절』 『사십세』 『플라스틱 섹스』, 장편소설 『세상의 친절』 『그 남
자의 아들, 청년 우장춘』 『연인이 되는 절차』, 에세이 『자기 알기 마음 알기』 등이 있다.

자기 발견을 위한 자서전 쓰기 특강

2009년 10월 10일 초판 1쇄 발행
2010년 09월 10일 초판 2쇄 발행

지은이 | 이남희
펴낸이 | 전명희
펴낸곳 | 연암서가
등   록 | 2007년 10월 8일(제396-2007-00107호)
주   소 | 경기도 고양시 일산동구 장항동 591-15 2층
전   화 | 031-907-3010
팩   스 | 031-932-8785
이메일 | yeonamseoga@naver.com

ISBN 978-89-94054-01-8 03800
값 15,000원

자기 발견을 위한

자서전쓰기 특강

이남희 지음

연암서가

자기 발견을 위해 자서전을 씁시다

이제 외부세계를 탐험하는 일은 어느 정도 한계에 이르렀다고 할 수 있습니다. 외부세계의 법칙을 발견하면서 과학이 발달했고, 그에 힘입어 소위 지리상의 발견시대가 열렸습니다. 콜럼버스는 신대륙을 발견하고 마젤란은 세계 일주를 했죠. 그리고 미개척지를 탐험한 수많은 모험가들……. 그처럼 모험을 꿈꾸는 사람들은 이제 먼 우주로 시선을 돌립니다. 빛의 속도로 이동한다고 해도 몇백 년씩 걸리는 먼 거리에 있는 별들. 그 중 어느 별엔가 지적인 생명체가 살고 있을지도 모릅니다. 그들이 우리에게 끊임없이 신호를 보내고 있는 중일 수도 있습니다. 은하계는 볼록렌즈 모양으로 별들이 모인 것이라는데, 이런 은하계를 포함한 우주는 과연 어떤 모양일까요? 불교에서 말하듯 우주가 유한하지도 않고 무한하지도 않다면 우주의 모습을 우리는 어떻게 그려야 하는 것일까요?

이처럼 우주를 생각할 때면 우리는 무한한 신비에 압도되어 전율을 느낍니다. 그런데 이보다 더 광대하고 알려지지 않은 세계가 있는데, 바로 인간의 내면입니다.

인간이란 무엇인가, 인생에는 어떤 의미가 있는가, 라는 문제는 역사가 시작된 이래 수많은 사람들이 던져온 질문이며, 그에 대한 답은 수많은 형태로 제시되어 왔습니다.

인간은 생각하는 갈대다. 인간은 만물의 영장이다. 인간은 정치적 동물이다 등등…….

하지만 그런 말 중 나만의 인생을 적확하게 드러내고 있다고 느낄 만한 것은 찾기 어렵습니다.

저에겐 지금도 가끔씩 잠자리에서 빠져나오기 싫은 아침이 있는데, 그런 날 공연히 침대에서 뭉그적거리고 있는 제 머릿속에 불쑥 떠오르곤 하는 질문이 이런 것들입니다.

"우주적으로 생각해서, 오늘, 내가 꼭 일어나야 하는 이유가 뭐야?"

이것을 간추려 본다면 궁극적인 이런 질문이 될 것입니다.

"왜 살아야 하지?"

좀 더 나아간다면,

"내 인생은 어떤 의미가 있을까?"

"나는 누구인가?"

라는 질문으로 이어집니다.

사람들은 충고합니다.

"그따위 질문은 사춘기 때나 하는 거야. 사춘기 청소년들이 그런 걸로 머리 터지게 고민하지만 어른이 되면 다 잊어버려. 그런 질문은 해봤자 골치만 아프다는 걸 깨닫는 거지. 그저 살아. 생각할 것 없이. 그냥 살면 되는 거야."

그러나 그냥, 아무 생각 없이 살려고 해도 우리가 지나치는 생의 어느 모퉁이에서 그런 질문들과 불쑥 마주치곤 하는 것을 막지 못합니다.

오래 전, 제가 대학에 진학할 무렵, 이런 생각을 했습니다.

인간으로 태어났으니까 꼭 알아야 할 것이 두 가지 있다. 하나는 내가 몸담고 있는 외부세계를 아는 것이고, 또 하나는 내부세계를 아는 일이다. 이 둘 중 하나라도 제대로 알고 죽는다면 인생을 산 보람이 있다고 할 것이다. 외부세계를 알려면 물리학을 공부하면 되고, 내부세계를 알려면 철학을 공부하면 될 것이다.

그런 고심 끝에 선택한 것이 철학과였습니다. 그 나이 때만 해도 저에게 인간과 세계를 이해한다는 것이 중요한 과제였습니다. 부모의 반대를 무릅쓰고, 빵을 벌어 주지 못한다는 학과, 철학을 과감히 선택했던 것을 보면 의식주의 해결보다 더 중대한 인생과업이라고 여겼던 것일지도 모릅니다.

점차 나이를 먹고 어른이 되어 자신의 생활을 책임지게 되고, 직업적 성취며, 인간관계며, 돈이며, 사랑이며, 밀어닥치는 온갖 문제들에 정신을 팔다 보니 청소년기의 그런 욕구는 까맣게 잊고 있었습니다. 그러면서도 때로는—유난히 잠자리에서 빠져나오기 싫은 아침, 지독히도 피곤한 오후, 하기 싫은 일을 빨리 하라고 독촉은 받는데 몸은 자꾸 늘어질 때, 사람 사이에서 부대껴 마음이 쓸쓸해질 때 등등—도대체 사는 게 무슨 의미가 있을까, 나도 모르게 자신에게 묻곤 했습니다.

먹고 자는 시간도 아까울 만큼 바쁘고 정신없이 살던 청년기가 지나 중년의 고비에 접어들었을 무렵, 그 질문은 어쩌다 한 번씩 머리를 스쳐 가는 정도를 넘어서 본격적으로 제 마음을 휘저어놓기 시작했습니다. 자기 자신과 인생을 이해하고자 하는 욕망이, 어렸을 때 그랬듯이 다시 찾아왔던 거죠. 나는 누구일까, 내 인생은 무슨 의미가 있을까, 알고 싶다, 알고 싶다, 알고 싶다고…….

세상과 인생의 의미를 묻는 것은 인간만이 가진 독특한 본성일 겁니다. 인간을 인간이게 해주는 특징. 자신이 살고 있는 이 세계를 이해하고, 또 자기 자신도 알고자 하는 것. 그것이 바로 내가 전념하고 싶은 문제였는데, 번잡한 현실에 휘둘리다 보니 미루기만 해왔다는 생각이 들기 시작했던 것입니다.

그때부터 저는 자기 자신을 탐구하는 일에 전심해 왔습니다. 물론 쉬웠다고는 할 수 없으며, 어느 순간 이제 끝났다, 다 알았다고 할 수도 없는 일이긴 하지만, 그런 탐구 과정에서 여태까지 자신이 해온 언행이며 겪은 사건에 대한 감정적인 반응들을 이해하고 긍정할 수 있었으며, 차츰 심리적인 안정감도 찾게 되었습니다.

그러는 동안 궁금한 것이 있었습니다. 왜 선생님들은 이런 것을 미리 가르쳐주지 않았을까?

우리나라의 교육과정은 너무나 외적인 성취에만 치중해 있습니다. 영어를 잘 듣고 말할 수 있는가? 수학 문제를 잘 풀 수 있는가? 공식을 잘 외웠는가? 하면서 지식을 쌓는 일은 관심을 두고 장려하지만, 그 사람이 자기 자신을 알고 인생의 의미를 발견하여 그에 어울리는 만족할 만한 인생을 설계하고 꾸려나가는 문제에는 관심을 두지 않습니다. 사실 그런 고민이 밑바탕에 깔려야 외적인 성취도 의미가 있고, 신도 나고 행복하게 살 수 있을 텐데 말입니다.

자기 자신을 탐구하는 문제에 관심을 두게 된 후로 저는 옛날 인도인들의 인생 패턴이 이상적인 게 아닐까 하는 생각을 하게 되었습니다. 20세가 되면 결혼을 하여 정성껏 가족을 부양하다가 40세가 되면 진리를 깨우치기 위해 은거하여 도를 닦는다. 어쩌면 인생은 그랬어야 하는지도 모릅니다. 소위 우리가 중년의 시작이라고 부르는 마흔 살이 넘은 나이에도 외적인 성취에 연연하여 발을 동동 구르며, 외적인 성공과 실패에 구애되어 마음의 상처를 안고 살아가는 사람들을 보면 뭔가가 빠져 있다, 뭔가가 모자란다는 느낌이 드는데, 이것이 과연 저 혼자만 느끼는 감상일까요? 물론 20대에 이미 도통해 버린 척 세상사에 초연한 척 굴면서 노력이건 성취건 상관없다는 듯한 말과 행동을 보여주는 것도 잘못되었다는 느낌이 듭니다만.

인생에는 각 단계마다 그에 맞는 발달 단계가 있다고 합니다. 아이일 때는 자신의 가능성을 최대한 구현하도록 힘껏 성장하는 게 주요 과제이겠지요. 청년기에는 자신의 능력을 세상에 증명하고 능력에 어울리는 외적인 성취를 하기 위해 노력하며, 직업과 결혼이라는 두 가지 분야에서 자신의 영역을 구축하는 게 중요하다고 합니다. 중년이 되면 외적인 세계에서 자기 영역의 구축이라는 시각에서 벗어나 자신의 인생과 세상을 대국적인 견지에서 음미할 수 있어야 하는 게 아닌가 싶습니다. 저는 아직은 노년기를 경험하지 못하여 노년기의 의미를 충분히 안다고 할 수는 없습니다만, 굳이 짐작해 본다면 노년기에는 행복하게 살아야 할 의무와 권리가 동시에 있을 거라고 생각됩니다.

제가 중년의 고비를 겪으면서 오랫동안 인생의 의미를 탐색하고 고민하다가 내린 결론이 그런 것입니다.

'자기 발견을 위한 자서전 쓰기'라는, 어떻게 보면 매우 낯선 강좌를 열고 또 그 강좌를 책으로 펴내게 된 동기도 거기에 있습니다. 지난 수년 동안 저는 자기 자신을 알려고, 저의 인생과 세상을 이해하려고 노력해 왔는데, 그런 노력을 다른 사람들과 나누고 싶었던 것입니다.

요즘은 인생의 패턴이 달라졌습니다. 의학이 발달하여 건강이 좋아지고 평균수명이 길어져, 예전 우리 선조들이 했던 것처럼 20세면 공부를 마치고 세상에 나가 직업을 갖고 가정을 꾸린다는 건 드문 일이 되었습니다. 평균 20대 후반에야 세상에서 자기 자리를 잡게 되며 중년이란 고비는 35세가 아닌 40대 어디쯤에선가 만나기도 합니다. 노년기의 개념도 달라져서 예전처럼 인생의 지혜를 과시하면서 후손에게 의지하여 살 수도 없게 되었습니다. 요즘은 나이 40세나 50세가 되면 앞으로 3, 40년은 더 살아야 할 텐데, 무엇을 하면서 어떻게 살아야 할지 걱정하는 것이 일반적인 풍조가 되었습니다. 어떤 시기가 되면 나의 부모가 살았던 그대로 살면 된다는 상식이 통하지 않는 것입니다.

이제는 각자 자신에게 맞게끔 독자적이고 창조적으로 자기 인생을 탐색하고 설계하며 그에 따라 살아갈 것이 요구되고 있습니다.

이 책은 길어진 중년기의 자기 탐색을, 인생의 의미 발견을 돕기 위해 씌어졌습니다.

여러분이 중년의 고비를 넘어 뒤돌아보니, 자신의 인생이 영롱하게 빛나기는 하지만 낱낱의 구슬처럼 흩어져 있어 종잡을 수 없는 느낌이 든다면, 제가 도와드릴 수 있습니다. 그 빛나는 구슬들을 꿰어, 보기에도 아름답고 멋진 목걸이를 만드는 방법을 알려드릴 수 있습니다. 자서전 쓰기는 글쓰기와 자기 자신을 탐색하는 일, 이 두 가지를 바탕으로 하고 있습니다. 자서전을 쓴다는 것은 자신의 삶을 되돌아보며 삶의 의미를 캐내고 자기를 발견하는 일에 더하여 자신의 책을 한 권 만든다는 목표입니다.

이 책은 강좌로 행해진 내용을 글로 엮었습니다. 따라서 여러분이 이 책을 안내자로 삼아 자서전 쓰기를 시작한다면 그 전에 준비해야 할 것이 있습니다.

첫째, 무엇보다 중요한 것인데, 미리 겁먹지 말라는 것입니다.

글쓰기는 어렵지 않습니다. 자신의 생각을 글로 표현하는 일은 몇 가지 간단한 규칙만 익힌다면 쉽습니다. 어떤 때는 말로 표현하기보다 더 쉽다고 여겨지기도 할 것입니다. 그러니 시작하기도 전에 겁먹지 마십시오. '내가 책을 쓴다고? 그런 건 유명한 작가들이나 하는 거잖아. 나처럼 일기 한 줄도 안 써본 사람이 어떻게 쓴담?' 이런 식으로 미리 예단하지 마십시오. 이 책에서 제가 안내하는 대로 차근차근 따라서 하다 보면 어느새 자서전을 쓸 준비가 갖추어지고, 이미 자서전을 쓰고 있기도 한 자신을 발견하게 될 것입니다.

둘째, 이 책을 시작하기 전에 미리 처음부터 끝까지 대강 훑어봅니다. 지루한 부분이 있거나 머리에 잘 들어오지 않는 내용, 납득되지 않는 부분이 있다면 그냥 건너뛰고 끝까지 다 읽어 봅니다. 그렇게 해서 전체의 흐름을 파악한 뒤 첫 부분으로 돌아와 책에서 지시하는 대로 한 주씩 해나가는 겁니다. 이 책은 12장로 구성되어 있습니다. 실제 제가 운영하고 있는 자서전 쓰기 강좌 역시 12주 동안 진행됩니다. 실제 강좌에서는 제가 시작하기 전에 전체적인 흐름을 설명하지만, 여기서는 그럴 수 없으니까 시작하기 전에 책 전체를 대강 통독하여 흐름을 파악하라는 것입니다.

요즘 범람하는 아무렇게나 대필해서 쓴 자서전이 아니라 여러분이 자기 자신을 깨닫고 남들도 납득할 수 있는 자서전을 쓰도록 앞부분(1장부터 6장까지)에서는 객관적으로 자기를 바라보고 표현하는 연습하도록 과제를 정하였습니다. 그렇게 객관적인 시각을 익혀두면 여러분은 일방적인 자기중심적인 고백 대신 의미 있는 자서전을 쓸 기초가 마련될 것입니다. 그리고 뒷부분(6주부터 10주까지)에서는 실제 자서전의 소재가 될 일화들을 자기라는 주관적인 시각에서 쓰는 연습을 하도록 하였습니다. 그리고 나머지 2주 동안(11장부터 12장까지)은 여러분이 스스로 자서전을 쓸 계획표를 짜고 실제 쓰기 시작하도록 과제를 정하였습니다.

그러니 책을 통독하여 전체의 흐름을 파악한 뒤 한 주씩 차근차근 해나갑시다.

셋째, 이 책을 시작할 무렵, 다른 이가 쓴 자서전을 한 권쯤 읽기 시작합시다. 10주쯤 되면 그렇게 읽은 자서전을 분석하여 자서전 쓰기의 틀을 조감할 수 있도록 하려는 것입니다. 어떤 자서전이든 상관없습니다. 꼭 한 권 이상 다른 이의 자서전을 읽도록 합니다.

넷째, 작은 수첩과 노트, 파일을 갖추십시오.

아마도 자서전을 쓰겠다고 결심한 순간부터 달라지는 것이 생길 겁니다. 우선은 매일 밤마다 꿈이 매우 풍성하고 생생해지며, 일상에서 부딪치는 사소한 사건에서 옛날 일들이 연상되기도 할 것입니다. 어디나 갖고 다닐 수 있는 작은 수첩은 바로 그렇게 스쳐가는 상념들을 붙잡아 두기 위한 것입니다. 이 책에서 요구하는 매주의 과제와는 상관없이 생각나는 것은—아주 사소한 것이라도 상관없습니다—작은 수첩을 마련하여 거기에 메모하는 습관을 만듭시다. 자기가 알아볼 수만 있다면 어떤 식으로 어떻게 메모하든 상관없습니다. 그것이 여러분이 쓸 자서전의 재료가 될 것입니다. 작가들 역시 그렇게 합니다. 아무것도 없는 데서 책을 쓰기 시작하기보다는 많은 연구와 메모로 소재를 모은 다음에 글쓰기를 시작하게 마련이죠. 소재가 많으면 많을수록 자신감이 생깁니다. 글쓰기에 영 자신이 없다면 글감을 최대한 많이 모으는 일부터 시작하세요. 이게 소설 창작을 하는 후배에게도 제가 권하는 비법입니다.

그리고 노트도 한 권 마련하십시오. 컴퓨터의 워드프로세서는 편리한 도구입니다. 자신의 인생을 한 권의 책으로 쓰겠다고 작정했다면 워드프로세서를 다룰 줄 안다는 것이 도움이 됩니다. 그러나 매주 제가 요구하는 과제를 할 때는 컴퓨터에 바로 쓰기보다는 먼저 노트에 손으로 낙서하듯이 써봅니다. 모자라면 모자라는 대로 넘치면 넘치는 대로 구애 없이 씁니다. 그 다음 그 주에 읽어야 할 본문을 읽으십시오. 본문을 다 읽은 다음 노트에 쓴 것을 소리 내어 읽으면서(반드시 소리 내어 읽어야 합니다) 빨간 연필로 수정하여 새로 쓰거나 컴퓨터에 옮겨 씁니다.

노트와 수첩, 문득 생각난 것을 적어둔 메모 등은 하나도 버리지 말고 파일에 모아두십시오. 본격적으로 자서전을 쓰기 시작할 때 그렇게 모아둔 것이 바로 자료가 됩니다.

이렇게 하는 동안 여러분의 문장력은 늘어나 프로 작가 못지않은 문장력을 갖게 될 것입니다. 실제 자서전반에서 12주 동안 다 그렇게 되고 있으니까 여러분도 자신을 믿고 시작해 보십시오. 처음에 엉성하게 썼다고 미리 실망하지 마십시오. 차차 제대로 쓰게 될 것이니까요.

다섯째, 시작하기 전에 12주 동안의 목표를 하나의 문장으로 분명하고 큼직하게 적어 놓으십시오. 선생인 저의 목표나 다른 사람들이 권하는 목표가 아니라 여러분의 마음이 요구하는 목표여야 하며, 반드시 한 문장으로 쓰도록 합니다.

"나는 _____ 이유로 자서전을 쓰겠다."

빈 칸에는 후손을 위하여? 내 삶을 정리하기 위하여. 뭐 여러 가지 이유가 들어갈 것입니다.

이 문장을 만들었으면 노트 앞장이나 수첩 속표지에 적어 놓으십시오. 이렇게 해 놓으면 12주가 끝났을 때, 자신이 목표했던 것을 과연 어느 정도 이루었는지 가늠해 볼 수가 있습니다. 그리고 이것이 또 10주의 자서전 주제 정하기와 소재 추리기에서 유용하게 쓰일 것입니다.

자! 준비가 다 되었으면 앞으로 12주에 걸친 여행을 떠나도록 하겠습니다.

차례

■ 시작하며 | 자기 발견을 위해 자서전을 씁시다   4

1장 글쓰기에 관하여   17

과제 : 유언장 쓰기   18

01 올바른 문장 쓰기   22
주어와 서술어가 분명한 문장을 씁시다 | 앞절과 뒷절이 어울리는 문장을 씁시다 | 수식어를 바르게 사용합니다 | 시제를 맞춥시다 | 같은 말의 중복을 피합시다

02 올바른 문단 쓰기   36
03 글의 종류   40
설명문 | 논설문 | 서사문 | 묘사문

2장 내 마음 들여다보기   49

과제 : 배우자의 입장에서 나를 소개하기   50

01 마음의 지도   56
02 정신, 인격, 혹은 마음   59

3장 나의 욕망 깨닫기   79

과제 : 나의 이미지 붙잡기   80

01 나의 욕구들   84
02 다섯 가지 기본적인 욕구   90
생존에 대한 욕구 | 사랑과 소속에 대한 욕구 | 힘에 대한 욕구 | 자유에 대한 욕구 | 즐거움에 대한 욕구

4장 여러 가지 성격 유형   105

과제 : 내가 좋아하는 것들 소개하기   106

01 여러 가지 인간 유형   113

마음의 두 가지 태도 ∣ 마음의 네 가지 기능

02 성격의 여덟 가지 유형 123
외향 사고형 ∣ 내향 사고형 ∣ 외향 감정형 ∣ 내향 감정형 ∣ 외향 감각형 ∣ 내향 감각형 ∣ 외향 직관형 ∣
내향 직관형

5장 주관적 글쓰기와 글쓰기 심화 133
과제 : 뿌리 찾기-내 집안의 연대표 만들기 134

01 주관적인 자기 표현 140
02 글쓰기 심화-수사법 149
직유 ∣ 은유 ∣ 환유 ∣ 제유 ∣ 상징 ∣ 역설 ∣ 아이러니

6장 자아상 159
과제 : 나의 부모에 관한 글쓰기 160

01 자아상 171
낮은 자아상을 갖고 있을 때 발생하는 문제들 ∣ 심리적 방어기제

02 팬레터 보내기 186

7장 어린 시절 191
나의 어린 시절에 대한 단편적인 질문들 192

과제 : 어린 시절의 추억 쓰기 196
01 어린 시절 209

8장 청년기 215
청년기 혹은 젊은 성년기에 대한 단편적인 기억들 216

과제 : 청년 시절의 추억 쓰기 220
01 청년 시절의 특징 235

9장 중년기 239
　　과제 : 중년인 나의 이야기 쓰기 244

10장 주제 정하기와 소재 추리기 263
　　과제 : 나의 인생관 쓰기 264
　01　주제 정하기 270

11장 책 쓰기에 필요한 조언들 277
　　과제 : 자서전을 한 권 정도 읽고 분석하기 278
　01　소설의 요소 286
　　　주제와 소재 | 스토리와 플롯 | 플롯의 전개방식 | 스토리를 만들 때 도움이 되는 tip |
　　　인물 | 배경

12장 첫머리 301
　　과제 : 집필 계획표 짜기 302
　　과제 : 일정 짜기 309
　01　자서전을 어떻게 시작할 것인가? 313

1장
글쓰기에 관하여

유언장 쓰기

먼저 조용한 장소를 찾아 자리를 잡은 다음 깊이 심호흡을 합니다. 숨을 코로 들이쉬고 입으로 내보냅니다. 깊은 호흡을 되풀이하면서 열에서 하나까지 천천히 거꾸로 세어갑니다. 그러면 마음이 차분하게 가라앉는 것을 느낄 것입니다. 열까지 다 세었습니까? 이제부터 제가 말하는 대로 상상을 해보세요.

당신은 48시간이 지난 후 죽는다는 선고를 받았습니다. 인생의 종말이 임박했다는 느낌이 절실하게 다가오도록 눈을 감고 생각을 집중시키십시오. 자, 이제 무엇을 하겠습니까? 아마도 마음에 걸리는 일이 하나 둘이 아닐 겁니다. 이루지 못한 목표, 꿈, 작은 소망들, 꼭 해보고 싶었던 일…… 그러나 당신에게 주어진 시간은 48시간뿐이니까 무엇인가를 새로 시작하거나 고쳐서 다시 하기는 어려울 것입니다. 당신이 할 수 있는 최선의 행동은 아마도 여태까지 당신이 살아온 삶을 잘 마무리하여 깔끔하게 정리되도록 하는 정도일 것입니다. 또 어쩌면 당신 자신의 삶을 돌이켜보고 거기에서 어떤 의미를 찾아내어 허무하다는 느낌을 지워 버리고 싶을지도 모르겠습니다.

정리하거나 의미를 찾고자 한다면 유언장을 쓰는 게 도움이 될 것입니다.

유언장이라면 흔히 재산을 많이 남겨 놓고 죽어야 하는 부자나, 큰 업적을 이룬 사회 유명 인사들처럼 유산을 남기고 죽는 사람들이나 쓰는 것이라고 생각할지도 모르겠습니다. 그러나 유산이라는 게 돈이나 부동산, 유형의 물건, 인구에 회자되는 큰 업적 같은 것만은 아닐 것입니다. 당신이 살아오면서 겪었던 잡다한 일들, 그 가운데서 당신이 깨달았을 한 줌의 지혜, 그리고 당신의 머리를 스치고 지나갔던 어떤 상념들……, 그런 것도 후손들에게는 남길 가치가 있을 수도 있습니다. 그러니 당신의 인생을 되돌아보고 정리하며 의미를 찾아내겠다는 마음가짐으로 차분하게 상상해 보십시오. 이런저런 생각이 떠오르는 것을 통제하거나 막으려고 하지 말고 자신을 믿고 내맡깁니다. (안 돼, 이건 절대 입 밖에 낼 수 없어. 사람들이 알게 되면 창피할 거야. 어쩌면 나에게 실망할지도 몰라……. 하는 식으로 자신에게 떠오르는 상념을 검열하려고 하지 말고) 편안한 마음으로 자신을 믿고 떠오르는 대로 따라 갑니다.

자, 이제 눈을 뜨십시오. 미리 준비해 둔 노트에다 누구의 '유언장'이라고 제목을 큼직하게 씁니다. 그리고 그 밑에다 머릿속에 떠올랐던 것을 죽 적으십시오. 죽는다고 생각하면 할 말이 많을 겁니다. 그걸 다 적는 겁니다. 후련해질 때까지. 굳이 어느 정도의 분량을 써야 하느냐고 묻는 분이 있는데, 그런 분을 위해 최소한의 분량을 정하도록 합시다. 노트 한 장 정도. 컴퓨터 프린터에 흔히 사용되는 A4 용지라면 한 쪽 정도를 최소한의 분량으로 합니다. 차분하게 쓰면 됩니다. 멋진 문장을 쓰겠다, 완벽한 맞춤법으로 쓰겠다, 멋진 글씨를 자랑하자, 뭐 이런 욕심을 버리십시오. 초안이라고 생각하고 내키는 대로 죽죽 쓰기만 하면 됩니다.

아무리 애를 써도 글쓰기를 시작하기 힘든 분이라면 편지 형식의 글을 권하고 싶습니다. 첫머리에 내가 말을 걸고 싶은 사람의 이름을 써놓고 그 다음 줄부터 그 사람에게 말을 건넨다는 기분으로 써보십시오. 그렇게 하면 글이 술술 나올 것입니다.

만약 그래도 망설여진다면 또 한 가지 방법이 있습니다. 각자 연습장과 펜을 갖고 친한 친구를 만납시다. 단 둘이서. 그리고 만약 내일 내가 죽는다면 이런저런 사실을 꼭 기억해 줬으면 좋겠다고 이야기를 합니다. 그 친구 역시 똑같은 주제를 갖고 자신의 이야기를 하도록 합니다. 다음, 서로가 상대에게 털어놓았던 이야기를 글로 옮겨 적는 것입니다. 이미 했던 이야기를 글로 쓰는 것인 만큼 어떤 내용을 써야 하는가 하는 부담은 없으니 쉬울 것입니다. 그 다음에 친구와 그 글을 교환하여 아까 했던 말과 쓴 글의 차이를 찾아내게 합니다. 그러면 글과 말의 차이를 빠르게 익히게 되어 글쓰기가 진전될 것입니다.

어렸을 때부터 나는 전문직에 종사하는 직업여성이 되고 싶었다. 의사나 과학자, 아니면 학교 교사라도 좋았다. 어머니는 나와 같은 의견이어서 늘 나의 꿈을 북돋아주려고 애쓰셨다. '이제는 시대가 달라졌다. 그러니 네가 여자라고 해서 못할 일이 뭐가 있겠니? 꿈을 높게 갖도록 노력해라.' 어머니의 충고는 내가 살아가는 동안 중심기둥이 되었다. 초등학생 때부터 나는 성적에 욕심을 부렸고, 중학교는 보다 높은 커트라인의 학교에 입학하려고 열심히 공부하곤 했었다……

내 아들 철수야.

죽음을 앞에 두고 제일 먼저 떠오른 얼굴이 바로 너로구나. 내일 죽는다고 해도 나로선 아쉬울 것이 없지만 그래도 너를 생각하면 걸리는 게 한두 가지가 아니다. 내 인생에 이런저런 기쁘고 희망찬 순간도 많았으나 네가 나에게 처음 아빠라는 말을 했을 때처럼 가슴이 두근거렸던 적은 없었다.

그렇다고 지난 50년 가까운 시간을 살아오면서 아들을 낳아서 키우는 것이 인생에서 가장 중요하다는 생각은 하지 않았었다. 그보다는 우선 성공. 직업에서 정상에 오르는 것, 사회적으로 명망 있는 인사가 되는 것, 그것이 중요하다고 여겼던 것 같다. 왜냐하면 그렇게 해야만 남편으로 아버지로서 책임을 다하고 존경받을 수 있다고 생각했기 때문이다. 그러나 지금에 와서 생각해 보면 내가 가장 중요하게 생각했던 목표는 역시 존경받는 아버지라는 문제가 아니었던가 싶다. 물론 너도 알다시피 처음부터 그걸 뚜렷하게 의식하지는 못했던 것 같다. 그럴 계기가 있었다. 네가 다섯 살 때였다…….

되도록 구체적으로 낱낱의 사실을 열거하는 것이 중요합니다.

다 썼으면 글을 검토하고 수정하기 전에 다음에 나오는 글을 읽읍시다. 여러분이 이미 알고 무의식적으로 이미 쓰고 있을 테지만, 아마도 명확하게는 말할 수 없었던 글쓰기의 기본을 정리한 것입니다. 그 내용을 잣대 삼아 자신이 쓴 글을 스스로 검토 수정하는 것입니다.

올바른 문장 쓰기

주어와 서술어가 분명한 문장을 씁시다

글쓰기에도 규칙이 있으니 연습해서 숙련될 필요가 있습니다. 규칙은 까다롭거나 어렵지 않습니다. 말 못하는 사람이 없듯이 글을 못 쓰는 사람도 없습니다. 단지 말할 때보다는 글을 쓸 때는 조금 더 신경을 쓸 필요가 있습니다.

사람을 직접 대하여 자신의 뜻을 전달하는 것과 달리 글로 자신의 뜻을 전달하려면 제약을 받게 됩니다. 만나서 말을 할 때는 주어를 생략하거나 조금 애매한 단어를 사용하더라도 나의 뜻이 전달되는 데 큰 곤란은 없습니다. 상대가 알아듣지 못하면 다시 질문하게 되고 그에 대답하여 보충 설명을 하게 되고, 또 동작이나 말투, 억양, 얼굴 표정 등으로 뜻을 전달하게 되니까요. 그래서 전화로 용건을 말하는 것은 얼굴을 대고 말하는 것처럼 소리로 뜻을 전달하는 셈이지만 내 의사를 제대로 잘 전달하려면 훨씬 더 신경 써서 말해야 한다고 합니다.

글은 선택된 단어만 늘어놓고 표정이나 억양, 태도, 동작 같은 보조도구 없이 내 의사를 전달하는 것입니다. 뜻이 애매하다고 하더라도 독자는 도움을 받을 수가 없습니다. (물론 글쓴이에게 전화를 걸어 물어볼 수 있겠지요. 하지만 그건 특별한 경우입니다.) 그러니 글을 쓸 때는 말을 할 때보다 단어를 선택하고 늘어놓는 방법이 까다롭고 한 번 더 생각해야 하는 것입니다.

여기서 여러분들이 익혀야 할 것은 자신의 뜻이 정확하게 전달되는 문장을 쓰는 방법입니다. 보통은 말꾸밈이 많고 복잡한 문장이면 문학적이고 훌륭한 문장이라고 평가하는 경향이 있는데, 그런 생각은 내버리도록 하십시오.

좋은 문장이란 내 뜻이 정확하고 쉽게 전달되는 문장입니다. 글을 쓰는 첫 번째 이유가 내 뜻을 남들에게 전하는 데 있으니까요. 말꾸밈이나 기교는 그 다음에 필요합니다.

단어가 모여 문장을 이루고 문장이 모여 문단을 이루며 문단이 모여 글이 됩니다. 우리가 한편의 글이라고 말할 때 그 속에는 이런 것들이 다 들어 있습니다. 그림으로 표시하면 이렇습니다.

단어 〈 문장 〈 문단 〈 글

문장은 주어와 서술어로 이루어집니다. 알아보기 쉽습니다. 마침표가 찍히면서 문장이 끝났다는 것을 알게 되니까요. 자, 보세요.

영자는 아름답다.
주어　　　서술어

이 문장에는 하나의 정보가 들어 있습니다. 영자는 아름답다는 사실입니다.

(이웃집에 사는) 영자는 아름답다.

이 문장에는 두 가지 정보가 들어 있습니다. 위의 정보에 더하여 영자가 이웃집에 산다는 사실이 추가되었습니다.

(어제 우리 집에 놀러 왔던) (이웃집의) 영자는 아름답다.

이 문장에는 세 가지 정보가 들어 있습니다. 영자가 이웃집에 산다는 것, 영자는 아름답다는 것, 영자가 어제 우리 집에 놀러 왔었다는 것.

이런 식으로 정보를 더해 가면 말꾸밈(수식어구: 위에서는 괄호 속에 들어 있는 말들)이 점점 복잡해지는 것을 볼 수 있습니다. 그러면 문장도 따라서 길어지는데, 길어질수록 주어와 서술어가 일치하지 않는 실수를 범하기 쉽습니다. 그래서 저는 처음 글을 써보는 분이라면 우선 한 문장에 한 가지 정보만 담는 단문으로 연습하라고 권합니다. 하나의 정보만 담도록 문장을 짤막짤막하게 끊어서 쓰는 방법이죠. '~다' '~다' 이런 식으로 흐름이 이어질 것입니다. 문장이 짧으면 주어와 서술어가 일치하지 않는 경우가 드물어져 내 뜻을 정확하게 전달할 수 있습니다. 물론 문장의 멋이나 리듬감은 없을 수 있지만요.

24 우리가 말로 할 때는 틀린 것을 모르고 그냥 사용하지만 글로 썼

을 때는 문법적으로 틀린 문장임이 드러나는 보기를 볼까요.

　용산역 앞 <u>광장은</u> 늦은 밤에도 살아 숨쉬는 바쁜 <u>움직임</u>이 있었다.

　이 문장은 언뜻 보기에는 틀린 점이 없는 것 같습니다. 그러나 자세히 보면 '**광장**'과 '**움직임**'이라는 두 개의 단어가 주격조사를 거느리고 각자 주어 노릇을 하고 싶어 합니다. 서술어는 '**있다**'입니다. 주어는 하나여야 합니다. 그러면 올바르게 고쳐 봅시다.

　용산역 앞 광장에는 늦은 밤에도 살아 숨 쉬는 바쁜 움직임이 있었다.

　또는

　용산역 앞 광장은 늦은 밤에도 살아 숨쉬고 있었다.

　몸<u>에도</u> 머리카락<u>에도</u> 죄다 먼지투성이다.

　이 문장은 주어가 없습니다. '~은 ~이다'가 되어야 하니까 '**몸과 머리가 먼지투성이다**'라고 몸과 머리를 주어로 정해 주는 편이 좋을 것입니다.

앞절과 뒷절이 어울리는 문장을 씁시다

위에서 제시한 문장을 돌이켜 봅시다.

영자는 아름답다.
영자는 이웃집에 산다.

이 두 개의 문장을 합쳐서 하나의 문장으로 만듭시다. 주로 '~하고', '~하여', '~하며', '~하는데' 등의 연결어미를 사용합니다.

영자는 이웃집에 사는데, 아름답다.

'그리고'라는 연결부사를 사용하여 문장으로 만들 수도 있습니다.

영자는 아름답다. 그리고 이웃집에 산다.

또 한 문장은 수식어로 만들어 하나의 문장이 되게 할 수도 있습니다.

아름다운 영자는 이웃집에 산다.

또는

26   **이웃집에 사는 영자는 아름답다.**

이렇게 여러 개의 정보를 한 문장으로 만들어서 글을 쓸 때 주의할 점은 앞뒤 절이 서로 어울려야 한다는 사실입니다.

그런 부정적인 요소가 있는 우리나라의 교육은 본질적인 개혁을 감당<u>해야 하며</u>, 행정과정에서 바로<u>잡힐 수</u> 있다.

이것은 앞절이 '해야 하며'라는 말이 사용된 능동문인데, 뒷절은 '바로잡히다'라는 수동적인 동사를 사용한 수동문입니다. 한 문장 안에서는 의미상으로나 통사적으로나 같은 내용의 동사를 사용해 주어야 자연스럽습니다. 그러므로 **'감당되어야 하고, 바로잡힐 수 있다'**든지 **'감당해야 하고 바로잡아야 한다'**는 말로 고쳐 줘야 적당합니다.

지식추구 자체는 인류의 진보를 위해 계속<u>되어야 하며</u>, 윤리성과는 무관한 인간의 기본 욕구 실현이다.

'계속되어야 하며' '~이다'라는 두 개의 동사가 어울리지 않는 것이 문제입니다. 하나는 진행형이고 하나는 상태를 나타내는 말이기 때문입니다. 이럴 때는 연결 어미 **'계속되어야 하며'**를 **'계속되어야 하는데'**라는 유보하는 뜻으로 역접시켜 주는 것이 좋습니다.

또 능동과 피동이 명확하지 않은 것도 문제가 됩니다. 이것은 문장이 길어지면 프로 작가에서도 자주 발견하게 되는 실수인데, 글쓰는 이의 입장에 어디에 있는가를 명심하고 있다면 피할 수 있습니다. 그리고 영어의 영향으로 조금씩 변하고는 있습니다만, 원래 한국말에는 수동태가 많이 쓰이지 않습니다. 자칫 번역문투가 되기 쉬우니 부득이한 경우가 아니라면 수동태를 쓰지 않는 편이 좋습니다.

검표를 하던 우리는 갑자기 문제가 생겼다.

우리가 검표를 하는 게 아니라 받는 것이니까 '**검표를 받던**'이 되어야 합니다. '**문제가 생겼다**'는 말은 그것만 떼어놓으면 맞는 말이지만 '**우리**'라는 주어를 받아 주지 못합니다. 그러므로 '**검표를 받다가 우리는 문제가 생긴 것을 알았다**'라고 고쳐야 합니다.

네 살 때부터 시작한 땔나무는 군대 갈 때까지 나의 책임이었다.

땔나무가 시작되었다? 말이 이상하지요. 내가 땔나무를 해오는 것이니까 '**땔나무를 해오는 일은 네 살 때부터 시작되어 군대 갈 때까지 나의 책임이었다**'라는 말로 고쳐 주어야 합니다.

수식어를 바르게 사용합니다

글쓰기에 서투른 사람일수록 수식어가 많이 들어가야 훌륭한 문장이 된다고 생각하는 경향이 있습니다. 무심코 수식어를 쓰다 보면 애매모호한 문장이 되기 쉽고 나중에 전체적으로 읽어보면 신파조의 감상적인 글이 되어 아무래도 부끄러워집니다. 그렇기 때문에 저는 수식어를 되도록 사용하지 말자는 주의입니다. 그러나 수식어가 너무 없으면 사물의 크기, 맛, 색, 정감 등을 전달하기가 어렵다는 문제가 있습니다. 그러므로 수식어는 꼭 필요할 때 꼭 필요한 분량만큼만 쓰는 것이 좋겠습니다. 수식어는 약과 같습니다. 약은 많이 쓰면 독이 되어 해를 입히지만 적당량 쓰면 도움이 됩니다.

수식어를 쓸 때 명심할 것은 수식어가 들어가야 할 자리를 잘 찾아서 바르게 놓아야 한다는 사실입니다.

(1) 수식어는 수식하려는 말 바로 앞에 둡니다. 그러지 않으면 수식어가 어떤 말을 꾸미는지 정확하지 않거나, 수식하려는 의도가 흐려지게 됩니다.

영자의 옷에 대한 관심은 굉장했다.

이 문장에서 영자가 옷에 대해 큰 관심을 가졌다는 것인지, 영자가 입은 옷에 대해서 다른 사람이 큰 관심을 보였다는 것인지 뜻이 분명히 드러나지 않습니다. 만약 앞의 뜻이었다면 이렇게 고쳐야 할 것입니다.

옷에 대한 영자의 관심은 굉장했다.

나는 철지난 눈이 내리는 해수욕장에 머물며 인생을 정리해 보았다.

철이 지나서 내리는 봄눈인가요, 아니면 성수기가 지나간 철지난 해수욕장인가요? '철지난'이란 말이 꾸미고 있는 단어가 명확하지 않지요?

그때가 되면 신세대들은 자신들이 구태의연하게 취급했던 구세대의 자리에 있을 것이다.

여기서 구세대를 취급하기를 구태의연하게 했나요, 아니면 구세대가 구태의연하다고 간주했던 것일까요?

이렇게 든 예는 모두 수식어가 하나뿐인 경우입니다. 그러면 수식어가 두 개 이상일 때는 어떤 원칙이 있을까요?

(2) 수식어가 여러 개일 때 수식어의 길이가 긴 것을 맨 앞에 놓는다.

아래 문장을 만들어 보세요.

이것을 우리는 '**이웃집에 사는 아름답고 상냥한 영자가 놀러 왔다**'는 문장으로 단숨에 만들 수 있습니다.

수식어가 여러 개라면 가장 긴 것을 맨 앞에 놓지만 그 중 특별히 강조하고 싶은 수식어가 있다면 그것은 길이에 상관하지 말고 수식당하는 말(꾸며지는 말) 바로 앞에 놓으면 됩니다.

(3) 수식어의 위치도 중요하지만 내용도 중요합니다. 과장된 표현을 쓰면 안 됩니다.

과장된 표현은 배우들이 오버 액션을 하는 것과 같은 효과를 주기 때문에 읽는 이가 공감하기는커녕 오히려 비웃음만 살 우려가 있습니다.

숨이 막혀 죽어 버린 우리 가정의 처절한 비극이었다.

숨이 막히다, 죽어 버리다, 처절하다, 비극, 이 네 개의 단어가 한 문장 안에 들어가는 바람에 오히려 읽는 사람이 공감하기가 어렵게 만들고 있습니다. 이처럼 글쓴이가 나서서 감정을 느끼라고 강요하면 사람들은 놀라서 주춤 뒤로 물러나게 됩니다. 역효과죠. 그러니 담담한 표현을 고르는 편이 효과적입니다. 슬픈 일일수록 담담하게 이야기를 들려주면 사람들은 더 쉽게 공감하고 눈물을 흘리는 법입니다. 그러니 느낌표, 강조하는 어구, 정말, 참, 매우, 굉장히 등등의 최상급의 감정을 나타내는 표현들은 어쩌다 한 번쯤 써야 합니다. 자주 나오면 읽는 이가 무감각해집니다.

(4) 막연하게 표현하지 말고 구체적으로 표현하도록 애써 봅시다.

그러기 위해서는 감각(시각, 청각, 후각, 미각, 촉각)에 의지해서 그림을 그리려고 노력해보면 좋습니다. 구체적인 모습이 그려지도록 상세하게 씁니다.

어려웠던 지난 날

이 문장을 보면 그냥 어려웠나 보다, 하고 생각하고 말지만

점심으로 라면 한 그릇을 사서 둘이 나눠 먹었던 지난 날

이 문장을 보면 독자는 정말 어려웠구나 하고 느낌을 갖게 됩니다. 이것이 좋은 표현입니다.

아래와 같은 방식으로 상상하면서 글을 쓰세요.

가난을 색깔로 표현한다면 _____ 색이다.
가난을 날씨로 표현한다면 _____ 날씨이다.
가난을 풍경으로 표현한다면 _____ 풍경이다.
가난을 음악으로 표현한다면 _____ 음악이다.
가난을 물건에 비유한다면 _____ 이다.

이처럼 낱낱이 비교하고 가늠하다보면 내가 생각하는 가난이라는 느낌을 읽는 이도 같이 느끼게끔 전달할 수 있지요. 그처럼 독자들에게 전하고 싶은 느낌이나 감정을 오감에 의지한 말로 비유하려고 노력한다면 프로 작가 못지않은 감동적인 글을 쓸 수 있을 것입니다.

시제를 맞춥시다

자서전은 과거를 되돌아보는 글이기 때문에 문장을 시작할 때

아무래도 '~였다' '~했다' 는 식의 과거형 종결어미를 사용하게 됩니다. 그런데 쓰다 보면 '~이다' '~하다'는 현재형 종결어미를 사용하게 되는 경우가 있습니다. 이것은 조금 까다로운 문제여서 5주 강의에서 다시 설명하겠습니다만 우선은 시제의 일치에 신경을 써주십시오. 과거형으로 시작된 글이라면 끝까지 종결어미를 과거형으로 맺도록 합시다. 특히 하나의 문장 안에서 절과 절, 수식하는 말에서 과거형과 현재형이 마구 뒤섞여 버리면 뜻이 잘 전달되지 않습니다. 조금만 신경 쓰면 바로잡을 수 있으니 신경을 써주세요. 내가 이야기하고 있는 내용이 '옛날에 이렇게 했다'는 것이니까 과거형을 쓰자, 라고 명심하고 있으면 됩니다.

같은 말의 중복을 피합시다

　지금 내가 한탄하고 있는 것은 내 아들이 그것을 되풀이하고 있는 것이 아니다.

　어색하지요? 그 이유는 '것'이라는 말이 반복 사용되었기 때문입니다. 그러므로 이럴 때는 '것' 이라는 말 대신 다른 말로 바꾸어줘야 자연스럽게 읽히게 됩니다. 필요하다면 유의어 사전을 이용하는 것도 좋습니다.

　지금 내가 한탄하고 있는 것은 내 아들이 그 일을 되풀이하고 있기 때문이 아니다.

나는 태어날 때 타고난 원죄가 있었던 것 같다.

'타고난'과 '원죄'는 중복되는 말입니다.

IMF가 닥치자 그 회사 직원들은 한 사람 남김없이 사표를 써야 했다.

'한 사람'과 '남김없이'는 반복입니다.

그 다리의 건설 계획은 아직도 미정이다.

'아직'과 '미정'이라는 말도 중복되는 말입니다.

역전 앞에는 사람들이 잔뜩 모여들었다.

'역전'이라는 말에는 '앞'이라는 뜻이 이미 들어 있습니다.

종래부터 문제아로 낙인찍힌 청소년이었다.

'종래'라는 말의 뜻은 '그때부터'라는 뜻이니까 '부터'라는 조사 가 반복되었다고 하겠습니다.

알코올을 음주하고 트럭을 모는 것은 매우 위험한 일이었다.

음주에는 이미 알코올이 들어 있습니다.

그러면 단어의 중복을 피하기 위해서는 어떻게 해야 할까요? 먼저 자신이 쓰려는 단어의 뜻을 정확하게 알아야 합니다. 글을 쓸 때는 국어사전을 곁에 둡시다. 그리고 뜻을 모르거나, 알아도 자신이 없거나, 애매하게 느껴지는 단어는 사전을 찾아본 뒤 사용하도록 합시다. 그런 버릇을 들이면 어휘력도 늘어나고 교양도 풍부해집니다.

사람은 생각을 말을 갖고 하기 때문에 어휘력이 늘어나면 생각도 따라서 깊어지며, 남을 설득하는 기술도 늘어납니다.

또 부사나 형용사를 반복해서 쓰는 경향이 있다면 말을 꾸미려고 할 때 일단 의심을 해봅시다. 이 수식어가 없어도 내 뜻이 충분히 전달되는지.

간결한 문장으로 쓰는 습관이 중요합니다. 간결할수록 실수가 적어져서 내 뜻이 명확하게 전달되니까요. 그러므로 글쓰기에 익숙하지 않은 분이라면 앞에서 이야기한 주의사항을 염두에 두면서 간결하게 단문(하나의 문장에 한 가지 정보를 담은 문장) 위주로 글을 써나갑니다. 그러다 보면 차츰 어휘력도 늘고 규칙에도 익숙해져서 긴 문장도 어색하지 않게 쓸 수 있게 됩니다. 처음부터 세계사에 길이 남을 명작을 쓰겠다고 멋진 문장을 만들려고 하면 안 됩니다. 처음에는 내 뜻이, 내 느낌이 전달되는 것으로 충분하다는 마음가짐을 가지십시오.

그리고 글을 다 쓴 다음에는 자신의 글을 소리 내어(반드시 소리를 내서 읽어야 합니다) 읽으면서 고칩니다. 입으로 발음하기 어색하거나 읽는 도중 리듬을 타지 못한다면 그건 좋은 문장이 아닙니다.

올바른 문단 쓰기

문장이 모여 이루어진 문단은 알아보기가 쉽습니다. 어떤 글이든 보면 한 칸 들어가서 문장이 시작하는 부분이 있을 겁니다. 그것이 문단의 첫머리입니다. 문단의 끝은 행갈이를 하여 표시합니다. 우선 보기를 한 번 봅시다.

김진수는 '진도지방 종합학술 조사단'의 일원으로 진도에서 7일 동안 설화 분야를 조사했다. 그가 첫날밤에 만난 사람은 설화 구술자가 아니고 그가 오래 전에 근무했던 교육대학 제자였다. 지금 진도의 조그만 분교를 맡고 있는 섬마을 선생이라는데 진도에서도 사뭇 멀리 떨어진 섬에 내외가 부부교사로 나가 있다는 것이다. 알고 보니 부부가 다 김진수 제자였다.(첫 번째 문단)

교육청에 나왔다가 소식을 들었다며 김진수가 내민 손을 두 손으로 덥썩 우더잡고 반가워 못 견뎠다. 김진수가 그 대학에 있을 때 학내문제로 학생들이 항의농성을 벌인 일이 있는데 김진수는 학생과장이었고, 그 제자는 그 사건의 주동자였으므로 서로 날카롭게 맞섰던 처지라 십여 년 만에 만난 감회가 유별날 수밖에 없었다. 제자는 김진수를 대뜸 맥주집으로 끌었다.(두 번째 문단)

그는 외딴 섬에서 선생질하기가 얼마나 고달픈 일인지, 옛날 시위 주동자다운 호기와 열정으로 술청을 깡깡 울리며 김진수에게 연방 술을 권했다.—하략 (세 번째 문단)

— 송기숙, 「7일 야화」

위의 글에서 행갈이를 한 부분을 유의해서 봅시다. 첫 번째 문단의 내용과 두 번째 문단의 내용이 다르다는 것을 알 수 있습니다. 첫 번째가 김진수가 제자를 만났다는 내용이라면 두 번째는 어떤 제자인지 소개하는 내용입니다. 세 번째 문단으로 넘어가면 제자의 현재 삶을 하소연하는 내용이 나옵니다. 이처럼 행갈이를 할 때는 문단의 내용이 달라지게 됩니다. 글자를 한 칸 들여서 시작하고 행갈이를 하여 마무리함으로써 내용이 같은 문장들을 하나의 문단으로 묶는 것입니다. 그렇게 문단이 이루어집니다.

하나의 문단은 5개 내지는 8개의 문장으로 이루어지는 것이 보통입니다. 모인 문장 중에서 핵심이 되는 문장을 소주제문이라고 하며 나머지 문장들은 뒷받침 문장이 됩니다.

위의 보기에 나온 글은 소주제문을 문장으로 명확히 드러내고 있지 않습니다.

첫 번째 문단 — 김진수는 섬에서 교사로 근무하는 제자를 만났다.
두 번째 문단 — 그 제자는 학생 때 시위주동자였다.
세 번째 문단 — 그 제자의 기백은 여전해서 이런 하소연을 했다.

이런 내용이 숨어 있기는 합니다. 소설이기 때문에 그렇습니다. 신문의 사설이나 논설문처럼 필자의 의견을 뚜렷하게 주장하는 글과 달리 소설은 필자의 의견을 독자가 느끼게끔 소주제문을 숨어 있도록 쓰는 경우가 많습니다. 그러나 의견이 확실히 드러나야 하는 문단을 쓴다면 어떨까요? 나의 아버지는 성실한 분이었다는 글을 쓴다고 가정해 봅시다.

> 소주제문 : 아버지는 성실한 분이었다.
> 뒷받침문장 : 평생 동안 아침마다 동네 청소를 해왔다.
> 　　　　　　 술을 마시지도 않고 담배도 피우지 않았다.
> 　　　　　　 회사는 하루도 결근한 적이 없다.
> 　　　　　　 퇴근하면 즉시 집으로 돌아와 자녀를 보살폈다……

소주제문은 아버지는 성실한 분이었다는 것이 될 것입니다. 뒷받침문장은 아버지의 성실성을 드러낼 수 있는 여러 행동을 열거하는 것이 될 것입니다. 아버지는 성실한 분이라는 소주제문은 겉으로 드러날 수도 있고 숨어 있을 수도 있습니다. 또 첫머리에 나올 수도 있고, 중간 혹은 뒤에 올 수도 있습니다. 그것은 쓰는 사람의 취향에 달려 있습니다.

아버지는 성실한 분이었다. 매일 아침 동네 청소를 빠뜨리지 않고 하셨으며, 술 담배도 가까이 하지 않았다. 회사도 결근이라곤 해본 적이 없었다. 퇴근하면 집으로 즉시 돌아와 우리들을 보살피는 데 관심을 쏟았다.
그런 아버지가 며칠째 결근했다는 말을 듣자 나는 더럭 겁이 났

다…….

　여기서 행갈이를 하고 다음 문단의 첫머리까지 써넣은 것은 내용이 바뀌면 행갈이를 하여 새 문단을 만들어야 한다는 사실을 기억하도록 하기 위해서입니다.

　글쓰기에 초보자인 경우 글의 길이를 늘이려고, 혹은 보기 좋게 만들기 위해서, 강조하려고 한 문장이 끝날 때마다 행갈이를 하는 것을 보게 됩니다. 그러나 그건 읽기 어려운 글이 됩니다. 한 문장이 끝날 때마다 행갈이를 하면 읽기에 번거로울 뿐만 아니라 내용을 파악하기도 어렵습니다. 글 전체가 밑줄을 친 곳 투성이라고 상상해 보십시오. 무엇을 강조하려는지 도통 알기 어렵습니다. 한 문장이 끝날 때마다 행갈이를 하면 바로 그런 꼴이 되는 것입니다. 그러니 행갈이는 내용이 달라질 때만 하기로 합시다.

　소주제문 : 그 문단의 핵심적인 내용을 드러내는 문장
　뒷받침문장 : 소주제문의 내용을 펼쳐서 그 뜻을 보다 잘 드러나게 뒷받침하는 문장.

　또 뒷받침문장은 양(한 문단에서 5개~8개)과 내용(소주제문과 관련 있는 것이어야지 동떨어진 내용이면 안 된다) 면에서 적절하게 어울리도록 하는 것이 좋은 문단을 쓰는 방법입니다. 뒷받침문장은 소주제문을 받쳐 주어야 하며 다른 뒷받침문장과도 조화를 이루어야 합니다.

글의 종류

이렇게 만들어진 문단이 모여서 글이 됩니다. 나누자면 글에는 네 가지 형식이 있습니다. 설명문, 논설문, 묘사문, 서사문입니다. 자서전을 쓸 때 주로 사용되는 형식은 묘사문과 서사문이지만 또 설명문이나 논설문적인 요소가 들어가기도 합니다. 아래에서 보기로 든 글은 자서전들 중 그런 요소가 들어 있는 부분들을 찾아낸 것입니다. 참고하세요.

설명문

무엇인가를 알기 쉽게 풀이하는 글입니다. 읽는 사람의 궁금증을 풀어주고 이해를 돕습니다. 설명하는 글이라고 생각하면 됩니다.

인터뷰 석상에서 나는 어떻게 아이디어를 얻는지를 묻는 질문을 자주 받았었다. 그러나 오늘날까지도 그 질문에 대한 만족할만한 대답을 들려줄 수가 없다. 수십 년 동안을 나는 아이디어를 찾고자 하는 격렬한 열망 속에서 살았다. 끊임없는 열망 속에서 영혼은 상상력을 자극하는 사건들을 찾는 파수대가 되었다. 음악과 황혼은 아이디어를 촉발해내는 좋은 대상이 되었다.

나는 이렇게 말해왔다. 너를 자극하는 주제를 찾아내라. 그것을 다듬는 작업에 열중해라. 그리고 나서 그것을 더 이상 진행해 나갈 수 없게 되면 거침없이 버리고 다른 것을 찾아라. 끊임없이 모아두고 끊임없이 버리는 것이 네가 원하는 것을 찾는 비결이 된다.

— 찰리 채플린, 「자서전」

논설문

어떤 일에 대해서 글쓴이의 의견을 주장하는 글입니다. 논문이나 신문의 사설처럼 합리적이고 정연하게 삼단논법에 의거해서 씌어지는 것이 특징입니다. 자신의 의견이 나온 근거를 명확하고 차분하게 밝혀서 읽는 이가 자신의 의견에 동조하도록 합니다.

이 시대에 신성한 카이사르에 의해 주체적으로 표현된 로마제국의 압도적 권력은 수없이 많은 개인들뿐 아니라, 실로 모든 민족들의 문화적 자주성과 영적 자율성을 박탈하는 분위기를 만들어냈다. 오늘날의 개인이나 문화공동체도 비슷한 위협, 즉 집단 속에 삼켜질 위협을 받고 있다. 그러므로 많은 곳에서 그리스도의 재현에 대한 희망이 물결치게 되었고 환상을 보았다는 소문까지 일어났는데 그것이 바로 구원에의 기대였던 것이다. 그러나 그것이 취한 형태는 과거와 비교할 만한 것은 찾을 수 없고 전형적인 기술문명 시대의 의견, 즉 전 세계에 널리 퍼져 있는 UFO(미확인 비행물체)에 대한 현상이다.

— C.G. 융, 「회상, 꿈 그리고 사상」

서사문

쉽게 말한다면 이야기를 해주는 글이라는 뜻입니다.

흔히 묘사문으로만 이루어진 글이 좋은 글(혹은 예술적인 글)이라는 선입견이 있는데 그건 옳은 생각이 아닙니다. 필요와 목적에 따라 여러 형식의 글을 적절하게 섞어서 쓰는 것이 좋습니다. 설명문만 있으면 읽기에 너무 건조하게 느껴질 테고, 논설문만 있으면 읽는 이가 글쓴이의 생각을 강요당한다고 느껴져 반감을 갖기 쉽습니다. 또 서사문만 있으면 이야기의 흐름이 죽죽 진행되어서 재미는 있을지 몰라도 감정이입이 되지 않습니다. 묘사문만 있으면 흐름이 매우 느려서 지루하고 읽기 따분한 것이 됩니다. 글을 쓸 때는 자신의 의도를 잘 살려서 필요한 형식을 적절히 섞어서 쓰는 것이 좋습니다. 지나치게 한 형식에만 얽매이지 않도록 하십시오. 아무튼 자서전에서는 묘사문과 서사문의 비중이 크니까 그 이 두 가지 형식을 자세히 살펴보도록 하겠습니다.

묘사문

묘사란 글쓴이가 묘사되는 대상에게서 받은 느낌이나 인상을 감각을 매개로 해서 글로 재현하여 읽는 이가 그 대상에 대한 체험을 구체적이고도 생생하게 떠올리도록 하는 목적이 있습니다. 그러니까 그림 그리기를 생각하면 됩니다. 사진과 그림은 다릅니다. 어떤 사람의 모습을 사진으로 찍는다고 하면 그 사진은 (물론 예술사진으로 기교를 부린 것은 제외하고) 그 사람의 모습을 담을 뿐이지만, 그림으로 그린다면 그 사람의 특징이랄까, 개성이라고 부를 분위기나 인상을 그림 속에 담으려고 애쓰게 됩니다.

묘사란 그림그리기입니다. 그 사물의 두드러진 인상을 묘사하여 그 사물의 본질을 읽는 이에게 전달하려는 것입니다. 다음 보기를 보세요. 첫 번째 보기는 겉모습만 묘사한 것입니다.

> 그녀는 차양이 넓은 밀짚모자를 쓰고 있었고, 분홍색 리본이 바람에 날려 등에서 나부끼고 있었다. 좌우로 갈라 빗은 검은머리가 긴 눈썹 끝을 살짝 가리며 느슨히 매어져 있었기 때문에 갸름한 얼굴을 한층 더 사랑스럽게 누르고 있었다. 작은 물방울무늬의 밝은 색의 주름 잡힌 얇은 옷이 활짝 펼쳐져 있었다. 무엇인가 수를 놓고 있었는데, 오똑한 코와 턱의 선이 분명하고 그녀의 온몸은 푸른 하늘의 배경 속에서 선명히 드러나 있었다.
>
> ― 플로베르, 「감정교육」

두 번째 보기는 겉모습을 그리는 것에 더하여 그 성격까지 나타내고 있는 묘사입니다.

43

그때까지 나는 한 번도 도린과 같은 여자아이를 만나 본 적이 없었다. 도린은 남부에 있는 어느 여대 출신으로 솜사탕처럼 부풀어오른 새하얀 은빛 머리에 투명한 마노처럼 견고한 빛을 발하는 푸른 눈동자, 그리고 입술에는 언제나 냉소적인 표정이 깃들어 있었다. 그것은 마치 자기 주위에 있는 사람들이 다들 한결같이 멍청하기 때문에 자기가 마음만 먹는다면 언제든지 그들을 골려줄 수 있다는 식의 태도였다.

—실비아 플러스, 「벨자」

세 번째 보기는 인물의 기분을 묘사한 글입니다.

원래 눈이 나쁘기도 하지만 오늘 아침 따라 유난히 모든 사물이 흐릿하게만 보이는 것이 기분이 썩 좋지 못했다. 눈동자 주위를 손가락으로 눌러 보아도, 깨끗이 세수를 하고 안약을 넣어 보아도 흐릿하기는 마찬가지였다. 안개가 부옇게 낀 것인지, 내 눈이 흐릿한 것인지, 창문을 통해서 내다본 들판은 유월의 짙푸름을 보여주지 못했다. 아니, 안개가 낀 것 같지는 않았다. 사월의 한낮에 부연 황사가 천지를 뒤덮어 칙칙한 기분을 느끼게 하듯이 내 눈도 내 마음도 무겁고 답답하였다.

—미상

묘사는 문학에서 다양하게 쓰이고 있는데, 길게 여러 문장으로 쓰는가 하면, 때로는 긴 문장이 아닌 한 마디의 묘사로 그 본질을 전달하기도 합니다. 다음 시를 보세요.

군중 속에서 유령처럼 나타나는 이 얼굴들
까맣게 젖은 나뭇가지 위의 꽃잎들

— 에즈라 파운드, 「지하철 정거장에서」

어두컴컴한 지하철 차창에 드러난 사람들의 얼굴이 그려지지 않습니까? 묘사란 그런 것입니다. 누구를 묘사할 때 백 가지 설명을 하는 것보다 별명을 가르쳐주거나 하나의 사물에 비유하는 편이 더 나을 수도 있습니다. 우리나라 소설 속의 인물 중 가장 섹시한 여성을 꼽으라면 이상의 소설에 나오는 금홍이란 인물을 들 수 있는데, 사실 작가 이상이 금홍이를 직접적으로 묘사한 말이라곤 「봉별기」라는 소설에서 '체대가 비록 풋고추만 하나 깡그라진 계집이 제법 맛이 맵다'는 한 문장뿐입니다. 그럼에도 읽는 이의 머릿속에는 금홍이가 매우 섹시한 여자로 각인되었습니다. 잘 씌어진 묘사는 그런 힘이 있습니다. 그러니 여러분도 인상적이고 감동적인 글을 쓰고 싶다면 묘사를 잘 하도록 노력해 보세요.

묘사를 잘 하려면 대상을 세심하게 관찰하는 것이 첫째입니다. 물론 추억 속의 대상이라면 사진을 본다거나 그것을 기억하고 있는 사람들에게 이야기를 들어 본다든지, 앨범을 보고 기억을 되살린다든지 하여 머릿속에 그 대상을 자세하게 그려야 합니다.

실제 현장에 가 보는 것도 좋은 방법입니다. 저도 어른이 된 뒤 어렸을 때 놀던 초등학교 앞 큰길에 가보고는 기억하고 있는 것처럼 넓은 길이 아니라는 사실에 새삼 놀랐던 적이 있습니다. 기억으로는 4차선 이상의 큰 도로였는데, 가보니 겨우 2차선 정도의 좁은 길이더군요. 사람의 기억이란 그렇게 불확실합니다. 그러니 자서전을 쓰겠다고 결심했다면 자신이 거쳐 온 장소를 다시 방문하고 추억을 곱씹는 것도 필요할 것입니다.

아무튼 글로 묘사하려는 대상이라면 주의를 기울여서 세심하게 관찰하도록 합시다. 그리고 작은 수첩을 갖고 다니면서 관찰할 때 받은 느낌, 잊어버리기 쉬운 세부사항들을 메모해두는 습관을 기릅시다. 그 다음 필요한 것은 풍부한 어휘력과 언어 감각입니다. 풍부한 어휘력과 언어 감각은 하루아침에 길러지지 않습니다. 부단히 관찰하고 그에 적확한 단어를 찾아내겠다는 노력이 있어야 합니다.

묘사문이 대상의 어떤 모습, 어떤 상태를 드러내준다면 서사문은 그것이 어떻게 움직이고 변화했는가, 즉 어떤 사건이 있었는지를 알려줍니다.

빈민구제소에서 준 옷을 입고 면회실로 들어오는 어머니를 보았을 때의 그 충격. 어머니의 모습에 얼마나 비참하고 당황했던가! 1주일 동안에 어머니는 더 나이가 들어 보였고 더 여위어 있었다. 그러나 우리를 보자 어머니의 얼굴은 환해졌다. 형과 나는 울음을 터뜨렸고 어머니도 울었다. 굵은 눈물이 어머니의 뺨을 타고 흘러내렸다. 마침내 어머니는 침착을 되찾았고 딱딱한 벤치 위에 함께 앉았는데, 어머니는 우리의 손을 무릎 위에 얹으면서 부드럽게 어루만졌다. 어머니는 우리의 깎은 머리를 보고 가벼운 미소로 부드럽게 쓰다듬으며, 우리가 곧 다시 함께 살게 될 것이라고 말하는 것이었다. 그리고는 앞치마에서 코코넛 캔디 통을 끄집어냈는데 그것은 어머니가 어떤 간호원에게 레이스를 떠주고 번 돈으로 빈민구제소의 매점에서 산 것이었다.

— 찰리 채플린, 「자서전」

한 달이 지났다. 어머니는 기도의 응답 대신 외삼촌으로부터 25달러가 더 필요하다는 편지를 받았다. 어머니는 보낼 돈이 없어서 미안하다는 내용의 답장을 보냈다. 12월 초순경 외삼촌으로부터 다시 편지가 왔다. 사업이 난관에 부딪혔다는 것이다. 볼티모어로 이주하려는 어머니의 계획은 잠시 미뤄지겠지만 크게 염려할 일은 아니라는 얘기였다. 사업을 하다 보면 일이 잘 풀리지 않을 때도 있는 거라면서, 외삼촌은 어머니에게 1월 초순이면 볼티모어에서 만날 수 있지 않겠느냐는 희망적인 내용을 덧붙였다. 그러나 어머니의 인내심은 이미 한계에 가까워 있었다.

— 러셀 베이커, 「성장」

위의 보기에서 드러나듯 서사문에서 중요한 것은 시간의 흐름을 얼마나 정연하게 그려내느냐 하는 것입니다. 시간의 흐름에 따라 어떻게 변하고 어떤 일이 일어났는가를 제시해야 하니까요. 그것이 막연하지 않도록 구체적으로 제시되어야 하며, 또 하나 시간 순서대로 층층이 쌓아올린다는 기분으로 써나가야 한다는 것입니다.

여기서 육하원칙도 중요하겠지요.

누가 — 내가
언제 — 중학생일 때
어디서 — 고향 마을에서
무엇을 — 신문배달을 했다.
어떻게 — 새벽마다 거리를 뛰어다니며

왜 — 학비에 보태기 위해서

여러분이 쓰는 글 안에 이 여섯 가지 요소가 다 들어 있도록 신경을 써봅시다.

그런데 또 한 가지 덧붙일 것은 시간의 흐름에 따라 그 경과를 글로 썼다고 해서 읽기 좋은 서사가 되는 게 아니라는 사실입니다. 글을 쓰는 사람이 그 사실을 이해하고 있어야 합니다. 육하원칙에 따라 사건을 검토하는데 인물이나 사건, 배경을 철저하게 알면 알수록 글이 매끄러워집니다. 그리고 그렇게 알게 된 지식을 바탕으로 이야기를 의미 있게 재구성하는 것도 필요합니다. 일정한 의미와 가치를 지닌 사건이라면 읽는 이의 호기심을 불러일으킬 수 있으니까요.

이것으로 글쓰기의 기본적인 규칙을 알게 되었습니다. 이제 연습장을 펼쳐놓고 여러분이 썼던 유언장을 소리 내어 읽어 보십시오. 그리고 지금 배운 글쓰기의 규칙을 염두에 두고 글을 고쳐 봅시다. 연습장에 써놓은 것을 다시 정서한다든가 컴퓨터의 워드프로세서로 옮기는 작업을 해보아도 좋은 글을 쓰는 연습이 될 것입니다.

2장
내 마음 들여다보기

배우자의 입장에서 나를 소개하기

이번에는 자신을 객관적으로 볼 수 있는 시각을 갖기 위해 배우자나 가족 중 한 사람이나, 친구 등 나와 긴밀한 관계에 있는 사람의 입장에서 나를 소개하는 글을 써보겠습니다. 이 과제를 하기 위해 준비해야 할 것은 연습장과 펜, 여러분의 상상력입니다. 남편이라면 아내가 나를 어떻게 보고 있을까, 궁금하지 않나요? 한 번 상상해 보세요. 아버지는 아들인 나를 어떻게 보고 있을까? 친정어머니는 딸인 나를 어떻게 생각하고 있을까? 될 수 있으면 나와 가깝게 지내고 있어 나를 속속들이 안다고 생각되는 사람의 입장에서 나라는 사람을 소개한다고 상상하면서 글을 쓰도록 합시다.

글을 쓰기 전 그 사람에게 나에 대해 어떻게 생각하고 있는지 질문하는 것도 좋은 방법일 수 있습니다. 그렇지만 조심하십시오.

아내의 입장에서 남편인 나를 소개하는 글을 쓰라고 했대서 부부간에 대화를 하기 시작해서 공연히 가정 분란을 일으키는 사람도 있으니까요. 그는 글을 쓰기 전 아내의 의견을 알아보기로 했습니다.

"여보, 당신은 내 결점이 뭐라고 생각해?"

아내가 대답합니다.

"말 못 해요. 말하면 성질부터 낼 게 뻔한데."

거절은 호기심을 부풀게 합니다.

"아냐, 절대 성질 안 낼 테니까 말해봐. 이건 자서전 쓰기반에서 낸 숙제란 말야. 당신이 말을 해줘야 숙제를 할 수 있어."

하도 조르니까 아내는 대답해 줍니다.

"당신의 문제점은요, 결점을 지적하기만 하면 불같이 화부터 낸다는 거예요."

말이 끝나기도 전에 그는 버럭 소리를 지릅니다.

"없는 말 좀 꾸며대지 마. 내가 언제 그렇게 화를 냈단 말야?"

그렇게 해서 저녁 내내 싸웠다는 사람도 있습니다. 이렇게 되면 안 되겠지요. 자서전 쓰기는 사랑하는 사람과 다투기 위해서 있는 것이 아닙니다.

마음을 너그럽게 가지십시오. 상대방이 나를 비판한다고 해서 상대가 나를 비난한다고 받아들이면 곤란합니다. 꼭 상대가 옳고 나는 틀린 것도 아닐 겁니다. 그건 상대방과 나의 견해가 달라서, 세상을 보는 눈이 다르기 때문에 다르게 생각하고 판단하고 행동하는 것뿐입니다. 예를 들어 우리 사회의 일반적인 상식으로는 아침에 일찍 일어나면 부지런하고 성실한 사람이며, 좋은 습관을 가졌다고 평가되지요. 그러나 임신해서 아침잠이 필요한 며느리 입장에서 그런 습관을 가진 시아버지를 모시고 있다고 가정합시다. 새벽 네 시가 되기도 전에 잠자리에서 일어나 흐흠흐흠 헛기침을 하고 집안을 부산하게 오가면서 큰소리를 내는 시아버지를 며느리는 결코 좋다고 생각하지는 못할 것입니다. 어쩌면 남들이 보지 못하게 써놓은 비밀 일기장에는 시아버지가 버겁다, 아침마다 괴롭다는 말이 들어 있을지도 모릅니다.

아무튼 그 사람의 입장에서 나라는 사람을 묘사해 봅시다. 말하는 사람의 생활태도나 성격, 그 입장이 살아 있으면 더욱 좋겠고, 그보다 더 중요한 것은 여러분이란 인간의 모습이 드러나야 한다는 사실입니다. 이 두 가지가 다 들어 있다면 완벽하다고 하겠습니다.

첫 번째 주와 마찬가지로 마음을 가다듬고 연습장 한 장, 혹은 A4 용지 한 쪽 정도의 분량으로 씁니다. 자세하게 객관적인 그림이 되도록 신경을 쓰십시오.

보기 1

아내는 뚱뚱하다. 심한 비만은 아니지만 빈약한 내 몸매에 비하면 저 많은 살을 달고 다니는 아내가 답답해 보인다. 우린 몸무게가 약 15킬로그램 차이다. 현실적으로 우리 6명의 가족 중에서 아내가 제일 뚱뚱하다. 아주 가끔은 다이어트를 한다고 식사량을 줄여 보곤 하는 것 같은데 내가 보기엔 차이가 없다. 나는 기회가 있을 때마다 충고를 한다. 열심히 운동해서 살을 빼라고. 비만으로 인해 40대에 가서 성인병에 걸리면 그땐 나도 책임(?)질 수가 없다고.

아내는 고집이 세다. 우리 둘이 의견충돌로 언쟁이 있을 때는 서로 일방적인 주장이 강해 서로를 설득하기를 포기할 뿐이지 어느 쪽으로든 동의하지 않는다. 그러고 보면 나도 어지간히 고집쟁이이다. 우리 결혼식에는 이런 사연이 있다. 홀어머니에 외아들, 4남매 중의 장남, 모아놓은 재산이 없는 나와의 결혼을 아내의 부모님은 극심하게 반대하셨다. 그러나 고집이 센 아내는 꿋꿋하게(?) 이겨내고 나와 결혼하였다.

아내와 나는 상당히 독립적이다.

(하략)

자서전반 학생이 남편의 입장에서 자신을 소개한 글인데 신체적인 특징에서 성격으로, 생활태도로 이야깃거리를 옮겨가는 흐름이 아주 좋습니다.

사람들에게 자기개념(남과 다른 자신을 규정하는 생각)을 발표하도록 해보면 신체적인 특징이 70퍼센트 정도, 나머지 30퍼센트는 성격에 관한 내용이라는 연구결과가 있습니다. 그러니 신체적인 특징으로 시작한 점이 무난하다고 하겠습니다. 그런데 문제가 있습니다. 두 번째 문단에서 아내와 내가 고집이 세다는 사실이 읽는 이에게 느낌으로 다가가게 하기 위해서 다른 예를 들었으면 좋겠다는 감상입니다. 아내는 고집이 세지만 나도 그 못지않게 세어서 의견 일치를 보는 경우가 드물다, 라는 내용이 두 번째 문단의 내용인 셈인데, 결혼할 때 **아내가 친정부모의 반대를 이기고 결혼했다**는 내용은 **부부가 의견일치를 보지 못한다**, 와는 느낌 상 거리가 있습니다. 차라리 부부가 의견 차이를 보였는데, 아내가 계속 고집을 피웠던 일화를 찾아내어 소개하는 편이 아내의 고집이 더욱 강력하게 전달될 것입니다.

이제 말을 고쳐서 매끄럽게 만들어봅시다. 세 번째 문장 **'15킬로그램 차이다'**를 **'15킬로그램 정도 차이가 난다'**로 부드럽게 해줍니다. 그 다음 문장에서 **'현실적으로는'**이라는 말은 필요가 없으니 생략하고요. **'아주 가끔은'** 다음에 **'줄여 보곤'**이란 말이 왔는데 '~하곤'이란 말은 과거에 어떤 일이 반복되어 일어났을 때 쓰입니다. 문장 첫머리에 '아주 가끔'이란 부사가 붙었으니 반복적이라기보다 드물게 일어나는 일이니까 서로 어울리지 않습니다. **'아주 가끔은 식사량을 줄여 보는 모양인데'**라는 말로 고쳐줍시다. 그 다음 **'내가 보기엔'**이란 말은 한정된 견해를 밝히는 말인데, 문장 끝에 '없다'라는 단정적인 서술어가 왔습니다. 이럴 땐 **'차이가 없는 것 같다'**든지, **'차이가 느껴지지 않는다'**라고 하면 적당할 것입니다.

보기 2

"하루 종일 뭘 하다가 이제사 꾸물거려. 시간 없어. 빨리해."

하던 일도 미루고 서둘러 아내를 데리러 퇴근한 나는 불쑥 내뱉고 말았다. 아침 출근하기 전에 오늘 무슨 약속이 어디에서 몇 시에 있으니 준비하고 있으라고 확인까지 했었다. 우리가 오늘 만찬의 호스트라는 것도 아내는 알고 있을 터였다. 속이 탔다.

(중략)

'그래도 그렇지. 모처럼 콧바람 쐬는 외출인데 시간 딱 맞추어 잽싸게 따라나설 것이지. 준비성이 없기는…….' 나는 현관문을 닫고 홱 나가려다 말고 뭘 이렇게 꾸물대나 싶어 구두를 벗고 다시 들어갔다. 여느 때 같으면 심하게 몰아붙인다고 토라져서 당신 혼자 가라고 어깃장을 놓았을 아내다. 외출만 하자고 하면 늘 입고 나갈 옷이 없다고 내 속을 긁어놓던 아내다. '월급은 통째로 은행 온라인으로 들어가고 나도 한 푼 만져 보지 못하는데 날보고 도둑질해서 옷을 사달라는 거야 뭐야.' 나는 주변머리 없고 융통성 없는 여자 때문에 일 년에 서너 번씩은 똑같은 곤욕을 치르곤 한다.

(하략)

여러분이 보기에도 〈보기 1〉과 〈보기 2〉가 다르게 느껴질 것입니다. 〈보기 1〉이 아내라는 사람의 특징을 나열하는 설명문 형식으로 썼다면 〈보기 2〉는 어떤 상황 속에서 행동하는 아내의 모습을 그린 묘사문으로 아내의 특징을 드러내려고 하였습니다.

〈보기 2〉에서 첫 번째 문단에서 아내의 태평스런 성격을 나타냈다면 두 번째 문단에서는 아내가 옷 문제로 바가지를 긁는 옷 욕심도 있는 사람이라는 내용을 드러냈습니다. 이런 식의 글은 차분하게 묘사 연습을 하는 것이 되니까 될 수 있으면 여러분도 〈보기 2〉처럼 상황을 정하고 그 속에서 살아 움직이는 인물을 그려 보는 글을 많이 쓰면 좋겠습니다.

문장을 손질해 봅시다. '**아내를 데리러**'를 '**데려가려고**'라고 바꾸어 문장 맨 앞으로 보내고 '**하던 일도 미루고 서둘러 퇴근했다**'는 말이 이어지는 게 읽기에 부드럽습니다. 그리고 문장이 긴 편은 아니나 '나'에 대한 수식어가 너무 많습니다. 그래서 읽기가 불편하지요. 그럴 땐 끊어서 별도의 문장으로 만들어 줍시다. '**나는 불쑥 소리를 지르고 말았다. 아내를 데려가려고 하던 일도 미루고 서둘러 퇴근해 온 터였다**'라는 문장이 될 것입니다. 그리고 그 다음 문장 사이에는 '**그런데도 아내는 이 옷 저 옷 입어 보며 꾸물거리고 있었다**'라는 설명을 넣어 줍니다. 두 번째 문단에서 홑따옴표 다음의 첫 번째 문장, '**나는 현관문을 닫고 홱 나가려다**'라는 말이 걸립니다. 먼저 '**나가려다 다시 안으로 들어가 보았다**'라는 내용으로 풀어서 써줍니다. 그리고 그 다음은 '아내다'라는 말로 끝나는 문장이 두 번 반복되어 있습니다. 강조하려고 그랬겠지만 강조가 되풀이되면 공감을 얻기 어려우니 뒷문장을 '아내는 ~ 긁어놓곤 한다'는 평서문으로 고칩시다.

마음의 지도

　자녀를 키우는 일은 동서양을 막론하고 어렵고도 힘든 일인 것 같습니다. 특히 상식을 벗어난 행동을 하거나 비행을 저지르는 자녀를 둔 경우 부모의 고통이란 이루 말할 수 없습니다. 일탈 행동의 뒤치다꺼리를 해야 하는 수고도 수고지만, 그 행동의 원인이 어디에 있을까 엄청나게 고민하게 됩니다. 아이가 비뚤어진 게 혹시 내 잘못은 아닐까 싶은 거죠. 그래서인지 청소년들이 이 사회에서 제대로 적응하지 못할 때, 그 아이가 선천적으로 타고난 성향 때문인가, 아니면 후천적으로 양육방법이나 환경이 나빴기 때문인가 토론도 하게 됩니다. 무수한 학자들이 이 문제를 놓고 논쟁에 논쟁을 거듭해왔습니다. 심지어 독일에서 약물중독 청소년의 부모들이 모임을 갖고 그 이유를 반성하다 보니 어떤 부모는 자신이 자녀를 너무 방임했기 때문에 약물을 가까이 하게 된 것 같다, 또 어떤 부모는 내가 너무 엄하게 키워서 반발해서 그런 것 같다, 등등 서로 대립되는 이유까지 나오더라는 것입니다. 저는 교육심리학자가 아니니까 한 마디로 이게 정답이라고 말할 수는 없지만 어떤 사람의 행동이 환경 때문인가, 천성 때문인가 하는 논의 역시 인간이란 무엇인가라는 궁극의 질문과 맞닿아 있다고 생각합니다.

이번 주는 바로 그 질문에 답을 찾으려는 심리학자의 연구를 소개할 작정입니다. 즉 마음의 지도를 그려 볼 수 있도록 여러분을 안내하려고 합니다.

마음이라는 어떻게 보면 막연하기 짝이 없는 실체, 혹은 있다는 사실은 알겠지만 눈에 보이도록 확실하게 그려 보일 수는 없는, 마음이라는 대상을 학문적으로 연구하기 시작한 것은 얼마 되지 않았습니다. 심리학의 아버지라고 불리는 지그문트 프로이트가 정신분석학이라는 학문을 만들어 낸 것이 불과 100년 남짓입니다. 그전에는 인간의 마음(정신, 인격, 자기 등등으로 바꾸어 말할 수 있습니다)을 막연하게 짐작하기만 하였습니다. 그러다 프로이트가 인간의 무의식(잠재의식)을 연구하기 시작하면서 인간의 마음에 관한 구체적인 그림이 그려지기 시작한 것입니다.

여기서 설명하려는 건 칼 구스타프 융이라는 심리학자의 이론을 알기 쉽게 풀이하여 요약한 내용입니다.

융은 1875년 스위스에서 태어났습니다. 그는 우리가 흔히 쓰는 콤플렉스의 존재를 발견하고 이름을 붙였으며, 꿈 분석이나 인격 발달에 대한 심도 깊은 이론을 전개하여 세계적인 명성을 얻었습니다. 초창기에는 프로이트의 후계자로 지목을 받았으나 성욕을 중심으로 무의식을 해석하는 프로이트의 의견에 이의를 제기하면서 멀어졌고, 나중에는 분석심리학이라는 또 다른 학파를 이끌게 되었습니다.

제가 한때 마음을 앓았던 무렵, 융의 심리학에 의지하여 자신을 들여다보고 자기 자신을 탐구하는 것이 다른 어떤 이론보다도 도움이 되었습니다. 그래서 여러분에게도 자기 자신과 만나는 한 방편으로서 융의 이론을 소개하려고 합니다.

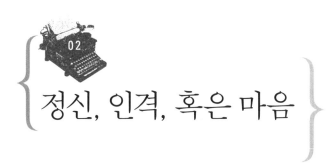

정신, 인격, 혹은 마음

인간의 정신을 이루고 있는 하나의 단위를 보통 퍼스낼리티(personaliy)라고 부릅니다. 융의 의견으로는 '인간은 태어날 때 하나의 전체로 태어나는 것이지 나중에 부분들이 모여 하나의 정신이 되는 것은 아니라'고 합니다. 이 말은 인간 정신은 백지상태로 태어나 그 위에 경험과 학습으로 그림을 그리게 된다, 는 의견과는 반대됩니다. 융이 말하기를 어떤 사람이 태어나 살아오는 동안 학습하고 경험한 것을 빠짐없이 모아놓아도 그 사람의 정신 전체가 되지는 않는다는 것입니다. 똑같은 환경과 경험도 사람마다 각자 다르게 받아들이도록 만드는 잠재적인 성향이 있는데, 그 성향에 따라 정신이 결정된다는 것입니다.

예를 들어 같은 환경에서 같은 방식, 같은 교육내용으로 키워진 쌍둥이일지라도 그 아이가 어떤 성향을 타고났는가에 따라 같은 환경과 경험이 각기 다른 방식으로 그 아이들을 형성해간다는 사실을 상기하면 좋겠습니다.

그래서 융은 말합니다. '인간이 일생을 통해서 해야 할 임무는 타고난 전체성을 일관성 있고 조화롭게 발전시키는 일이다. 뿔뿔이 흩어져서 제멋대로 움직임으로써 갈등을 일으키는, 즉 여러 체계로 분열되고 분해된 퍼스낼리티는 비뚤어진 퍼스낼리티이다.'

이러한 정신에는 세 가지 수준이 있는데, 거칠게 말한다면 의식, 무의식으로 나뉘고, 무의식은 사람마다 다른 개인무의식, 인간이기 때문에 갖게 된 집합무의식으로 구별하여 생각해볼 수 있습니다. 아래에 정신의 전체 모습을 알기 쉽게 도표로 그린 것이 있으니 참고하세요.

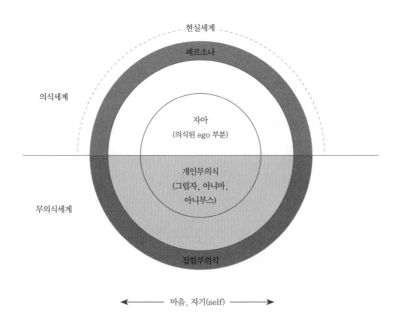

의식

인간의 의식의 바탕은 태어나기 전부터 준비되어 있습니다. 어린아이의 의식적인 사고는 태어나 시간이 경과함에 따라 분화되고 커져갑니다. 갓난아기는 어머니와 자신을 구별하지 못하고 동일시합니다. 그러다 차츰 '나'라는 말을 사용하면서 자아의식이 생겨 고집을 피울 줄도 알게 됩니다. '미운 3살, 죽이고 싶은 7살'이라는 농담은 바로 어머니로부터 분리되기 시작한 자아의식이 뚜렷해지는 아이들의 단계를 보여주는 것이지요. 이처럼 개인의 의식이 타인에게서 떨어져 나와 독자적인 한 인격으로 성장해가는 과정을 개성화라고 부릅니다.

개성화는 한 개인이 나눌 수 없는 하나의 통일체, 전체가 되어가는 과정을 가리키는 말입니다. 개성화의 목표는 의식의 확대인데, 부연 설명하자면, 그 사람이 갖고 태어난 잠재적 가능성, 무의식 포함하여 자기 자신 전체를 의식화하는 일입니다.

자아

'나는 생각한다, 고로 존재한다'는 말처럼 자기 자신을 가리킬 때 자아(ego)라고 합니다. 자기만 아는 사람을 일러 에고이스트라는 말도 있지요.

여기서 자아는 자기(self)라는 말과 구별해야 합니다. 자아가 의식 부분의 나를 가리킨다면 자기란 의식에 더하여 무의식적인 자기, 타고난 잠재성 모든 것을 다 포함한 그 사람 전체를 가리키는 말입니다.

자아에는 그 사람이 의식하고 있는 지각, 생각, 감정, 기억 같은 것들이 들어 있습니다. 외부에 있는 사물이나 사건은 나의 마음에 들어와 경험이나 기억으로 의식에 자리를 잡습니다. 그런데 자아가 인정하지 않은 것, 인정하고 싶어 하지 않는 것은 의식에 머물지 못합니다. 즉 의식화되지 못합니다. 자아는 자기가 좋은 것만 선택하기 때문입니다. 관심을 기울인다는 것, 주의를 집중한다는 것은 바로 자아가 선택하여 지각하고 경험하며 생각한다는 뜻입니다.

이런 자아의식이 있기 때문에 우리는 다섯 살 때의 '나'와 어른인 지금의 '나'가 같은 사람이라는 것을 압니다. 또, 그래서 이십 년 후 친구를 만났을 때 그 친구가 여전히 같은 사람인 것을 알아봅니다.

개인무의식

잊고 있던 기억이 불쑥 생각나서 도대체 이게 어디에 숨어 있었을까 고개를 갸웃거린 일은 없습니까?

프로이트는 실수를 분석하여 무의식을 알아내어 유명해졌지요. 그 전에 학자들은 실수의 원인을 피로나 긴장 때문이라고 생각했습니다. 인간이 긴장하거나 피로하면 허둥대다가 실수를 하게 마련이긴 합니다. 그러나 왜 하필 그런 실수를 했는지, 다른 말이나 행동을 할 수는 없었는가 하는 의문이 남습니다. 프로이트는 거기서 무의식의 영향을 찾아내기 시작한 것이지요.

유럽 대학에선 강의를 새로 시작할 때 전임교수를 칭송하는 것이 관례였다고 합니다. 그런데 어떤 교수가 '나는 전임교수의 수많은 업적을 코멘트하려고 합니다'라고 말하려던 것을 '~ 코멘트할 생각이 없습니다'라고 말해 버렸습니다. 이것을 두고 프로이트는 그 사람의 무의식에는 전임자의 업적에 대한 낮은 평가가 있었는데, 그것이 실수라는 형태로 드러난 것이라고 설명했습니다. 이처럼 의도와 달리 말실수를 하는 것, 뜻밖의 행동이나 기분, 어떤 약속을 깜빡 잊는 버릇까지, 본인도 해명하기 어려운 실수들은 대부분 무의식의 영향을 받아 나타난다는 주장입니다.

자아가 용납하지 않아 의식에 머물 수 없는 경험이나 생각, 감정은 무의식으로 가게 됩니다. 생각만 해도 괴로운 일, 인정하고 싶지 않은 감정, 사회적으로 심각한 갈등을 일으킬 소지가 있다고 짐작되는 욕망 같은 것을 의식에 계속 담아두고 산다면 사람은 지쳐버립니다. 그 때문에 과도한 심리적인 에너지를 사용하게 되어 감당이 되지 않는 것입니다. 그럴 때 자아는 그것을 무의식으로 내려보냅니다. 어두운 창고에 집어넣고 문을 꼭 닫아거는 겁니다. 이런 것을 두고 우리는 잊어버린다는 표현을 씁니다.

우리는 이런 식으로 무의식이라는 말을 사용합니다.

사람은 밤에 꿈을 꿉니다. 깨어나 꿈을 되짚어 생각해 보면 왜 자기가 그런 꿈을 꾸었는지 납득이 안 되는 부분도 많이 있습니다. 이 글을 쓰는 지금 저도 어젯밤 꿈에 빨갛게 꽃핀 열대의 불꽃나무를 보았는데, 왜 나왔는지 고개를 갸웃거리고 있는 중입니다. 융의 견해에 따른다면 꿈에 나오는 것들은 대개가 무의식에 저장되어 있던 것이라고 합니다. 그래서 자신의 무의식을 살펴보고 싶다면 꿈을 기록해두었다가 분석해 보는 것이 좋다고 합니다.

콤플렉스

무의식에 들어 있는 여러 내용 중에 뭉치고 떼를 지어서 하나의 집단을 이루는 심리적인 요소를 콤플렉스라고 합니다. 콤플렉스는 그 자체의 추진력을 갖고 있어서 자아보다 더 강한 힘으로 우리의 생각, 행동, 기분을 지배합니다. 의식적인 자아는 콤플렉스를 통제하지 못할 뿐 아니라 자신이 콤플렉스에게 휘둘리고 있다는 사실도 깨닫지 못합니다. 그래서 저는 쉽게 '그 사람이 가지고 있다는 것을 다른 사람들은 다 아는데, 본인만 모르는 것'이 콤플렉스라고 설명하기도 합니다.

요즘 우리 사회에서는 콤플렉스라는 말을 많이 씁니다. '저 사람에겐 키가 작다는 열등감이 있어.' 이 사람이 키에 대한 이야기만 나오면 기분 나빠지고, 화내게 된다는 뜻입니다. 의도하지 않았는데도 그렇습니다. 이때 열등감이란 말은 콤플렉스를 가리킵니다. 또 마마보이라는 말도 있죠. 어머니 콤플렉스입니다. 누구에게나 모성 콤플렉스는 있습니다. 어머니라는 무의식의 원형에 자신의 경험과 생각이 모여서 하나의 심리적 에너지를 이룹니다. 그래서 어머니라는 말만 들어도 우리는 울컥하는 기분이 들죠. 그게 그리움이든 다른 감정이든. 그런데 주변 사람들이 '저 사람은 마마보이, 어머니 콤플렉스야'라고 말할 지경이 되면 그 콤플렉스가 무의식에 잠겨 있는 정도를 넘어서 의도하지 않은 언행으로 돌출한다는 뜻이 됩니다. 어머니와 관련된 것이면 자기도 모르게 심한 적개심을 보이든가, 숭고하다고 간주하여 비판을 허용하지 않는다거나, 누가 어머니라는 이미지를 손상시키는 말을 한다 싶으면 자기도 모르게 흥분해서 싸움도 불사합니다. 논리적 이성적으로는 그럴 수 있다고 하다가도 흥분만 하면 감정이 솟구쳐 도저히 제어되지 않습니다. 즉 모성관념이 그 사람을 지배하는 것입니다. 비슷한 것으로 조국관념이 그렇습니다. 평소엔 평화적인 세계주의자처럼 말하고 행동하다가도 한일 대항 스포츠라도 벌어지면 흥분해서 훌리건 이상으로 난폭한 언행을 서슴지 않습니다. 돈에 대한 관념을 볼까요? 돈이라는 관념에 예민한 것은 자본주의 사회를 사는 우리들의 한 속성입니다. 그러나 유난히 예민한 사람이 있습니다. 보통 두 가지 모습으로 나타나죠. 자장면 값도 아까워서 점심을 굶는 절약 정신으로 나타나는가 하면, 돈을 펑펑 쓰고 다니면서 자신은 돈에 개의치 않는다는 허풍으로 나타나기도 합니다. 돈 콤플렉스가 허풍으로 나타난 사람은 어딜 가도 자기가 카드를 긁으려고 안절부절합니다. 돈이 없다는 소리를 죽어도 못합니다.

그래서 융은 사람이 콤플렉스를 소유하는 게 아니라 콤플렉스가 그 사람을 소유하고 있다고 말합니다.

물론 사람에게는 많든 적든, 병리적이든 상식적이든 모두 콤플렉스들이 있습니다. 그리고 콤플렉스라고 꼭 나쁜 영향을 끼치는 것만은 아닙니다. 긍정적일 때는 그 인생의 강력한 추진력이 되기도 합니다. 열등 콤플렉스를 극복하고자 노력해서 사회적으로 두드러진 성공을 거두는 예가 역사상 많이 있습니다. 나폴레옹이 키 작은 사람이 아니었다면 유럽을 정복하지 못했을 거라는 말이 그 예입니다. 그래서 성공 뒤에는 감춰진 콤플렉스가 있다고 하던가요? 그러나 나쁜 방향으로 영향을 미치면 나는 모자란다, 하는 수 없다, 배 째라, 하는 식으로 아무렇게나 살게 되어 낙오자나 사회 부적응자가 되기도 합니다.

집합무의식

혹시 여러분은 어머니의 뱃속에서 자라는 태아의 발달과정을 순차적으로 찍은 사진들을 본 적이 있습니까? 처음엔 작은 올챙이 모양이지만 차츰 팔다리가 생기고 복잡한 모습으로 변모하다가 결국엔 사람의 형체를 갖추게 됩니다.

생물학자들이 이런 말을 합니다. 인간의 출생은 인류의 진화과정을 되풀이하고 있다고. 인간의 몸에는 진화의 기억이 새겨져 있어, 수정된 배아에서 인간으로서의 탄생까지, 진화의 과정을 고스란히 반복하게 된다는 것입니다. 몸이 그런 것처럼 인간의 마음도 단순한 DNA라는 단백질 덩어리에서 시작하여 현생 인류가 되기까지, 우리가 거쳐 온 모든 발달과정이 고스란히 다 새겨져 있는 게 아닌가 합니다.

마음은 자기가 머무는 장소인 뇌를 통해 각종 특질들을 물려받으며 물려준다고 합니다. 그 특질이란 어떤 사람의 정신에 어떤 생활 경험이 들어왔을 때, 그에 대해 어떻게 반응하는가 하는 반응양식뿐만 아니라, 어떤 종류의 경험을 좋아하고 싫어하는가 하는 선택의 문제까지도 결정합니다. 마음속에 있는 그런 특질, 또는 틀이 진화에 의해 미리 결정되어 타고난다는 것이지요.

제가 짐작하기에는 유전적으로 물려받은 마음은 아마도 오른쪽 뇌에 저장되어 있는 게 아닌가 싶습니다. 『뇌내혁명』이라는 책을 보니까 인간의 좌우 뇌가 서로 신호를 주고받지 못하도록 좌우 뇌를 연결하는 뇌량이 끊어진 환자를 관찰, 실험해 보니 개인적인 경험을 바탕으로 둔 말과 행동을 할 때는 좌뇌가 작동하고 있었고 경험하거나 배우지 않아도 할 수 있는 말과 행동을 할 때는 우뇌가 작동하고 있었다고 합니다. 그러니까 원시의 선조로부터 축적되어 온 인류의 경험은 우뇌에 저장되어 있을 가능성이 크지요.

아무튼 인간을 움직이게 하는 정신과 그 작동 경로는 여전히 과학적으로 규명되어야 할 것이 많습니다. 눈을 가리고 책을 읽는다든지, 텔레파시라든지 하는 초감각적 지각능력은 흔치는 않으니까 제쳐두더라도 뱀을 본 적도 없는 아이가 뱀이라면 무서워한다든지 하는 건 이상하지 않습니까? 저는 사람들이 색깔을 알아본다는 게 정말 신기합니다. 같은 색이라고 하지만 그 색을 가진 사물을 자세히 들여다보면 똑같은 색인 경우는 거의 없습니다. 차이가 있어요. 빨간색이라고 해도 어떤 것은 검정에 가까운 진한 빨강이고 어떤 것은 주홍이라고 불러야 할 정도로 노란색에 가까운가 하면 어떤 건 분홍이라고 할 정도로 색이 흐립니다. 그런데도 사람들은 그 차이는 무시하고 통틀어 빨간색이라고 부를 줄 압니다. 놀라운 직관이지요. 컴퓨터는 수학적 연산능력에선 인간보다 뛰어나지만 대충 어림하는 직관이라는 면에서는 인간의 능력을 따라오지 못한다고 합니다.

이런 부분들을 융은 태고로부터 내려온 인류의 경험이 개인의 정신에 축적되어 있는 것이라고 보았고, '집합무의식'이라고 불렀습니다. 먼 옛날의 인류처럼 이 세계를 경험하고 이 세계에 대하여 인간답게 반응하도록 해주는 소질, 즉 타고난 잠재적 가능성이 바로 집합무의식이라는 것입니다. 인간은 태어나면서부터 특정한 방법으로 생각하고, 느끼고, 지각하고 행동하는 바탕을 갖고 있다고 합니다. 그런 바탕을 가졌기 때문에 인간은 소나 개가 아니고 인간이라는 것입니다. 물론 그 소질이 드러나고 발달하는 것은 그 개인이 태어난 후 어떤 환경에 둘러싸여 어떤 경험을 했느냐에 따라 조금씩 달라집니다.

태고유형

집합무의식 속에 있는 것들 중에서 알아두면 도움이 되는 것이 태고유형입니다.

태고유형이라는 말은 다른 종류의 유형들이 그것에 따라 모방되는 최초의 모델, 원형이라는 의미로 붙여진 말입니다. 융이 말하기를 인생의 전형적인 장면과 같은 숫자만큼이나 많은 태고유형이 있다고 합니다. 인류가 생존해온 수십 억 년 동안 무한히 되풀이 되어온 경험들이 인간의 마음속에 새겨져 있는데, 그것은 내용이 있는 형식이 아니라 내용이 없는 형식으로 어떤 종류의 지각과 경험을 할 가능성이라고 합니다. 태어난 후 살아가면서 그 가능성에 내용이 담긴다는 것이죠. 굳이 비교한다면 액체와 그릇과의 관계를 생각합시다. 수없이 많은 각각의 모양과 크기를 가진 그릇이 있습니다. 거기에 수없이 많은 종류의 액체들이 담기는 것입니다. 모양과 크기, 내용이 다 다를 것입니다. 여기서 그릇을 바로 태고유형이라고 할 수 있습니다.

*페르소나 태고유형 중에서 우리가 가장 쉽게 알아볼 수 있는 것이 페르소나입니다. 페르소나는 사회적 역할, 가면입니다. 페르소나라는 말은 고대 그리스의 연극에서 왔습니다. 그 시절엔 연극을 하는데 분장을 하는 대신 가면을 쓰고 무대에 올랐습니다. 천사 역을 맡은 사람은 천사의 가면을 쓰고 악마 역을 맡은 사람은 악마의 탈을 쓰는 식으로. 그때 쓰는 가면을 페르소나라고 불렀습니다.

페르소나는 겉으로 보여지는 자기 자신입니다. 다시 말하면 인간은 그 사회에서 맡은 역할에 맞춰 말하고 행동하고 생각하게 되는데, 그걸 페르소나라고 합니다. 어머니 역할, 회사원 역할, 학생 역할, 교사 역할 하는 식으로 상황에 맞춰 각자 맡은 역할을 해내기 때문에 이 사회가 원만하게 돌아가게 됩니다. 다른 사람들과 어울려서 살아가게 해주는 겉모습인 셈입니다. 여러분도 자신의 페르소나를 하나씩 짚어 보세요.

나의 페르소나들

두 아이(구체적으로 자녀 이름을 쓰는 게 낫습니다)의 엄마

홍길동이라는 남자의 아내

이선미라는 여자의 동창친구

김경숙의 둘째 여동생

김씨 집안의 셋째 딸

친정아버지 김순기가 가장 애틋해하는 딸

홍씨 집안의 둘째 며느리

은혜교회 집사이자 여전도회 회장

샛별중학교 학부모회 간사

행복아파트 주민회의의 대표…… 등등.

전업주부인 내가 무슨 페르소나가 있담, 했다가도 이렇게 죽 써 보면 많아서 놀랄 겁니다. 이 중에는 내 마음에 드는 것도 있고 부담스럽거나 억지로 마지못해 해내는 페르소나도 있을 것입니다. 아무렇든지 그래도 다 나의 페르소나들입니다.

그런데 사춘기 즈음에 있는 자녀들은 흔히 이런 말을 합니다.

"엄마는 위선자예요. 이웃집 아줌마를 그렇게 싫어하고 흉보면서도 그 아줌마만 보면 반가운 척 웃고 사이좋게 지내잖아요."

그에 엄마는 얼굴을 붉히지만 변명하지 않을 수 없습니다.

"어쩔 수 없는 거잖아. 너도 어른이 돼 봐라. 세상을 내 마음대로 하며 살아지는지."

그렇습니다. 페르소나는 어른이 되면서 가짓수가 점점 불어납니다. 사회 속에서 큰 갈등 없이 살기 위해서는 어쩔 수 없이 받아

들이게 되는 역할이니까요. 아이들이 그것을 위선적이라고 지적하는 것은 내면의 자아와 외면의 페르소나 사이에 차이가 있기 때문인데, 이건 당연한 것입니다. 사람들이 내면의 자신(ego:자아)을 숨김없이 드러내고 산다고 가정해 봅시다. 과연 그 사회가 제대로 돌아갈까요. 또 어제는 밉다고 느껴져서 싸웠던 사람이 오늘은 너무 좋다고 방방 뛰게 될지도 모르며, 또 내일은 어떻게 될지 모릅니다. 혼란스럽죠. 그리고 또 하나. 과연 순간순간 느끼는 내 감정만이 진실의 전부입니까? 삶의 진실이 수시로 변하는 감정에 따라 달라질까요? 아무튼 적당한 가식이나 위선은 불필요한 감정의 낭비, 충돌을 막아 줍니다. 그렇게 페르소나가 있음으로써 사람을 대할 때 나는 어떻게 행동해야 하는지 기준이 있어서 편리합니다.

이런 이점이 있는 페르소나이긴 하지만 정신건강에 해를 끼치기도 합니다. 자신이 하고 있는 사회적 역할에 지나치게 말려들어 페르소나가 바로 자기 자신이라고 믿어 버리는 경우에 그렇습니다. 그러면 마음의 다른 면들이 한쪽으로 밀려 억압되고 제대로 발달하기 못하기 때문에 무의식이 무서운 힘을 발휘하기 시작합니다.

교사나 목사처럼 다른 사람의 모범이 되어야 하는 직업을 가진 사람들이 페르소나에 희생되기 쉽습니다. 자기 자신은 완전무결하게 도덕적이어야 한다고 믿게 된 나머지 본능이나 여타 다른 감정이나 생각을 무조건 억압하여 자기를 페르소나에 억지로 끼워 맞추려고 합니다. 또 어머니라는 페르소나에 지나치게 몰입하는 경우도 있죠. 자녀를 키우다 보면 힘에 벅찰 때가 많습니다. 어떤 순간, 애가 없었으면 하는 생각이 스쳐갑니다. 그러나 제대로 된 어머니라면 애가 없어지기를 바란다는 것은 있을 수 없는 일이라며 그 생각을 한 자신을 마구 질책합니다. 억압해서 그걸 무의식으로 보낸 후에는 아이에겐 괜히 죄책감이 들고 미안한 감정에 시달려 절 도 있게 기르지 못합니다.

또 사회적으로 명망 있는 직업이나 높은 지위에 있던 사람이 그 지위라는 페르소나와 자기 자신을 혼동 하는 경우가 많습니다. 은 퇴하여 평범한 생활로 돌아온 뒤에도 여전히 예전의 그 페르소나 를 자기 자신이라고 여깁니다. 그러다 보니 달라진 생활에 적응하 지 못하여 여러 가지 문제가 일어납니다. 세상이 자기를 알아주지 않는다고 울분을 토하며 병에 걸리기도 합니다. 은퇴 후 우울증이 나 강박증에 빠지는 것, 때로는 신체적으로 병을 폭발하듯 앓게 되 는 것이 그 증상입니다. 이런 것을 융은 페르소나의 팽창이라고 불 렀습니다.

정신 건강을 유지하려면 페르소나와 자아를 구별해서 생각할 줄 알아야 합니다.

*그림자 굉장히 차분하고 조용하던 사람이 어쩌다 자기 통제를 잃게 되면(흥분해서 이성을 잃는다고 하죠) 웬만큼 성급한 사람보다도 더 일을 시끄럽고 조급하게 몰아치는 것을 볼 수 있습니다. 생전 화 를 내지 않던 사람이 화를 내면 평소 자잘하게 화를 자주 내는 사 람보다도 훨씬 무섭다는 말도 있고요. 이처럼 사람에게 숨어 있는 이면이 겉으로 드러날 때 우리는 깜짝 놀랍니다.

살아 있는 생명체라면 그것이 환영이 아닌 한은 반드시 그림자 를 갖고 있습니다.

인간의 자아도 마찬가지입니다. 인간은 의식에서 자기 자신이라 고 여기는, 자아와 반대되는 성향을 무의식에 간직하게 되는데, 그 것을 그림자라고 부릅니다. 인간의 이중성을 가리키는 말이 되겠습니다. 「지킬 박사와 하이드 씨」라는 스티븐슨의 소설이 요즘은 뮤지컬로 공연되어 박수를 받고 있습니다만, 소설 속 지킬 박사는 점잖고 인격자입니다. 그런데 밤이 되면 흉악, 난폭한 하이드 씨로 변하여 런던의 밤거리를 싸다니며 범죄를 저지릅니다. 이 내용은 사람마다 의식하는 자아와는 또 다른 그림자 인격이 무의식에 숨어 있다는 사실에 대한 뛰어난 비유라고 하겠습니다. 또 인간성찰에 뛰어난 서머싯 몸의 「비」라는 단편소설이 있습니다. 청교도적으로 맑고 깨끗한 행실을 하던 목사가 알고 보니 가장 쉽게 육욕에 빠지는 약점이 있더라는 내용입니다.

인간은 본질적으로 세 종류의 두뇌를 갖고 있으므로 고통을 겪을 수밖에 없다. 그 두뇌들은 구조적으로 상당히 다름에도 불구하고 함께 기능하고 서로 상응해야 한다. 세 가지 두뇌 중 가장 오래된 것은 기본적으로 파충류에서 비롯된 것이다. 그리고 두 번째 것은 초기 포유류에서 물려받았고, 세 번째는 후기 포유류로부터 발달된 것이다. 이 세 번째 뇌가 인간에게 특유한 성격을 만들어 주는 것이다. 하나의 머리 안에 들어 있는 이 두뇌들은 은유적으로 말한다면, 정신과 의사가 환자에게 진찰용 안락의자에 누우라고 말할 때, 사실은 환자에게 악어와 말과 함께 나란히 누우라고 말하는 것과 다를 바 없다.

― 폴 D. 맥클린

위의 인용에서 보듯 인간은 동물적인 본능에 기초하여 행동합니다. 먹고, 자고, 서로 어울리고, 자손을 낳는 일은 인류가 생존하는 바탕이 되는 본능적인 충동입니다. 그러나 본능대로만 움직이면 사회가 순조롭게 운영되질 않습니다. 그래서 인간은 성장하면서 본능적인 면은 억압하고 사회 규율에 적응하도록 가르침을 받게 됩니다. 그렇게 억눌러진 본성은 사라지는 것이 아니라 무의식으로 내려가는데 그것이 바로 그림자입니다. 그림자는 의식에서의 자아 의식(ego:에고)이 성장하는 것과 비례하여 같이 성장합니다. 산이 높으면 골이 깊다고 하지요. 나무가 크면 그림자도 크다는 속담도 있지요? 그대로입니다. 자아가 강하면 강할수록 무의식에 숨은 그림자도 짙어집니다.

융은 그림자를 우리의 어두운 형제라고 불렀습니다. 그림자 속에는 분화되지 않은 기능과 덜 발달된 태도들이 있습니다. 겉으로는 평상시에는 굉장히 도덕적으로 생각하고 행동하는 사람은 무의식에 본능적인 충동이 매우 억압되어 있어, 긴장을 풀었을 때, 이성을 잃었을 때, 꿈속에서 그런 충동에 더 쉽게 굴복하게 됩니다. 겉으로 남성적인 면을 강하게 주장하는 사람이라면 무의식에는 아주 섬세한 여성적인 면이 숨어 있습니다.

그림자는 무의식으로 밀려난 우리의 성향입니다. 흔히 꿈에서 정체 모를 사람을 만나 두려움에 떠는데, 그것이 자신의 그림자일 가능성이 크다고 합니다. 우리는 그림자를 자신이 아닌 다른 것으로 여길 것이 아니라 그것도 자기 자신이라는 것을 인정할 필요가 있습니다. 폭발해서 노이로제나 분열증을 일으킬 때까지 억압만 하지 말고 그림자에게도 숨쉴 기회를 주어야 합니다. 그림자를 무조건 억압하기만 하면 병리적 증상이 나타나지 않는다고 하더라도 생활의 활력과 생기를 잃기 쉬우며 자발성, 창조성 같은 능력도 발휘하지 못합니다. 내 생활이 너무 무미건조하고 재미없다, 의욕이 없다 등등의 기분에 빠질 때는 내 그림자를 지나치게 억압한 것이 아닌지 살펴보아야 합니다.

　내 그림자를 알아보는 손쉬운 방법은 내 주변에서 내가 싫어하는 사람(별다른 이유도 없이, 참을 수 없을 정도의 격렬함으로)의 이야기를 써보는 것입니다. 내가 여자라면 여자, 남자라면 남자 중에서 찾아서 써봅니다. 그 사람의 말과 행동, 특질 들을 세세하게 쓴 뒤 읽어 보면 그 사람이 가진 것들이 내가 억압하고 있는 그림자의 모습임을 깨닫게 될 것입니다.

　*아니마, 아니무스　사람은 본래 양성으로 태어났다는 서양 신화가 있습니다. 그런데 신이 미워하여 둘을 나눠버려 사랑이라는 이름으로 나머지 반쪽을 찾아 헤매게 되었다는 거죠. 신화에서는 남자와 여자가 등을 붙이고 있는 신체적인 모습으로 묘사되지만, 눈에 보이지 않는 우리 마음이야말로 그렇게 양성의 특질들을 다 갖고 태어났다고 융은 주장합니다. 남성적인 사람의 무의식엔 여성적인 것이 숨어 있고, 여성적인 사람의 무의식엔 남성적인 것이 숨어 있다고 합니다. 아니마는 남성 속에 숨어 있는 여성적인 측면이고 아니무스는 여성 속에 숨어 있는 남성적인 측면입니다.

　인간은 태어나면서 신체적으로 한쪽 성의 모습을 갖고 있습니다. 고추를 달고 태어나면 주위에선 그 아이에게 사회가 요구하는 남자다운 말, 행동, 생각을 하도록 끊임없이 요구하고 가르칩니다. 그러면 그 아이는 자기가 갖고 있는 남성적인 면은 자랑스러워하며 발달시키고 여성적인 면은 부끄러워하고 억압합니다. 혹시라도 여성적인 면이 드러나면 사방에서 비난이 쏟아집니다. '사내자식이 그럴 수가 있냐?' '남자는 울면 안 돼.' '남자는 씩씩해야지.'……우리 주변에서 늘상 보고 듣는 일입니다. 그러나 그렇게 억압된 반대쪽 성의 특질은 없어지지 않고—우리의 마음에 있는 것은 억압하면 숨을 뿐, 없어지지 않는다는 사실을 기억해야 합니다—숨어 있으면서 그 사람의 말과 행동에 영향을 끼치며, 또 사회적 가면이 약해진 순간, 자아가 느슨해진 순간을 틈타 드러납니다. 지나치게 남성적인 체하는 마초남이라면 그 이면에는 유약한 여자의 모습이 숨어 있다는 게 융의 견해인 것입니다.

아니마, 아니무스에 가장 큰 영향력을 발휘하는 것은 그 사람의 이성 부모입니다. 아버지는 딸의 아니무스에, 어머니는 아들의 아니마에 영향을 줍니다. 그런 영향은 그 아이가 잠재적으로 타고난 가능성과 결합하여 내면에 어떤 상을 만들게 됩니다. 그것이 사람 마음에 숨어 있는 구원의 여성상, 구원의 남성상입니다.

아니마, 아니무스는 우리가 왜 납득할 수 없는 연애에 빠지는지 이해할 수 있는 단서를 줍니다. 이성과의 연애에서 결정적인 영향력을 발휘합니다. 어른들이 사랑에 빠진 사람을 두고 흔히 눈에 콩깍지가 씌었다고 하죠? 객관적으로 도저히 이해되질 않는 사랑에 빠지는 사람들이 있습니다. 남들 보기에는 전혀 사랑할 만한 여자가 아닌데, 성격이 나쁘고 외모도 별로이며, 조건도 좋지 않은데, 남자는 그 여자의 사랑을 받지 못한다면 자신의 인생은 아무 가치도 없다고 합니다. 주변에서 아무리 그 여자의 실상을 알려주어도 소용없습니다. 그럴수록 사랑은 불타오릅니다. 심지어는 본인이 그 여자의 결점을 속속들이 알면서도, 자신이 바보 같다고 느끼면서도 그 여자에 대한 사랑을 그치지 못합니다. 그런 경우 융이라면 그 여자가 그 남자의 아니마에 일치하는 여성이라고 할 것입니다. 여자의 경우엔 아니무스와 일치하는 남성과 사랑에 빠지게 되구요.

자기 속에 있는 반대쪽 성의 억압은 성장하면서 점점 강도를 더해가서 청년기, 소위 결혼적령기 무렵에는 절정에 달합니다. 여성은 가장 여성스러워지고 남성은 가장 남성스럽습니다. 그러나 중년기를 지나면 반대쪽 성의 모습이 서서히 밖으로 나오기 시작합니다. 남자는 여성적인 면이 더해지고 여자는 남성적인 면이 더해집니다. 용감한 아줌마 신드롬은 나이를 먹을수록 여성들에게서 남성적인 면이 드러나는 이런 심리적 현상과 관련이 있습니다. 많은 가정에서 여자는 나이를 먹을수록 억세어지고, 큰소리를 내는 데 반해 남자들은 조용해지고 소극적, 가정적으로 변해갑니다. 그건 직업생활에서 은퇴라든지, 가정경제의 주도권이 누구에게로 가느냐는 사회적 조건의 변화도 원인이지만 내면에 숨어 있던 반대쪽 성의 특질이 외면으로 나타나는 결과이기도 합니다.

아니마 아니무스를 알고 싶다면 내가 좋아하는 인물(이성)과 이성 부모를 글로 써보는 것이 도움이 될 것입니다.

*자아실현 융의 생각으로는 인간은 원래 부분으로 사는 것으로는 만족하지 못하게 되어 있다고 합니다. 우리에겐 본능적으로 전체가 되고자 하는 욕구가 있다는 거죠. 그런데 자아가 지나치게 의식에만 매달리면, 의식만이 자기 자신의 전부라고 여기면, 자기 안에 있는 또 다른 세계, 내 생각과 기분, 행동, 말에 알게 모르게 영향을 끼치는 무의식을 볼 수가 없습니다. 무의식과 의식의 단절이 생기게 됩니다. 그러다 보면 무의식은 미분화된(발달하지 못한) 채로 억눌린 만큼이나 강한 반발력을 갖게 되어 그 사람 전체를 지배하려고 작용하게 되며, 그 결과 그 사람은 알 수 없는 힘에 좌지우지되게 되는 것입니다.

우리가 자아실현이라고 부르는 것은 자기를 덮고 있는 사회적 가면인 페르소나를 자각하고 자아를 무의식의 암시적인 힘에서 구출하며, 콤플렉스며 그림자, 아니마 아니무스를 의식화하는 일을 뜻합니다. 원래 타고난 자기가 되는 일이지요. 무의식이 자아를 도와주고 북돋아주는 친구가 되느냐, 자아를 쥐고 뒤흔드는 보이지 않는 적이 되느냐 하는 것은 순전히 나의 태도에 달려 있습니다. 바람직한 인간은 바로 자기 내면에 있는 어떠한 특질이든 억압하지 않고 고루 적절하게 발달시켜 조화를 이루는 인간이라고 하겠습니다.

이렇게 마음을 들여다보며 여태까지 그다지 주의를 기울이지 않았던 자기 자신(self)의 다른 면들을 살펴봅시다.

나의 페르소나에는 어떤 것들이 있고, 그 페르소나들을 발달시키기 위해서 나는 어떤 노력을 했었는지 생각해봅시다. 그 노력 때문에 의식적이든 무의식적이든 여러분이 억압해야만 했던 것들은 또 무엇이 있을까요?

여러분이 한때는 어린아이였다는 사실을 기억하도록 합시다.

어렸을 때 여러분은 어떤 모습이었습니까? 무엇을 좋아하고 무엇을 싫어했습니까? 세상을 어떻게 바라보았지요? 무엇에 흥미를 가졌었고 무엇을 원했었습니까? 어떤 인생을 살고 싶었나요? 그리고 여러분의 부모가 여러분에게 바랐던 것은 어떤 것이었습니까? 부모의 소망이 여러분 마음에도 들었습니까? 싫었나요? 그래서 여러분은 어떻게 했습니까?

그 시절로 돌아간 기분으로 곰곰이 회상해 봅시다.

그런 다음 이 장을 시작하기 전 여러분이 써 놓은 글을 읽어 봅시다. 그 글에 그려진 여러분의 모습은 대체로 페르소나일 겁니다.

가면을 점검한다는 기분으로 1주에 익힌 내용에 의지해서 올바른 문장이 되도록 고쳐 쓰십시오. 고치는 것이 끝나면 다시 한 번 소리 내어 읽어 보고 이번에는 그것에 대한 반박문을 한번 써봅시다. 페르소나가 아닌 자아를 소개한다는 느낌으로 쓰시면 좋겠습니다.

누구에게 검사받을 것이 아니니까 마음 내키는 대로 솔직하게 쓰십시오. 다른 사람이 볼까봐 걱정하면 솔직한 글이 나오지 않으니까 그런 염려가 든다면 쓴 다음에 찢어버리면 됩니다. 조리에 닿지 않아도 좋습니다. 인간이란 원래 그런 것입니다. 사리에 맞지도 않는 여러 욕망과 생각에 부대끼면서 살아갑니다. 툭 터놓고 쓰세요,

다 썼으면 고친 글과 반박문을 대조하면서 읽어 보십시오.

3장
나의 욕망 깨닫기

나의 이미지 붙잡기

지난주 우리는 자기 자신의 사회적인 외면(페르소나)들이 어떤 모습을 하고 있는지 점검해 보았고, 또 그것이 나의 내면과는 어떤 차이가 있는지도 자각해 보았습니다. 그렇다면 그 알음알이를 종합하여 자기 소개서를 써보도록 합시다. 자서전반이라는 우연한 기회를 통해 만난 낯선 사람들에게 자기 자신을 알리는 것이 목적입니다. 요즘 웬만한 회사라면 규격화된 이력서에 더하여 창의적으로 쓴 발랄한 자기 소개서를 요구합니다. 그런 목적으로도 충분할 자기 소개서를 써보면 좋겠습니다. 가장 이상적인 자기 소개서라면 그 글을 읽은 뒤, 길에서 우연히 힐끗 보고서도 그 사람임을 알아볼 수 있을 정도로 인상적인 것이겠지요.

여러분 자신의 두드러진 점을 하나씩 꼽아 봅시다. 그것들을 종합해서 자기 이미지를 만드는 것입니다. 외모와 성격, 태도, 취향 등 모든 것을 다 포괄해서 드러낼 수 있는 비유적인 사물은 어떤 것일까요?

나는 바다와 같은 사람이다, 라고 결론을 내렸다고 가정합시다.

그 다음에는 어떤 바다일지 구체적으로 상상해 봅시다. 태평양처럼 망망한 대해에 비유할까. 아니면 석양에 물든 열대의 바다처럼 화려하면서도 아늑한 이미지? 폭풍우 치는 난바다처럼 활기와 에너지가 넘치고 변화무쌍한 이미지? 아니면 많은 섬들을 품은 다도해처럼 잔잔하고 안정되고 변덕이라곤 없는 이미지?

이처럼 머릿속에 하나의 이미지를 잡으면 거기서 출발해서 좀더 구체적인 표현을 더해가는 것입니다.

산과 같은 사람이다. 그렇게 생각된다면 어떨까요? 깊고 신비로운 계곡을 거느린 산처럼 웅숭깊고 내적으로 생각이 많은 사람? 동네 뒷산처럼 누구나 쉽게 다가갈 수 있고, 친근하고 다정합니까? 세부적인 면까지도 비유적으로 표현할 수 있다면 이 과제를 완벽하게 해내게 될 것입니다.

실제로 자서전반을 운영해 보면 이때쯤이면 자신을 소개하는 것이 아니라 옆 사람을 대신 소개하도록 하고 있습니다. 여러분은 책을 읽고 혼자 하고 있는 것이니까, 스스로를 소개하도록 해봅시다. 아래 보기는 자서전반에서 어떤 중년 부인을 그 옆자리에 앉은 사람이 소개한 글입니다.

보기 1

(상략) …… 그녀와 나는 근사한 카페에 간다. 전망이 아주 좋아 붉은 토마토를 갈아놓은 듯한 바다가 한눈에 보인다. 그녀는 향이 좋은 차를 주문하고 나는 오렌지 주스를 시킨다.

"왜요? 아이스크림은 안 드세요?"

장난스러운 내 물음에 그녀는 우렁차게 웃을 것이다.

<u>그녀는 아이스크림이다.</u> 예전에는 그럴싸한 향과 우아한 자태를 뽐내는 먹음직스러운 색의 아이스크림이었다. 그 아이스크림에는 두 가지 맛이 섞여 있었다. 하나는 강렬하고 독특한 맛이며, 하나는 부드럽고 깊은 맛이었다. 이 두 가지 맛이 어우러져 멋진 하나의 아이스크림을 만들어 냈다. 지금은 한 입 두 입, 반도 넘게 먹어 버려서 얼마 남지 않았다. 한쪽으로는 아이스크림이 흘러내리려고 한다……(중략)

그렇지만 그녀는 정말 맛있는 아이스크림이었다고, 잊을 수 없는 맛이었다고, 그렇게 사람들의 기억에 남기를 원할 것이다.

보기 2

그녀는 동네에서 흔히 볼 수 있는 보통 아줌마이고 싶지 않을 것이다. 하지만 나는 그녀를 보면 <u>평범한 동네의 과일가게 아줌마와 같다</u>고 느껴진다. 손님이

"조금만 더 주세요."

라고 말하면

"아유, 이러면 남는 게 없는데."

수선스럽게 대답하면서도 벌쭉 웃으며 한 움큼 딸기를 더 넣어주는……. 나이에 상관없이 여전히 상큼한 과일 냄새를 물씬 풍기는 딸기 같고 사과 같은 그런 아줌마인 것 같다.

위의 첫 번째 보기에서는 아이스크림이란 이미지로 그 인물을 드러내고 있습니다. 이것을 그림으로 표시하고자 합니다.

아이스크림이라는 원과 인물의 원이 서로 겹치는 부분에 주의하십시오. 겹치는 부분에 해당되는 내용은 아이스크림과 인물의 공통되는 요소입니다. 아마도 상큼하다든지, 달콤하다든지, 차가우면서도 부드럽다든지 하는 등등의 내용일 것입니다. 그렇게 겹치는 부분이 크면 클수록 여러분은 그 인물에 적절하게 맞아떨어지는 이미지를 찾아낸 것이 됩니다.

〈보기 2〉 역시 〈보기 1〉과 마찬가지지만 다른 점은 '~이다'가 아니라 '~인 것 같다'는 말을 사용한 것입니다. 대개 '~와 같다'는 직유를 사용할 때에는 '~이다'를 말하는 은유보다는 두 원이 겹치는 부분이 작습니다. 즉 이미지 환기력이 조금 떨어집니다. 그러나 직유와 은유의 정도가 엄밀하게 정해져 있는 것은 아닙니다. 어느 쪽이든 여러분이 자연스럽다고 느끼는 쪽을 선택하시면 됩니다.

자, 여러분도 자신에게서 가장 두드러진, 대표적인 인상이라고 느껴지는 것을 찾아서 수첩에 적으십시오. 그 내용을 어디다 비유하면 좋을지 연구하십시오. 그것이 바로 여러분이 공들여 그려나가야 할 여러분의 이미지가 됩니다. 그 이미지를 중심으로 해서 상상력을 발휘하여 이야기를 펼치면 되는 것입니다. 좋은 글이 될 것입니다.

{ 나의 욕구들 }

　지난주엔 깊이 숨어 있는 마음의 지도를 다루었으니까 이번에는 겉으로 드러나는 말이나 행동의 원인이라고 금방 알아볼 수 있는 욕구에 관해 이야기하려고 합니다.

　인간이 무엇인가를 소망할 때, 그것을 욕망 혹은 욕구라고 부릅니다. 무엇을 탐낸다는 표현도 어울릴 테고 필요로 한다고 말할 수도 있습니다.

　욕구가 없는 사람은 없습니다. 욕구가 없는 사람도 있다고요? 그렇지 않습니다. 인간이라는 생명체가 살아 있는 한 욕구는 있습니다. 광야에서 40일간 단식하며 기도했던 예수를 비롯하여 역사상 도통했다고 알려진 인물들도 마찬가지입니다. 아무리 도통했다고 하더라도 자고 물이라도 먹는 일은 계속했을 것입니다. 그렇게 해야만 생명유지가 되었을 테니까요. 달마대사가 동굴에 들어가 10년 동안 결가부좌를 하고 앉아서 좌선을 하는 바람에 도를 깨우치고 동굴에서 걸어 나왔을 때는 다리가 썩었더라는 말이 있습니다.

(그런데 썩은 다리로 어떻게 동굴을 걸어서 나왔을까요? 정말 불가사의하지요?) 그래도 달마대사는 음식이나 물 같은 걸 먹었을 테고(아무것도 안 먹었다는 기록은 없거든요) 잠도 잤을 겁니다. (한숨도 안 잤다고 씌어 있진 않거든요.) 이 글을 쓰는 지금 저의 뱃속에서는 저녁식사 때가 되었다고 꼴꼴거리며 음식을 달라고 보채는 소리가 나고 있는데, 아마 달마대사의 뱃속에서도 저처럼 빈 위장이 밥을 달라고 보채는 식욕의 신호가 나왔을 겁니다.

　잠도 마찬가지입니다. 인간이 잠을 자지 않고 살 수 있을까요? 인간은 다방면으로 호기심이 많은 동물인지라, 하고 많은 문제 중에서 잠이라는 그런 시시한(?) 문제를 집중적으로 연구한 과학자도 있습니다. 그들의 결론은 사람이 잠을 안 자면 죽는다, 입니다. 잠을 안 재우는 것이 고문 중에서도 최악이라는 말이 있는데, 잠을 안 자면 사람은 주의력이 산만해지고 기분이 비관스러워지며 머리 회전이 느려지다가 멍청해져서 환각까지 경험하게 된답니다. 현실과 상상을 구분하지 못하게 되는 거지요. 그래서 주의가 산만하고 집중력이 떨어지는 청소년의 경우, 그 원인의 상당 부분이 잠을 제대로 못 잔 결과일 거라고 짐작하는 과학자도 있습니다. (그런 이론을 펼치는 학자의 말로는 사람은 9∼10시간은 자야 한답니다. 4∼5시간만 자는 인간은 처음엔 능률적일지는 몰라도 차츰 우울해지고 멍청해진답니다.) 아무튼 인간을 대상으로 해서 언제까지 안 자면 죽는지 실험할 수 없으니까 생쥐를 대상으로 실험한 연구도 있습니다. 대강은 14일 정도 지나고 나니 잠을 전혀 못 잔 생쥐는 죽어 버렸답니다. 뚜렷한 병인도 없이. 체온이 정상치보다 떨어졌다는 사실 외에는 죽을 만한 이유가 없었다는군요. 그러니 인간도 잠을 안 자면 죽을 겁니다.

불면증이라는 병도 있기는 합니다. 그러나 자신이 불면증이라고 주장하는 사람들도 엄밀히 관찰해 보면 전혀 잠을 안 자는 건 아니라고 합니다. 가만 놔두면 불가항력으로 잠들어 버리곤 한답니다. 그래서 자신이 불면증이라고 주장하는 사람에게 흔히 내놓는 처방이 '잠이 올 때까지는 자려고 애쓰지 말고 버텨봐. 그러다 보면 자연히 자게 돼.' 입니다. 사실 불면증 환자에게는 이처럼 사정을 무시한 야속한 충고가 없습니다. 불면증이란 흔히 알려진 것처럼 잠을 안 자는 병이 아니라 자야 할 때 못 자는, 혹은 자야겠다고 마음먹었을 때 못 자서 일상생활에 지장을 받는 병인 경우가 많으니까요. 어쩌면 불면증 대신 수면장애라고 불러야 할 것입니다.

이처럼 인간이 죽지 않고 생명을 유지해가려면 반드시 충족시켜 줘야 할 욕구가 있습니다. 언뜻 떠오르는 식욕, 수면욕, 몸을 따뜻하게 보호하려는 욕구 같은 게 거기에 속하겠지요. 그런데 충족시켜 주지 않아도 생명을 유지하는 데 직접적인 장애를 일으키지는 않는 욕구도 있습니다. 다른 사람에게 인정을 받고 싶다든지, 사랑을 받고 싶다든지, 예뻐지고 싶다든지 하는 욕구들은 생명 유지와는 직접적인 관계를 맺고 있지 않습니다.

그럼에도 인간이 그런 행동을 하는 까닭은 욕구가 있고, 그 욕구를 충족시키려는 것입니다.

옛날에는 인생이 퍽 단순했을 겁니다. 문명화 이전, 선사시대에 살았던 우리 조상들을 한번 상상해 보세요. 동굴에서 살면서 사냥을 해서 먹고 살던 시절의 인생 말입니다. 배가 고프다? 그럼 나가서 사냥을 한다. 배가 부르다? 그럼 쉰다. 아마도 골머리를 썩일만큼 복잡한 일이 있다고 해봐야 누가 누구와 짝짓기를 할까 하는 정도가 아니었을까요? 그 정도도 고민하지 않았을지도 모릅니다.

짝짓기를 하고 싶다는 욕구가 일어났을 때, 그저 눈앞에 있는 상대라면 만족했을지도 모릅니다. 그런데 문명의 발달은 그렇게 단순했던 인생을 점점 복잡하게 만들었습니다.

제가 생각하기에 문명이란 것은 욕구와 그것을 충족시키는 행동 사이에 놓인 과정을 점점 더 복잡하고 정교하게 만드는 일 자체가 아닌가 싶습니다. 고급 요리라고 칭송받는 것일수록 워낙 교묘하게 요리해서 원래 재료가 무엇인지 짐작하기 어렵게 만드는 것처럼 말입니다. 아마도 선사시대에 사냥을 하지 못하는 날에 대비하여 먹이를 저장해두는 데서 문명이라는 시스템이 시작되었을지도 모르겠습니다.

아무튼 문명화된 현대 세계에서는 어떤 욕구가 있다고 하면 그 욕구를 충족시키기 위한 행동과 결과가 직접적으로 이어지는 경우가 드뭅니다. 예를 들어볼까요? 배가 고프다? 그럼 먹어야 합니다. 먹을 걸 사려면 돈이 있어야 하고, 돈을 가지려면 돈을 벌어야 합니다. 돈을 벌려면 어떤 능력이 있어야 하고, 능력을 가지려니 교육을 받아야 합니다. 교육을 받으려면 많은 시간과 돈을 들여야 하고…… 이렇게 점점 복잡하게 됩니다. 그러다 보니 어느 게 원래부터 나에게 있는 욕구고, 어느 게 사회가 나에게 주입시킨 욕구인지 잘 모르게 됩니다.

「세 가지 소원」이란 동화를 알 것입니다. 숲 속의 요정이 나무꾼에게 세 가지 소원을 들어주겠다고 약속합니다. 그러자 나무꾼 부부는 무엇을 원해야 최상일지 몰라 허둥대게 되지요. 나무꾼은 소시지를 원하고 나무꾼 마누라는 고작 그 정도가 소원이냐고 화가 나서 코에 소시지가 붙어 버리라고 외치고, 한 번 남은 소원은 결국 코에 붙은 소시지가 떨어질 것을 원하는 것으로 끝이 납니다.

그런 바보 같은 일이! 하고 웃겠지만 아마도 대부분의 사람들이 그런 상황에서는 그렇게 하게 될 것입니다.

진정으로 자신이 원하는 것이 무엇인지 잘 모르는 채, 또 왜 자신이 그런 행동을 하는지 모르는 채 사람들은 그럭저럭 살아갑니다. 그래서 어떤 현자는 현대인이 안고 있는 문제점은 자신의 진정한 욕구를 모른 채로 살아가는 데 있다고 갈파하기도 했습니다.

그래서 이번 주에는 이런 복잡한 상황을 잘 정돈하고 간추려서 자신의 진정한 욕구를 살펴보는 방법을 이야기하려고 합니다.

이 방법은 미국의 정신과 의사인 윌리엄 글라서 박사의 현실요법에서 가져온 것입니다. 그는 1925년에 태어났는데, 환자들을 치료하는 과정에서 전통적인 정신분석 이론과 치료방법에 회의를 느꼈습니다. 전통적인 정신분석적 치료라는 게 아무리 오랜 시간과 노력을 들여도 그 효과가 쉽게 나타나지 않고 효과가 나온다고 하더라도 너무 불투명하다고 생각했던 것입니다. 그런데 어느 날 분열증으로 원숭이가 괴롭힌다는 둥 횡설수설하는 환자가 병원에 불이 났다는 소리를 듣자 즉각 사리에 맞는 행동을 취하는 것을 보고 현실요법이라는 이론을 만들었습니다. 요약하자면 그 사람의 현실적인 행동은 그 사람의 욕구를 충족시키려고 선택을 한 결과라는 선택이론입니다. 그 후 그의 방법은 세계에 널리 퍼져서 많은 치료 성과를 거두었으며 우리나라에도 현실요법 학회가 있습니다.

이 방법은 자신은 자신의 욕구를 점검하고 파악하는 데 좋은 길잡이가 될 것입니다.

인간을 움직이게 만드는 힘은 인간이 갖고 있는 기본적인 욕구에서 나옵니다. 흔히 우리는 우리의 행동이 다른 사람들 때문에, 혹은 외부의 상황에 대해 반응한 결과라고 여깁니다. 예를 들면 비행 청소년의 부모는 학교에 불려가 상담을 할 때 이런 말을 하지요. "우리 애가요. 요즘 나쁜 친구들을 사귀어서 그렇게 되었나 봐요." 글라서 박사는 이런 의견에 찬성하지 않습니다. 그 사람의 행동은 어디까지나 그 사람이 선택한 결과라는 것입니다. 생각해 보세요. 극단적으로 말해서 인간이 살아가는 이 세상에는 수많은 병원균이 있습니다. 인간은 언제 어디에서나 병원균에 노출되어 있죠. 그런데 병에 걸리는 인간이 있는가 하면 병에 걸리지 않고 건강하게 살아가는 인간도 있습니다. 신체의 병에 대한 면역체계가 약해졌기 때문에 병에 걸린다는 것입니다.

현실요법의 선택이론도 비슷합니다. 인간은 욕구를 충족시키기 위해 어떤 행동을 선택하는데, 그 선택이 좋은 방향일 수도 있고 나쁜 방향일 수도 있는 것은 오로지 그 사람에게 달려 있다는 것입니다. 따라서 우리가 현실에서 고통을 겪는 것은 우리의 선택이 잘못되었기 때문이라는 것입니다. 그러니 자신의 욕구를 정확하게 파악해서 그 욕구를 충족시키는 데 좋은 방향을 선택하도록 하자, 뭐 그런 내용인 셈입니다. 그러자면 자신의 욕구를 제대로 잘 아는 것이 중요합니다.

여기서는 인간이 가지고 있는 기본적인 욕구를 다섯 가지로 나누어서 설명합니다. 다음 설명을 보아 주십시오.

다섯 가지 기본적인 욕구

생존에 대한 욕구 survival need

이 욕구는 인간이 살고자 하고 생식을 통해서 자기 확장을 하고 하는 속성을 가리킵니다. 이 욕구는 척추 바로 위에 있는 구뇌(old brain)로부터 나오는 것으로 호흡, 소화, 근육의 움직임, 땀, 심장박동과 같은 신체구조를 움직이고, 건강하게 유지하도록 하려는 작용과도 통합니다.

그런데 이런 욕구가 높은 사람이 있는가 하면 욕구 정도가 낮은 사람도 있습니다. 타고난 성향이 다른 것입니다.

자기 몸을 유별나게 열심히 돌보는 사람이 있습니다. 아침마다 체조를 하기도 하고, 매일 몸무게를 체크하며, 몸에 좋다는 것이라면 싼 것, 비싼 것, 혐오식품, 천연기념물 등 가리지 않고 무조건 먹습니다. 식후에는 영양제도 빼놓지 않죠.

인간이 신체라는 것을 갖고 있는 이상, 자기 몸을 잘 돌보아서 고장 나지 않도록, 제대로 움직이도록 해야 할 의무가 있기는 하지만 하도 건강타령을 하다 보니 심기증(뚜렷한 이유도 없이 자신이 병에 걸렸을지도 모른다고 걱정하는 증세)이 염려될 정도라면 그건 비정상입니다. 그럴 때 그 사람은 생존에 대한 욕구가 매우 높다고 할 수 있습니다.

또 돈에 유별나게 집착하는 사람도 있습니다. 돈은 인간이 물물교환을 편리하게 하려고 만들어낸 수단인데, 자신의 생존을 염려하는 정도가 지나치면 돈 자체가 목적이 되어 돈이야말로 생존의 안심할 수 있는 근거라고 믿기도 합니다. 결사적으로 돈을 움켜쥐고 있다가 병이 나도 돈이 아까워 변변한 치료조차 받지 못하는 수도 있습니다. 그 정도까지 가지는 않더라도 생활을 불편하게 만들 정도까지 돈에 집착하는 사람도 있습니다.

나이가 든 사람들은 물자가 귀한 시절에 태어나 성장했기 때문에 요즘 아이들이 물건을 낭비하는 것을 보면 깜짝 놀라 말세라고 개탄합니다. 그러면 아이들은 이렇게 대꾸하지요. "자꾸 소비를 해줘야 경제가 원활하게 돌아갑니다." 어느 쪽이 옳다 그르다, 혹은 좋다 나쁘다 판단하는 것은 이 이야기의 취지에 어긋납니다. 그저 동년배의 생활 태도와 비교해 보십시오. 그리고 자신은 높은 편이다 낮은 편이다 하는 수준에서 인정하고 이야기를 진행합시다. 스스로 판단하기에 정도 이상으로 돈에 집착하게 된다면 생존에 대한 욕구가 높은 편입니다.

생존에 대한 욕구가 높은지 낮은지 알아보려면 그 사람이 운전하는 것만 봐도 됩니다. 저는 아무리 노력해도 운전솜씨가 서툰데다 성질이 급해 앞뒤 없이 속도감을 즐기는 버릇이 있습니다. 그래서 저를 아는 사람은 제가 운전하는 차는 타지 않으려고 합니다.

그이들은 말합니다. "그 차를 타려면 생명보험이 필요해." 물론 농담입니다. 좀 부끄럽지만 저는 태연하게 대꾸합니다. "그래도 여태껏 인명사고를 낸 적은 없으니 훌륭한 운전솜씨야." 이런 측면을 고려한다면 저는 생존에 대한 욕구가 낮은 편이 아닐까 싶습니다.

저와는 반대로 안전운전을 고수하는 사람도 많습니다. 뒤에서 아무리 빵빵 시끄럽게 경적을 울려도 '나 혼자라도 안전운행을 하는 게 사회질서의 초석'이라고 굳게 믿으며 자신의 페이스를 고수합니다. 남들은 100킬로 150킬로씩 밟아도 눈 하나 깜짝하지 않습니다. 차선을 바꿀 때도 수시로 확인하고 또 확인합니다. 이런 경우는 생존에 대한 욕구가 높은 편일 겁니다.

목숨을 담보로 하는 모험을 즐기는 사람, 위험스런 취미활동을 하며 짜릿한 흥분을 맛보고 싶어 하는 사람이라면 생존에 대한 욕구가 낮은 편이라고 할 수 있습니다.

사랑과 소속에 대한 욕구 belonging need

서로 사랑하고, 정서를 교감하고, 서로 협력하면서 살아가고 싶어 하는 인간의 속성을 가리킵니다.

사랑하고 사랑 받으려는 욕구는 인간에게는 근원적인 것으로 보입니다. 외로운 걸 좋아하는 사람은 아마 없을 겁니다. 문학 청년적인 감수성이 지나쳐서 '난 혼자 있는 것을 좋아해.' 큰소리치는 사람도 가만히 보면 누군가와 교감하고 싶어 합니다. 혼자 있는 시간이 너무 오래 지속되다 보면 비정상적인 행동으로 빠져들게 되고 우울증이 깊어지면서 마음의 병을 앓게 됩니다. 사랑을 나눌 수 없게 되면 생명은 그럭저럭 유지할 수 있을지 몰라도 매사에 흥미와 의욕을 느끼지 못하고 정서가 메말라 버린다고 합니다. 침팬지를 대상으로 혼자 고립된 생활을 하는 실험을 해봤더니, 고립된 침팬지는 처음엔 식욕을 잃고 몸이 마르고 행동이 이상해지더니 나중에는 아예 죽어 버리더라는 것입니다.

이런 욕구를 채우기 위해 인간이 하는 행동 중 가장 대표적인 것이 바로 자신의 짝을 찾아내어 결혼하고 가정을 꾸리는 일입니다. 가정이라는 사회단체(어찌 말이 좀 이상하게 들리겠지만, 사회를 이루는 최소의, 가장 작은 단위의 사회가 바로 가정입니다)를 만들고 거기에 소속됨으로써 심리적인 안정감을 얻는 것입니다. 세상에는 가정 제일주의라고 불릴 만한 사람들이 많습니다. 사회가 험악해질수록 그런 경향은 점점 더 심해집니다. 기댈 곳은 가정밖에 없다고. 동요하고 불안한 사회에서 얻지 못한 소속감과 안정을 가정에서 얻을 수 있기 때문입니다. 그렇게 되면 그 사람은 가정을 이루어 가족 구성원끼리 사랑을 주고받으면서 사는 일이, 직업적인 성취나 돈벌이, 인격발달 같은 다른 어떠한 일보다 더 중요하게 여겨지게 됩니다. 이런 성향이 강한 사람은 사랑과 소속에 대한 욕구가 높아서 그걸 충족시키는 일이 다른 어떤 욕구를 충족시키는 것보다 우선합니다.

아마도 이런 욕구가 없는 사람은 없을 겁니다.

갓난아기는 어머니와 떨어지면 불안정한 성격이 되고 지능도 잘 발달하지 못합니다. 아이가 자라 청소년이 되면 이번에는 그 또래 청소년들과 어울려 집단을 이루며 그 안에서 사랑과 소속에 대한 욕구를 충족시킵니다. 어떤 경우엔 부모나 가족보다 자신이 속한 동년배 집단, 즉 친구들이 더 소중한 듯이 행동하기도 합니다. 이럴 때 많은 어머니들이 '내가 쟤를 어떻게 키웠는데' 싶어서 서운해합니다. 그러다 지나치면 '그렇게 친구가 좋으면 나가서 걔네들하고 살아.' 소리를 지르게 됩니다. 그러나 부모의 입장에서는 자식이 가족이란 범위 밖에서 나도는 듯하여 서운하겠지만, 자식을 위해서는 장려해야 할 일입니다. 아이들은 동년배 집단에 소속됨으로써 불안정한 사춘기에 꼭 필요한 심리적 안정감을 얻게 되고, 부모로부터 정신적으로 독립한다는 그 나이에 필요한 발달과업을 익히게 되는 것입니다. 그렇지 못해서 소위 왕따, 혹은 고립된 청소년은 깊은 정신적인 상처를 안거나 불안정해져서 정신적으로 독립하고 균형 있게 발달한다는 그 나이의 과업을 제대로 익히지 못하게 됩니다.

직장도 마찬가지입니다. 직장의 효능은 그 사람이 능력을 발휘하고 생활비를 번다는 목적뿐만 아니라 비슷한 일을 하는 사람들과 동료로서 정서적인 교류를 한다는 의미도 있습니다. 저처럼 프리랜서로 일하여 고정된 직장이 없는 사람들은 그걸 벌충하려고 나름 비슷한 일을 한 사람들과 모임을 갖거나 자주 만나 술이라도 마시려고 노력하는 것이겠지요.

또 직장뿐만 아니죠. 우리 주변을 살펴보면 특별히 모여야 할 목적이 없는 것 같은데도 사람들은 모이면서 살아갑니다. 동창회, 향우회, 계, 취미모임. 또 애들 사이에 유행하는 아이돌스타의 팬클럽 같은 모임조차도 사랑과 소속의 욕구가 없었다면 생기지 않았을 모임일 겁니다. 그런 만남들은 이런저런 목적을 내세우기는 하지만 사실 근원적인 것을 따져보면 혼자 살기 쓸쓸해서 무리를 지으면서 정서적 충족감을 얻으려는 심리가 바탕에 깔려 있습니다.

인터넷 통신의 동아리들을 볼 때 신기하다는 느낌입니다. 사람들은 인터넷 온라인상에서 만나 엄청 많은 의사소통을 하는 것 같은 데도 가끔은 정례모임이니 번개모임이니 해서 직접 얼굴을 맞대야 직성이 풀리는 것처럼 보이니 말입니다. 그런 걸 보면 인간이 다른 인간과 어울리면서 살아가고 싶어 하는 욕구는 단순히 정신적인 것만은 아니라는 생각도 듭니다. 아마도 몸이 없는 사이버 인간과 교제를 하게 된다면 실제 인간과 교제하는 것과 달리 뭔가가 결핍된 느낌이 들지 않을까, 인간이 인간인 이상은 서로의 체온을 느끼면서 살도록 정해져 있는 게 아닌가 하는 생각을 합니다.

힘에 대한 욕구 power need

다른 사람과 경쟁하고 결정을 내리고 무엇을 성취하여 자신을 중요한 존재라고 느끼고 싶어 하는 속성을 가리킵니다. 어쩌면 다른 말로 권력에 대한 욕구라고 해도 될 것입니다. 무리 중에서 두드러지려는 욕구는 누구에게나 고루 있는 욕구는 아닐 것입니다. '남들 뒤를 졸졸 쫓아다니면서 남을 따라 하는 건 죽기보다 싫어!'라고 생각하는 사람도 있을 터이고, '그래, 다툴 거 없이 네가 대장해라. 나는 이것저것 나서서 결정하는 걸 귀찮아 하니까 뒤에서 따라가기만 할게.' 이런 생각을 가진 사람도 있을 겁니다.

미국적 사고방식이 전 세계에 만연하게 된 이즈음, 장려되어야 할 성격유형이란 적극적이고 공격적이며 성취동기가 높은 것이라는 게 일반적입니다. 그런데 그것이 꼭 좋기만 한 것일까 의문스럽습니다. 이건 제가 동양인이어서 그럴지도 모릅니다. 제가 제일 좋아하는 노래를 꼽으라면 '크립(Creep)'이라는 곡을 드는데, 그 내용은 어떤 남자가 짝사랑하는 여자를 소극적으로 바라보기만 한다는 내용이랍니다. 저로선 그것도 나쁘지 않는 행동이라고 생각했는데, 서양에선 그걸 아주 좋지 않은, 병적인 행동으로 간주한다고 해서 놀란 적이 있습니다. 의사표현을 하지 않고 은근히 바라보기만 하는 건 스토커 같은 병적인 행동이라는 거죠. 이런 차이를 느낄 때마다 힘에 대한 욕구가 서양인과 동양인에겐 다르지 않을까 하는 생각을 하게 됩니다.

각설하고 힘에 대한 욕구가 큰 사람은 그 성격이 적극적일 것입니다. 무엇이든지 자기가 나서서 결정하고 직접 행동에 옮기는 것을 좋아하겠지요. 어떤 단체에 소속되어 있다면 자신이 그 단체의 의사결정에 영향을 미치려고 할 것입니다. 심하면 지도자 콤플렉스라고 할 정도로 나서기 좋아하는 성격일지도 모릅니다. 그런 사람에게는 보통, 자기 의사가 받아들여지는 단체는 좋은 단체고 자기 의사에 반대하는 단체는 나쁜 단체가 되기 쉽지요.

이런 경우를 상상해 보세요. 결혼을 했는데 부부 두 사람 모두 힘에 대한 욕구가 강해서 무엇이든지 자기가 결정하고 싶어 하는 경우입니다. 아마 그 집은 부부싸움이 그칠 날이 없을 겁니다. 또 두 사람이 다 힘에 대한 욕구가 낮은 편이어서 결정을 서로에게 미루기만 하는 경우입니다. 아마 그 가정은 시원시원하게 처리되는 일이라곤 없을 겁니다.

그래서 이런 농담이 있습니다. 어떤 남자가 자랑합니다.

"우리는 결혼한 이래 한 번도 싸운 적이 없어. 그 비결은 말야. 마누라랑 결혼할 때 타협을 본 거야. 큰 일이 생기면 가장인 내가 결정하고 작은 일이 생기면 마누라가 결정하기로."

친구가 반문합니다.

"그래? 그럼 큰 일과 작은 일은 어떤 기준으로 판단하는데?"

남자가 고개를 갸우뚱하며 대답합니다.

"글쎄. 생각해 보니 모르겠군. 여태까지 큰 일이라곤 없었으니까."

어쩐지 누구네 집과 비슷한 것 같지요?

그런데 힘에 대한 욕구가 강해서 그 욕구를 충족시키는 일에만 골몰하다 보면 다른 욕구를 충족시키는 일과 갈등을 일으킬 수도 있습니다. 사랑과 소속에 대한 욕구를 충족시키고자 결혼을 했는데, 부부 두 사람이 다 힘에 대한 욕구가 강해서 서로가 결정하겠다고 싸우다 보니 가정이 깨어지는 경우입니다. 이럴 땐 어느 쪽이든 자신의 욕구충족을 접어야 합니다. 아니면 두 사람 다 가정이 아닌 다른 곳에서 그 욕구를 충족시키려고 노력해야 합니다. 또 힘에 대한 욕구가 높은 사람은 힘에 대한 욕구가 낮은 사람을 의욕도 없는 멍청이라고 여기기 쉬우며 힘에 대한 욕구를 높이 가지라고 잔소리하기도 합니다. 그러나 타고난 욕구는 바뀌지 않습니다. 욕구를 충족시키려는 행동은 이런 저런 방식으로 바뀌지만 낮은 욕구를 높은 욕구로 바꾸지는 못합니다. 높은 욕구를 낮게 만들 수도 없고요. 힘에 대한 욕구가 낮은 사람은 낮은 채로 권력문제엔 무관심하게 살아가게 됩니다. 힘에 대한 욕구가 높은 아버지가 낮은 아들을 보고 한심하다고 닦달하면, 부자 관계에 금이 가는데, 이럴 땐 낮다는 사실을 인정해야 그 관계가 회복될 수 있습니다. 타고난 욕구를 잔소리나 훈육으로 바꿀 수 있다는 생각은 버려야 합니다.

자유에 대한 욕구 freedom need

움직이고 무엇인가를 선택할 때 자기 뜻대로 하고 싶어 하며, 내키는 대로 구속 없이 살고 싶어 하는 인간이 속성을 가리킵니다. 자기가 원하는 곳으로 가고, 자기가 원하는 곳에 살고, 자기가 원하는 일을 하고 싶다는 것은 인간의 타고난 속성입니다. 그러나 여기서 말하는 것은 그 욕구의 강도입니다. 자신이 원하는 게 아니라고 참지 못하는 사람이 있는가 하면 자기가 원하는 게 아니지만 하는 수 없다, 괜찮다고 반응하는 사람도 있습니다.

사람마다 어떤 욕구가 크고 어떤 욕구는 크지 않은 식으로 나름대로 각각 다르기 때문에 욕구가 다른 사람들은 서로를 이해하기 힘들어 합니다. 제가 아는 분 중에는 손자를 볼 정도로 많은 나이를 먹었음에도 여전히 가족도 없이 떠돌아다니면서 생식이니 명상이니 하는 걸 하면서 즐겁게 사는 사람이 있습니다. 아마 원칙대로 의무와 책임을 다하면서 속세에서 사는 사람의 눈으로 본다면 그 분을 이해하기는 어렵습니다. 그 나이에 가족도 없으니 얼마나 외롭겠는가, 자손이 없으니 인생을 헛살았다고 하겠다며 가엾다고 하겠지요. 그러나 그 분 말을 들어 보면 속세에서 이것저것 얽매여 사는 사람이 정말 불쌍하답니다. 평생을 그렇게 얽매여서 하고 싶은 일도 못해보고 살다니, 얼마나 갑갑할까, 참 안 됐다는 거죠. 그러니 서로의 견해를 좁히려면 서로가 그 인생의 가장 우선되는 욕구가 무엇인지 인정하고 이야기해야 할 것입니다.

이처럼 구속을 싫어하고 뭐든지 자기 마음대로 선택하고 매사에 자유롭고자 하는 욕구가 보통 정도보다 크다면 자유에 대한 욕구가 높다고 합니다.

아이들은 흔히 말합니다. "구속당하는 건 정말 싫어. 나는 로봇이 아니야. 내 마음대로 하면서 살 거야." 그러면서 부모의 말에 반항하기 일쑤죠. 이것은 꼭 자유에 대한 욕구가 높기 때문만은 아닙니다. 부모로부터 정신적으로 독립하려는(그보다는 경제적으로 독립해 준다면 매우 기쁠 텐데요) 그 연령의 특징일 수 있습니다. 사실 어떤 욕구 때문에 그런 행동을 하는지 제대로 구분해내는 것은 까다로울 수 있습니다. 아무튼 사춘기가 아닌데도 여전히 그런 말과 행동을 계속하는 사람이 있을 수 있습니다.

아이들을 데리고 고궁과 같은 곳에 가보면 잘 놀다가도 '들어가지 마시오' 하는 팻말이 붙어 있는 잔디밭엔 반드시 한 발자국이라도 발을 디밀어 보는 아이들이 있습니다. '앉지 마시오' 하는 팻말이 있으면 어른들에게 혼나더라도 일단 궁둥이를 슬쩍 디밀어 보고요. 남들이 다녀서 만들어진 길은 버려두고 멀쩡하게 잔디를 밟고 가로질러서 남이 안 간 길을 간다든지 하는 식의 행동을 하는 겁니다. 데리고 다니는 어른들로선 골치 아픈 아이들이죠. 이런 것도 자유에 대한 욕구가 강하다고 봐야 할 것입니다.

아프리카 마사이족은 감옥에 가둬 두면 저절로 죽어 버린다고 합니다. 마사이족은 넓은 평원을 마음대로 돌아다니며 사는 종족이고 내일이라는 관념이 거의 없기 때문에 지금 당장 자유롭게 돌아다닐 수 없으면 차라리 죽는 게 낫다고 여긴다는 것입니다. 마사이족처럼 죽어 버릴 지경은 아니라고 하더라도 자유에 대한 욕구가 강한 사람은 자신이 구속당한다 싶을 때는 남보다 심한 강도의 스트레스를 받습니다.

그런데 우리나라에선 여자나 아이들처럼 약자의 처지에 있는 사람이 자유에 대한 욕구가 높으면 문제가 많다고 생각하는 경향이 있습니다. 약자들은 강자의 말을 고분고분 들어야 한다는 통념 때문이지요. 만약 자유에 대한 욕구가 강한 자녀를 가졌다면 그 부모의 근심은 대단히 큽니다. 그런 욕구가 강할수록 잔소리는 먹혀들지 않게 마련임에도 부모는 걱정이 되니까 자꾸 잔소리를 하게됩니다. 그런 사람은 살살 달래는 수밖에 없지만, 사실 달랜다고 타고난 욕구는 없어지지 않습니다. 그보다는 어떤 욕구가 강한지, 그래서 어떻게 행동하고 싶어 하는지, 그리고 그 욕구를 충족시키면서도 사회에 적응할 수 있는 바람직한 행동은 무엇인지 연구하는편이 도움이 될 수 있겠지요.

즐거움에 대한 욕구 fun need

새로운 것을 배워서 알고 놀이를 통해 즐기려고 하는 인간의 속성을 말합니다. 글라서 박사는 즐거움에 대한 욕구는 인간 모두에게 기본적으로 있는 것이며 유전자 속에 새겨진 것이라고 주장합니다. 인류가 이런 정도의 문명을 이루어 동물과 차별화될 수 있는요인이 바로 즐거움에 대한 욕구를 타고나기 때문일지도 모릅니다.

책을 읽어서 모르고 있던 지식을 얻게 되었을 때, 엄청 기쁩니다. 뭘 배워서 알게 되는 것도 참으로 뿌듯하고 기쁜 일입니다. 공부가재미없고 따분한 일이라고 생각하게 된 것은 우리 사회가 공부를의무적으로 수행해야 하고, 게다가 좋은 성적을 내야 한다고 강요하기 때문에 빚어진 결과입니다. 공부가 마음 내키는 대로 하는 것이었을 때는 신나고 재미있는 일이었을 것입니다. 그 증거로 학교가아닌 평생교육센터들을 살펴보십시오. 문화센터며 학원에서 사진,

요리, 영화, 만화 등을 배우러 다니는 수많은 사람들을 떠올려 보십시오. 거기서는 학교와 달리 너는 당연히 그걸 공부해야만 하고, 좋은 성적을 내야 한다, 성적이 좋아야 졸업한다고 강요하지 않습니다. 따라서 거기서 배우는 일은 학교 공부와 달리 즐거움이 됩니다. 그래서 공부를 강요하고 성적을 매기는 제도 교육에 대한 비판의 소리가 만연하고 있습니다. 공부를 의무로 만들어서 공부에 대한 즐거움을 빼앗는다는 것입니다. 멀쩡히 잘 놀던 사람도 멍석을 깔아주면 하기 싫어진다는 속담 그대로입니다.

그뿐 아닙니다. 아이들이 놀이하는 것을 보십시오. 배고픈 것도 피곤한 것도 잊고 놀이에 열중합니다. 그럴 때면 아이들의 얼굴은 활짝 피어납니다. 어른들도 취미라는 이름으로 갖가지 놀이에 열중합니다. 전 국민의 오락이라는 고스톱의 성행도 놀이에 대한 어른들의 욕구가 크다는 사실을 보여 줍니다.

그런데 놀이에 대한 욕구가 큰 사람은 끊임없이 즐거운 일을 찾아 나섭니다. 농담을 좋아해서 실없는 말을 잘 하기도 하고, 호기심이 강해서 별것 아닌 일을 가지고 흥분하기도 합니다. 때로는 그 호기심을 충족시키려다 손해를 봐도 태연합니다. 에베레스트 산을 오르다가 실종된 등산가 힐러리 같은 사람도 있습니다. 얼마 전에는 칸첸중가 산을 등반하다가 죽은 우리나라 등반대원도 두 사람이나 있었습니다. 다이버들은 스쿠버다이빙을 하다가 상어의 습격을 받기도 하고 잠수병에 걸리기도 합니다. 위험한 자동차 경주에 목숨을 거는 드라이버도 있습니다. 이런 경우는 즐거움의 욕구가 지나치게 커서 생존의 욕구를 위협하는 정도입니다.

거듭 강조하지만 여기서는 어떤 욕구가 강한 것이 좋고, 어떤 욕구가 강하면 나쁘다고 판단해서는 안 됩니다. 그건 인간이 타고난 것이기 때문에 사람마다 다른 취향이며 개성일 뿐, 좋고 나쁨의 판단 대상이 아닌 것입니다. 욕구 강도가 높다고 좋은 것이 아니고, 낮다고 인간성이 좋다는 표시가 되지 않습니다. 이런 욕구는 태어날 때부터 다르며 의식하든 의식하지 못하든 사람은 타고난 욕구를 충족시키려고 노력하면서 그 인생을 살아갑니다. 우리가 고민해야 할 것은 자신의 욕구를 충족시키려는 그 사람의 행동이 자신에게나 사회에 도움이 되는가, 다른 사람과 조화를 이루는 방향으로 가고 있는가 하는 문제입니다.

인간관계의 갈등 중 많은 부분은 (친밀한 사이일수록 더욱 그러한데) 서로의 욕구가 강하거나 낮은 것을 이해하지 못하는 데서 발생하는 일이 적지 않습니다. 힘에 대한 욕구가 강한 아버지는 힘에 대한 욕구가 낮은 아이를 소극적이며 남들 앞에 나서려고 하지 않는, 성취동기가 낮아서 못쓴다고 불평하고 고쳐주려고 하기 쉽습니다. 또 즐거움에 대한 욕구가 높은 아내는 즐거움에 대한 욕구가 낮은 남편을 이해하지 못합니다. 저렇게 따분하고 밋밋하게 재미라곤 모르는 남자와 함께 일생을 살아가려니 고행이나 다름없이 산다고 불평불만이 대단할 것입니다. 사람마다 욕구 강도가 똑같은 경우는 드뭅니다. 타고나기를, 혹은 성장과정에서 받은 약간의 영향도 더해져서 사람은 각각 다른 강도의 욕구를 갖게 마련입니다. 그것을 알아보고 이해할 수만 있다면 인간관계를 갈등 없이 꾸려나갈 수 있을 것입니다.

다음에는 자신의 욕구를 알아보는 데 도움이 되는 표를 실었습니다. 각 욕구마다 다섯 단계로 나눠 표시하도록 했는데, 자신의 욕구가 중간 정도라고 생각되면 3번을, 높다고 생각되면 4번을, 너무 높아서 다른 욕구와 갈등을 일으키거나 사회적으로 부조화를 이룰 지경이라고 느껴지면 5번을 표시합니다. 물론 그 욕구가 그다지 문제가 되지 않으면 2번을, 심하게 낮아서 갖고 있는지 모를 지경이라면 1번을 표시하면 됩니다. 주변의 친밀한 사람이나 나와 심하게 갈등을 일으키고 있는 사람에게 물어보고 상의해서 정하는 것도 도움이 됩니다. 앞의 설명을 잘 읽고 무슨 욕구가 어떤 것인지 이해한 다음 자신의 단계에 맞는 숫자를 골라 표시하세요. 그리고 그 밑에 주어진 설명하는 칸에다 자신이 왜 그런 숫자를 선택했는지 이유를 간단하게 써보기 바랍니다.

{ 욕구 강도 프로파일 need strength profile }

생존의 욕구 survival need

1 _____ 2 _____ 3 _____ 4 _____ 5

(설명)

사랑과 소속에 대한 욕구 belonging need

1 _____ 2 _____ 3 _____ 4 _____ 5

(설명)

힘에 대한 욕구 power need

1_____2_____3_____4_____5
(설명)

자유의 욕구 freedom need

1_____2_____3_____4_____5
(설명)

즐거움에 대한 욕구 fun need

1_____2_____3_____4_____5
(설명)

　이번 주 과제인 나의 이미지를 쓴 글과 위의 욕구를 알아보는 표는 여러분이 자신을 객관적으로 생각할 수 있는 자료가 될 것입니다. 나의 이미지를 쓴 글은 제1장에 나온 글쓰기의 규칙에 따라 편안한 문장이 되도록 고친 다음, 욕구 강도 프로파일과 함께 잘 보관하십시오. 이 책의 후반기에 가면 여러분은 난데없이 자서전을 쓰게 되는 것이 아니고 이런 자료들을 모은 것을 바탕삼아서 쓰게 될 테니까요.

4장
여러 가지 성격 유형

내가 좋아하는 것들 소개하기

🖋 이번 주 과제를 시작하기 전에 우선 종이 한 장을 준비해 주십시오. 어떤 종이라도 상관없습니다. 그 종이의 중앙에 큰 글씨로 자신의 이름을 쓰십시오. 그리고 아래 그림에 나온 것처럼 종이 네 귀퉁이에다 자신이 좋아하는 것을 쓰도록 합니다.

사람   일

홍길동

장소   물건

구체적으로 써야 합니다. 사람을 쓰는 경우, 나는 이런 외모, 이런 성격을 가진 사람을 좋아한다고 막연히 쓰는 것이 아니라 구체적으로 이름까지 거론해서 써주십시오. 장소도 그렇습니다. 물건도 그렇고 일도 마찬가지입니다. 어떤 일 하는 걸 좋아하는지 쓰십시오. 이것을 쓰라고 하면 한참을 지나도록 망설이기만 하고 끙끙거리는 분이 있는데, 그러면 안 됩니다. 쓰라고 했을 때, 생각할 것도 없이 머리에 언뜻 떠오른 것이 있을 것입니다. 그것이 바로 당신의 마음을 가장 잘, 거짓 없이 나타내는 것입니다. 처음으로 머릿속에 떠오르는 것을 붙잡아서 쓰십시오.

그 다음은 이 종이를 보여주며 말로 설명하는 차례입니다. 설명을 들어줄 상대로는 친구도 좋고 가족도 좋습니다. 혹시 옆에서 같이 자서전 쓰기를 하는 친구가 있다면 그 사람과 교대로 설명하는 방식도 좋습니다. 두 사람이 차례로 종이를 가슴높이로 올려 상대에게 보여 주면서 하나씩 짚어서 설명하세요. 내가 좋아하는 사람은 이 사람인데, 이런 특징을 갖고 있고, 이런저런 면이 마음에 든다, 나와는 어떤 관계가 있다, 는 방식으로 말입니다. 그 다음은 장소, 그 다음은 물건, 그 다음은 일 하는 식으로 순서대로 설명해 나갑니다. 그것의 구체적인 특징이며 인상, 나와의 관계 등등을 상대방이 그림을 떠올릴 수 있도록 충분히 설명하십시오.

설명이 끝나면 종이를 책상 앞에 세워 놓으십시오. 종이를 보면서 말로 설명한 내용을 그대로 노트에 씁니다. 글의 제목은 "내가 좋아하는 것들"입니다. 말로 한 것을 글로 쓰는 것이니까 쉬울 것입니다. 말과 글은 크게 다르지 않습니다. 긴장만 하지 않으면 됩니다.

다음 두 가지 보기 글은 모두 자서전반 학생들의 글로 옆 사람이 좋아하는 것들에 대한 설명을 듣고 난 후 그런 요소들이 모두 들어갈 수 있는 장면 하나를 상상해내어 그 장면 속에 있는 그 사람을 묘사하는 글입니다. 여러분도 자신이 좋아하는 것들이 모두 들어갈 수 있는 장면을 상상하여 그 속에 들어가 있는 자신을 묘사하는 글을 쓰도록 합시다.

보기 1

그녀와 여행을 가게 된다면 해안선을 따라 키위 색 숲이 바다와 나란히 누워 있는 그런 곳에 가고 싶다. 나는 분명 새파란 바다를 멀찌감치 보고서 생각에 잠길 거다. 반면에 그녀는 신발을 백사장에 벗어 던지고 바다로 뛰어들 것이다. 어린아이처럼 파도 속에서 물결 따라 뛰어다니며 즐거워한다. 그러다가 한참이 지나서야 '어머, 어쩜 좋아. 옷이 죄다 젖었네. 나도 참 주책이야'라고 말하며 너털웃음을 지을 것이다. 그녀는 모래를 털어내다가 금세 정겨운 얼굴로 모래가 덕지덕지 묻어 있는 발을 쳐다본다. 그녀는 발가락 사이에 달라붙은 모래 알갱이도 사랑스럽다는 표정이다. 나는 조금 귀찮더라도 그녀가 모래성을 짓는 것을 도와줄 것이다. 반짝거리는 바다에 눈부셔 아래만 내려다본 채 조개껍질을 찾는다. 그리고 바닷바람에 머리카락이 흩날려 신경이 쓰이지만 그녀의 산책에 동행해 줄 것이다. 멀리서 솔잎의 향기가 코끝을 치고 어슴푸레 터진 홍시 같은 해가 수평선으로 다가갈 때 그녀는 갑자기 말이 없어진다. 집에 두고 온 가족을 생각하는 것일까? 아름다웠던 어린 시절을 떠올리는 것일까? 바다를 바라보는 그녀의 눈동자에 그리움이 가득하다.

(하략)

이 글에서 묘사 대상이 된 사람은 좋아하는 것을 바다, 여행, 어린 시절의 추억 등으로 설명하였습니다. 그래서 이 글을 쓴 사람은 바닷가를 거니는 광경을 묘사하되, 소녀 취향도 있고 천진스러우면서도 약간은 산만하기도 한 그녀의 성격이 잘 드러날 수 있도록 애썼다고 합니다.

첫 번째 문장 '그런 곳에'가 아니라 '그런 곳으로'입니다. 그리고 두 번째 문장에서 '보고서서'라는 말은 '서서 바라보면서 생각에……'가 어울릴 듯합니다. 다섯 번째 문장에 있는 '그러다가 한참 지나서야'라는 말보다 '뒤늦게 자신의 모습을 깨달은 듯'이라는 표현이 더 나을 것 같습니다. 그리고 너털웃음이라고 했는데, 여성의 경우엔 너털웃음이라는 표현을 잘 쓰지 않습니다. 차라리 '수선스럽게 웃을 것이다'로 고치면 어떨까요? 다음 '반짝거리는 ……찾는다'라는 문장은 주어가 없습니다. 나인지 그녀인지를 명확하게 쓰도록 합시다.

보기 2

베이지 색 전화기와 벽시계를 차례로 훑어보았다. 오전 11시 45분. 점심시간이 되기 전에 전화를 걸어야 한다. 왜 하필 오늘 같은 날에만 시계 바늘이 빠르게 돌아가는지 모르겠다.

갑작스럽게 전화벨이 울린다.

"K상사 심인수입니다."

아무 대답이 없다.

"여보세요, 전화를 걸었으면 말을 해야죠."

나는 약이 올라서 전화기를 잡은 채로 상대편의 반응을 기다린다. 전화를 건 곳도 역시 사무실인지, 지구 반대편마냥 먼 감이지만, 전화벨 소리, 말소리 비슷한 게 들려온다. 누가 먼저 끊는지 내기하는 심정으로 수화기를 쥐고 있으려니까 상대편도 만만치가 않다.

'도대체 누구길래 전화를 걸어놓고 말을 안 하는 거지.'

"심인수 선배, 전화기 붙들고 뭐하세요?"

"장난 전화를 혼내고 있는 거야."

"그만 두고 식사나 하러 나가시죠."

여전히 말이 없는 수화기를 내려놓았다. 긴 시계바늘은 12에 닿을 듯하다.

"미치겠군. 정말 점심시간이 되기 전에 전화를 걸었어야 했는데."

식당에 들어서자 에어컨 바람에도 불구하고 많은 사람의 훈기 때문에 나의 이마에 송송 땀이 맺힌다.

"선배, 그러게 사람 적은 식당으로 가자니까."

"손님 많은 집이 음식 잘하는 거야."

엉덩이를 의자에 붙이자마자 후배는 된장찌개를 시켰다. 나는 제육덮밥을 주문한다.

"선배, 요즘 다이옥신 때문에 난리인데 다른 걸 시켜요."

"나 심인수는 신문 보도 몇 줄에 쫄아서 벌벌 기는 놈이 아니야. 임마! 어차피 그 난리 지나고 나면 도로 먹을 거면서 라면이고 닭이고 신문에서 반짝할 때면 벌벌 기는 게 창피하지도 않냐. 하여튼 바지 입는다고 다 남자는 아니라니까!"

"그래도 무정자증 때문에 자식 못 낳으면 어쩌려고 그러세요?"

요즘 은영이 생각에 텔레비전을 보지 못했다는 생각이 난다. 그러고 보니 신문도 표제만 읽었다. 그래도 큰 소리 친 말 때문에 묵묵히 제육덮밥을 먹는다. 가능하면 건더기는 피하면서.

퇴근이다. 오늘 하루 종일 전화기를 바라보았지만 결국 나는 은영에게 전화를 걸지 못했다. 내가 먼저 사과하지 않는다면 우리 사이는 이제 끝이다. 은영은 그걸 바라고 있을까? 바로 옆 쓰레기통을 한번 차려다가 보는 사람이 너무 많은 것 같아 그만둔다. 내가 나의 발길을 정처없이 이끌고 있는 이 거리는 언제나 사람들로 가득 차 있었다. 오늘도 예외는 아니다. 손님이 많은 식당, 행인이 북적거리는 거리, 모두가 나를 편안하게 해주는 것이다. 그러나 오늘 나는 이런 것들로 행복해지지 않는다.

(하략)

이 글의 묘사 대상이 된 사람은 가장 좋아하는 사람으로 애인 은영을 꼽았고, 좋아하는 일은 거리 산책이라고 했습니다. 그는 남자답게 행동하려고 애쓰는 면이 있고 장난기도 많다고 했습니다. 그의 그런 성격이 드러날 수 있도록 썼다고 합니다.

그런데 원문은 대화 부분을 행갈이를 하지 않았는데, 제가 임의로 대화 부분을 행갈이하고 따옴표를 넣었습니다. 아무래도 그런 편이 읽기 편리하기 때문입니다. 여러분도 자기만의 개성을 가진 문체를 갖기 전이라면 글에서 대화 부분은 위의 글처럼 행갈이를 하도록 하세요.

전체적으로 잘 씌어진 글이지만 현재형과 과거형 시제가 혼합되어 있는 것이 결점입니다. 현재형으로 쓰면 긴장감이 있지만 묘사가 너무 촘촘해져서 읽기에 빡빡해집니다. 한 행동의 진행을 드러내려고 한다면 어느 쪽을 선택하든 시제를 통일해서 쓰도록 하십시오.

지난주에 배운 것을 기억해 봅시다. 인간에게는 다섯 가지 기본 욕구가 있는데 그 욕구의 강도는 사람마다 각각 다르다는 것. 우리는 그런 사실을 알고는 있더라도 행동이나 감정 면에서는 깜빡 잊곤 한다는 것입니다.

제가 좋아하는 심리학자 융은 이런 말을 했습니다. "사람의 정신이 얼마나 엄청나게 다른가를 알아낸 것이 내 인생의 커다란 경험 중 하나였다." 융처럼 수많은 사람의 성격, 심리, 꿈을 분석한 학자조차(그는 평생 2만 개가 넘는 꿈을 분석했다고 합니다) 그런 말을 했다니 놀랍지 않습니까?

이번에는 사람마다 성격이 다르다는 사실을 좀 더 구체적으로 정리해서 알아보려고 합니다. 이 글을 읽으면서 성급하게 '나는 이런저런 성격이다, 그래서 안 돼.' 하고 단정 짓지 말고 조심스럽게 끝까지 읽도록 합시다. 자신을 이해하여 글로 표현하는 데 도움이 될 것입니다.

여러 가지 인간 유형

마음의 두 가지 태도 — 외향적, 내향적

심리학의 역사에서 융은 많은 업적을 남겼는데, 그 중 하나가 외향적 성격과 내향적 성격을 나눈 것입니다. 지금은 외향, 내향이라는 말이 하도 흔하게 쓰이다 보니 그게 심리학적 용어라기보다는 상식적인 평범한 말이 되었습니다만 여기서 이 말 본래의 뜻을 엄밀하게 설명하도록 하겠습니다.

외향적, 내향적이라는 말은 우리 마음의 태도를 가리키는 것입니다.

이 말을 제대로 이해하려면 우선 객관적, 주관적이라는 말을 상기할 필요가 있습니다. 객관적이라는 말은 개인을 둘러싼 외적인 세계, 즉 다른 인간과 사물, 풍속과 관습, 정치적·경제적·사회적인 제도, 또 물리적인 세계의 조건을 이루는 이 세계를 의미합니다. 그래서 이 객관적인 세계를 우리는 환경, 혹은 주위 세계, 외적 현실이라고 부릅니다. 이와는 반대로 주관적이라는 말은 정신의 내면 세계, 즉 내적인 세계를 가리킵니다. 외적인 세계는 누구나 쉽게 접근할 수 있지만, 개인적이고 내적인 세계는 본인만 감지할 수 있을 뿐, 외부 사람에게는 닫혀 있다는 점이 특징입니다. 우리는 다른 사람의 내적인 세계를 직접 알 수는 없습니다. 오직 그 사람의 말이나 행동, 심리분석을 통해서 짐작할 수만 있습니다.

예를 들겠습니다. 제가 학생이던 시절, 피카소 그림 전시회가 열렸습니다. 피카소의 그림은 뭐가 뭔지 알 수 없도록 난해한 것으로 유명하지요. 현대 미술에 대한 이해가 별로 없는 학생들로서는 피카소의 그림을 보면, 되는 대로 장난친 것 같기도 하여 어리둥절할 뿐이었습니다. 그런데 A라는 학생은 전시회에 가기 전 꼼꼼하게 피카소 그림에 대한 해설을 읽고 전시회에서는 카탈로그의 설명과 대조하면서 그림을 감상하고 고개를 끄덕입니다. "야, 정말 굉장하구나. 어느 어느 책에서 말하는 그대로야. 피카소는 정말 현대 미술의 거장이구나." 그런데 B라는 학생은 해설이나 카탈로그에 나오는 것을 읽기는 하지만 중요하게 받아들이질 않습니다. 오직 그림들을 뚫어져라 들여다보면서 자기에게 어떤 느낌으로 다가오는지만 골몰합니다. 그리고 말합니다. "그게 그림이야? 뭐가 뭔지 하나도 모르게 색칠이 뒤범벅된 거 같아. 내 생각에는 별 거 아닌 그림을 피카소 것이라고 하니까 과대평가하는 거 같아." 이럴 때 우리는 A와 B 중 어느 한쪽이 거짓말하고 있다고 판단하기 쉽습니다. 그러나 두 사람이 다 진정에서 우러난 이야기를 하고 있을 수도 있습니다. 그렇다면 A는 아마도 외향적인 성격일 것입니다. 그는 아무것도 느끼지 못했으면서도 아는 척하느라고 거짓말을 한 것은 아닙니다. A는 실제로 그렇게 느낀 것입니다. 왜냐하면 외향적인

114

성격을 가진 사람은 자신의 내적인 세계에서 일어나는 느낌이나 판단을 좇아가기보다는 외적인 세계에서 일어나는 판단과 느낌에게 우선권을 주는 법이기 때문입니다. 따라서 외적인 세계, 즉 미술 평론가들의 평가, 주변 사람들의 권고, 전시회 카탈로그에 적혀 있는 설명이 자신의 느낌까지도 좌우하게 되기 때문에 그림을 보았을 때의 느낌도 외적인 세계에서 내린 판단 대로 느꼈을 가능성이 큰 것입니다. B는 아마도 내향적인 사람일 것입니다. 그에게는 다른 무엇보다도 자신의 내적 현실이 우위에 있습니다. 외부세계에서 내린 판단이나 설명은 그에게 그다지 영향을 주지 못합니다. 남들이야 뭐라고 하든 자신의 내면에서 일어난 느낌과 판단에 따라 반응합니다. 주관적으로 자기 마음에만 집중하는 것입니다. 그 결과 같은 그림을 놓고서도 마음의 태도에 따라 각각 다르게 느끼게 됩니다.

예에서처럼 마음의 에너지가 외적인 현실을 더 우선시하여 그것에 기준을 두게 되면—심리적 에너지가 외적 현실을 지향하고 있으면—외향적이라고 하며 내적인 현실에 우선권을 주어 기준으로 삼으면 내향적이라고 하는 것입니다.

여러분도 경험하여 알고 있는 사실이겠지만, 100퍼센트 외향적인 사람이나 100퍼센트 내향적인 사람은 세상에 없습니다. 사람들은 어떤 경우에는 외향적으로 반응하고 어떤 경우에는 내향적으로 반응합니다. 다만 그 사람의 행동에서 외향적인 면이 두드러지게 많이 나타나면 외향적 성격인 것이고, 내향적인 면이 두드러지면 내향적이라고 할 뿐입니다.

외향적인 성격은 외부세계와 잘 부합하기 때문에 사교적이고 활동적으로 보입니다. 그러나 그것이 극단으로 흐르면 자신의 주관을 소홀히 할 위험이 있습니다. 평소에는 아주 활달하고 적극적이던 사람이 갑자기 조그만 신체적 이상에 놀라는가 하면, 평소의 그 사람답지 않게 관심이 자신의 신체에만 쏠려 암에 걸린 게 아닌가 걱정하는 등 건강 염려증을 보이기도 합니다. 또 성공적으로 활동하던 사업가가 아무런 신체적 이상이 없음에도 호흡곤란과 같은 증상으로 괴로움을 겪기도 하는데 이것은 대체로 외향성이 너무 극단으로 치우쳐서 내면으로부터 그것을 보상하려는 무의식의 작용이 나타난 것이라고 하겠습니다.

마음의 지도를 공부할 때 인간의 내면에는 반대되는 심리가 잠재되어 있다고 말씀드렸습니다.

의식이 외향적인 사람의 무의식은 내향적입니다. 의식의 외향적인 태도가 일방적으로 과장되게 되면 외향적이 아닌 것은 모조리 무의식으로 쫓겨나서 억압되게 됩니다. 이런 일이 오랫동안 지속되면 의식의 태도와는 정반대인 무의식의 경향이 생겨나는데, 무의식의 경향은 본능적이고 충동적으로 튀어나오게 마련이므로, 긴장을 늦추었거나 피곤할 때, 자아가 통제력을 잃었을 때는 극도의 내향성의 유아적 성향이라고 할 자기중심적이고 이기적인 태도를 보여 주게 됩니다.

그럼 내향적인 성격에 대해 이야기해 봅시다. 건전한 내향형은 자기 자신을 들여다보며 이에 입각해서 사실을 판단하고 행동하려 드는 사람입니다. 그러나 자기 주관을 너무 절대시 하다 보면 주관주의, 자기중심주의에 빠져서 외적인 현실에 적응하는 데 갈등을 겪습니다.

내향적인 사람의 무의식은 외향적입니다. 어떤 사람이 자아를 너무 중요시한다면, 그 사람의 마음 깊숙한 곳에서는 외적인 현실을 과대평가하는 경향이 억압되어, 자기도 모르게 다른 사람에 대한 두려움을 가질 가능성이 있습니다. 과도하게 내향적인 사람은 자아의 우월함을 믿기 위하여 고의적으로 외부세계와의 관계를 끊어버리기도 하며, 조그만 일에도 자아의 중요성을 위협받는다고 느껴서 외부세계에 대항하여 자아를 과잉방어하기도 합니다. 그러다 보면 은둔자처럼 외톨이로 생활하게 됩니다. 이럴 때 무의식은 외향성을 띠게 되어 권력욕이나 지배욕 같은 환상에 사로잡히기 쉽습니다. 이런 환상은 의식의 내향적 태도와는 갈등을 빚게 마련이어서 심한 경우엔 그 사람의 심리적 에너지가 고갈됩니다. 이들의 무의식은 외향적인 사람보다 더 객관적 세계를 과대평가하고 두려워합니다. 극단적으로 내향적으로 변해 버리면 다른 사람이 자신을 박해한다는 피해망상에 사로잡히기도 하고, 때로는 은둔자처럼 생활하던 내향적인 학자가 갑자기 현실세계에 뛰어들어 정치를 하겠다고 설치기도 합니다. 이럴 때의 내향적인 사람은 외향적인 사람보다 더 심하게 객관적인 사실에 집착하고 객관적 질서에 순응, 영합하기 때문에 언뜻 보기에는 더 외향적이라고 착각될 수 있습니다. 그러나 타고나기를 내향적인 사람은 이런 외향적인 태도를 오래 유지하지 못합니다. 사람들 사이에 섞여 있으면 쉽게 지쳐 버립니다. 피로와 허무감을 맛보지요. 그러다 신경쇠약이 되기도 하는데, 다시 내향적인 생활로 돌아가면 활기와 편안함을 느끼게 됩니다. 히틀러가 극도의 내향형이었기 때문에 무의식의 반발로 세계 전쟁을 일으킬 정도의 광적인 권력욕에 사로잡혔다는 사례가 그 좋은 예입니다.

이런 차이 때문에 외향적인 사람과 내향적인 사람에게 질문을 해서 대답을 기다린다면 아마 외향적인 사람의 대답보다 네 배는 더 인내하면서 기다려야 내향적인 사람의 대답을 들을 수 있을 거라고 합니다.

마음의 네 가지 기능 — 사고, 감정, 감각, 직관

마음의 태도를 두 가지로 나누어 보았듯이 마음의 기능은 네 가지로 나눌 수 있습니다. 감정, 사고, 감각, 직관이라는 기능입니다. 융은 감정과 사고가 작용할 때는 이성이 사용되기 때문에 합리적인 기능이라고 했고, 감각과 직관이 작용할 때는 이성이 사용되지 않기 때문에 비합리적인 기능이라고 불렀습니다. 이 기능들은 아래 그림과 같이 나눌 수 있습니다.

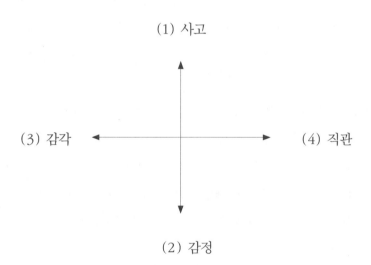

(1) 사고

(3) 감각 ←——————→ (4) 직관

(2) 감정

(1) 사고 여러 관념을 연결시켜 문제 해결에 도달하는 기능입니다. 즉 사물을 이해하고자 하는 지적인 마음의 작용을 말합니다. 옳은지 그른지 시비(是非)를 판단합니다.

(2) 감정 기분이나 상황을 평가하여 어떤 관념이 유쾌한지 불쾌한지 판단하여 그것을 받아들일 것인지, 물리칠 것인지를 결정합니다. 좋고 싫음, 호오(好惡)를 판단합니다.

위의 두 가지 기능을 합리적 기능이라고 하는 까닭은 이 기능에 판단행위가 들어 있기 때문입니다. 사고는 둘이나 그 이상 되는 숫자의 관념 사이에서 연결되는 것이 있는가 없는가를 판단하고, 감정은 어떤 관념의 쾌와 불쾌, 아름다움과 추함을 판단합니다.

(3) 감각 감각기관이 물리적인 자극을 받아서 만들어내는 의식적인 경험입니다. 즉 시각, 청각, 후각, 미각, 촉각처럼 우리 몸에서 비롯되어서 발생하는 경험인 것입니다. 이것을 의식적인 지각이라고 하기도 합니다.

(4) 직관 감각과는 반대로 무의식적으로 알게 된다는 점이 차이점입니다. 본능적으로 무엇인가를 파악하게 되어 알게 되는 작용을 가리킵니다. 사고나 감정처럼 이성적인 판단의 결과로서 생기는 것이 아니라, 직접적으로 얻어지는 경험이라는 점에서는 감각과 같습니다. 그런데 중요한 것은 직관은 뜬금없이 나타난다는 사실입니다. 감각은 그것이 어디서 비롯되었는지 설명할 수 있습니다. 그러나 직관은 그것이 어디서 왔는지, 어떻게 생겨났는지 설명할 수가 없습니다. 그저 그런 느낌이 든다든지, 기분이 그렇다, 내 육감이 그렇다고 한다, 고 밖에는 설명하지 못합니다.

감각과 직관을 비합리적 기능이라고 말하는 까닭은 이 작용에는 이성이 사용되지 않기 때문입니다. 자극에서 비롯된 마음의 기능이지만 사고와 감정처럼 목적이 있는 것도 아니며 판단하지도 않습니다.

융의 말을 인용해 보겠습니다. "이 네 가지 기능적 유형들은 의식이 경험에 대하여 그 지향하는 것을 얻는 네 가지 방법과 일치하고 있다. 감각은 무엇인가가 존재하고 있음을 알려주고, 감정은 그것이 유쾌한가 불쾌한가를 알려주며, 직관은 그것이 어디서 와서 어디로 가는지를 짐작하게 해준다."

아무튼 설명을 요약한 표가 아래에 있으니 보십시오.

선호경향

외향 ← extraversion	에너지의 방향, 주의, 초점 에너지를 어디서 얻고 어디로 향하는가?	→ 내향 introversion
감각 ← sensing	인식의 기준(정보 수집) 정보를 수집할 때 어떤 것에 주의를 기울이는가?	→ 직관 intuition
사고 ← thinking	판단의 기준(결정, 선택) 결정을 내릴 때 어떤 체계를 사용하는가?	→ 감정 feeling

대표적인 표현들

외향	내향
활동적	반영적
외부로	내부로
사교적	말이 없는
사람들과 더불어	개인적인 공간
다수	소수
표현적	조용한
넓게	깊게

감각	직관
세부적	패턴
현재	미래
실리적	상상적
사실적	개혁적
차례로	임의대로
안내에 따라	예감에 따라
일관성	다양성
즐김	바람
노력	영감
유지	변화

사고	감정
머리 중시	가슴
객관	주관
정의내리기	조화
초연	관심
비개인적인 사실	개인적인 사실
비판	감사
분석	공감
정확, 질서	설득
원리원칙	가치들

두 가지 태도와 네 가지 기능은 서로 결합하여 우리의 성격으로 드러나는데, 융은 인간의 성격을 범박하게 나누어서 여덟 가지 유형으로 설명합니다. 이것이 물론 절대적인 것은 아닙니다. 단지 인간을 이해하는 데 참고가 되는 것입니다.

성격의 여덟 가지 유형

외향 사고형

　이 유형의 사람들은 객관적인 사고기능을 중심으로 생활하고 있습니다. 여러 가지 경험 자료를 종합하여 일반적인 견해에 도달하거나 거기서 새로운 결론을 이끌어내는 걸 좋아합니다. 이들에게는 상식적으로 옳고 그르다는 사실이 중요합니다. 지적인 판단을 중요하게 여기며 객관성을 강조합니다. 아마도 이런 유형의 대표적인 인물이 다윈이나 아인슈타인 같은 과학자이겠지요. 이들의 도덕적인 선악 판단, 아름다움과 추함의 판단 기준도 다 객관적인 기준을 따라갑니다. 일반성을 강조하면서 감정이 들어가지 않은 완곡한 표현을 많이 사용합니다. 이들의 감정기능은 억압되어 있기 쉬우므로 다른 사람이 볼 때는 자칫 인간미가 없고 냉혹한 인물로 여겨지기 쉽습니다. 의식적인 태도는 공평무사하고 객관적인 것을 지향하지만 그런 성향에 너무 치우치다 보면 무의식의 태도는 사적이고 이기적이며 감정적인 성향을 띠게 되는데, 무의식의 그런 성향 때문에 어떤 때는 내향적인 사람보다 더 자기중심적이고 독선적이며 고집불통이라는 소리를 듣기도 합니다. 또 이런 무의식적인 경향은 이들이 종교에 한 번 빠졌다 하면 지나치게 빠져들어 광신적인 모습을 띠게 만들기도 합니다.

내향 사고형

외향 사고형과 마찬가지로 이 유형의 사람들도 지적인 판단을 중심으로 생활하는 것이 특징입니다. 그러나 외향 사고형과 달리 지적인 판단의 기준이 외부에 있지 않고 이들의 내면에 있기 때문에 다른 사람들에게 이해받기 어렵습니다. 그 때문에 흔히 위험한 사상의 소유자라든가 이상론자라는 말을 듣기도 합니다. 무슨 일에서든 보다 근본적인 문제가 무엇인지 따지려고 하며 그에 집착하는데, 이들은 자신의 생각을 추구하는 데 끈질기고 집요한 면이 있기 때문에 다른 사람들을 질리게 하기도 합니다. 이 유형은 주로 철학자나 실존심리학자, 정신치료사 같은 일을 하는 사람들에게서 많이 발견됩니다. 이들은 남의 영향을 쉽사리 받아들이지 않는데, 이 때문에 이들의 사고는 현실과 거리가 먼 것이기 쉬워서, 이들의 연구 결과가 현실과는 별로 관계가 없는 것이 되는 수도 많습니다. 이렇게 내향적인 사고가 극단으로 치우치다 보면 정신분열증을 일으킬지도 모릅니다. 이들이 다른 사람에게 주는 인상은 무뚝뚝하고, 거만하고, 쌀쌀맞아 보이거나, 고집도 셉니다. 이들은 외향 사고형과 달리 자신의 생각을 객관적으로 설명하는 일에 서투르며,

또 남들이 어떻게 생각하는지는 별 흥미도 없습니다. 때로 이들은 주관적인 진실과 자기 인격을 혼동하기도 하며, 객관적인 표현력의 결핍은 예민한 감정으로 대신 나타나기도 합니다. 이들은 이지적으로 보이기는 하지만, 무의식의 깊은 곳에는 강한 믿음과 정열이 숨어 있어 때때로 그것이 밖으로 드러나 주위 사람들을 깜짝 놀라게 하기도 합니다.

외향 감정형

　이 유형은 주로 여성들에게 많이 발견된다고 합니다. 사고보다는 감정을 중요시하면서 사는데, 즉 좋고 싫음이 생활의 주요 판단 기준이 된다는 뜻입니다. 이들의 감정은 객관, 즉 일반적으로 통용되는 가치에 부합되는 판단을 하고 있으며, 상식적이고 객관적인 감정을 따라갑니다. 이런 유형의 사람들은 친구를 쉽게 사귀며, 사람들을 즐겁게 해줄 줄도 압니다. 평상시 우리가 모임을 가졌을 때, 분위기를 띄우는 사람이라고 말해지는 이가 바로 이런 유형입니다. 이 유형은 즐겁고 유쾌한 성격이지만 사고형의 사람에게 쉽게 상처를 받습니다. 보는 사람에 따라서는 변덕이 매우 심하다고 여길 수도 있는데, 그 이유는 상황이 변하는 것에 따라 감정도 변하기 때문입니다. 그렇기 때문에 이런 유형의 사람들이 다른 사람에게 보여주는 애착은 그리 오래가지 않습니다. 사랑하는 마음은 쉽게 미워하는 마음으로 바뀌기도 합니다. 어떻게 보면 이들은 매우 감정적이고 기분파입니다. 이런 유형의 사람들이 가장 싫어하는 건 생각하는 일입니다. 생각하라는 요구는 이들을 몸서리치게 합니다. 이들은 무엇인가를 곰곰이 따져서 의미를 캐내야 하는 일을 못 견뎌 합니다. 이들의 생각은 감정에 종속되어 있으므로 사고형의 사람들이 보기에는 주관이라곤 없이 분위기에 휩쓸려서 살아가는 것 같을 것입니다. 그런데 문제는 의식에서 외향적인 감정태도를 일방적으로 발전시키다 보면 감정이 지닌 싱싱한 활기는 사라지고 겉치레를 일삼는, 남의 기분을 따라가는, 위선적인 생활태도를 갖게 될 수도 있다는 것입니다.

내향 감정형

이 유형도 여성들에게 많다고 합니다. 이들도 감정기능을 중심으로 생활하고 있기는 하지만 그 감정은 객관이 아니라 주관, 내적인 기준에 따라 판단되며 밖으로 쉽사리 표현되지 않습니다. 겉보기엔 말수가 적고 접근하기 어려우며 외부세계에 대한 관심이 없는 것 같아서 다른 사람이 그의 마음을 짐작하기는 쉽지 않습니다. 그러나 이들의 내향적인 감정은 잘 분화되어 있기 때문에 무엇이 진정으로 중요한지 제대로 알아볼 줄 압니다. 남들에게 영향을 끼치는 일에도 무관심하고, 다른 사람의 기분을 맞춰줄 줄도 모릅니다. 외면은 그렇지만 그들의 내면은 조화되고 쾌적한 안정감을 누리고 있다고 하겠습니다. 다른 사람에게는 흔히 신비적이라거나 차갑다는 인상을 주는데, 그런 인상이 지나치면 침울하고 의기소침해 보이는 지경이 되어 냉담하다는 비난을 듣게 됩니다. 이들의 의식이 열정을 결여하게 되면 될수록 무의식은 열정적인 성향을 띠게 되어 그것이 폭발했을 땐 깊고 열렬한 감정을 드러내어 주변 사람들을 놀라게 합니다.

외향 감각형

이 유형의 사람들 마음에는 감각을 가장 진하게 불러일으키는 객체들이 결정적인 영향력을 행사하고 있습니다. 이 유형은 다른 어떤 유형의 사람과도 비교할 수 없는 현실주의자라고 하겠습니다. 이들의 가치기준은 객관적으로 측정될 수 있는 감각의 강도입니다. 즉 이들은 자신에게 진한 자극을 주는 감각적인 것을 중시하는 생활을 하며 그것에 매여 있다고 할 수도 있습니다. 이들은 질문을 해도 구체적으로 하며 약도를 그려 주면 다시 묻는 일 없이 쉽게 찾아갑니다. 이처럼 실제적이고 빈틈이 없는데, 외부세계에 대한 경험을 쉴새없이 쌓아 나가려고 하다 보니 자신의 경험을 반성하고 정리하는 일에는 소홀합니다. 또 그처럼 경험의 의미를 따져서 알아내는 일엔 흥미가 없기도 합니다. 이들은 앞일을 생각하지 않으려고 하고 인생을 별 생각 없이 그저 닥치는 대로 살아갑니다. 이들은 구체적으로 지각할 수 있는 현실 속에서만 비로소 편안하게 숨쉴 수 있습니다. 그런데 이들의 감정에는 깊이가 없습니다. 반복되는 일을 따분하게 여겨서 참지 못하며 감각만을 좇아 그에 충실하며 살기 때문에 관능적인 향락주의자로 보입니다. 이런 성향 때문에 이 유형의 사람들은 알코올 중독, 약물 중독과 같은 여러 중독에 빠지기가 쉽다고 합니다.

내향 감각형

이 유형의 사람들은 겉보기에는 멍청하게 보일지도 모릅니다. 이들도 감각을 중심으로 생활하기는 하지만 그 감각은 외부에서 주는 것이 아닌 자기 내부에서 일어난 정신적인 감각입니다. 즉 객관적인 자극에 의해 발생된 주관적인 감각에 따라 이들의 행동은 결정됩니다. 이들에게 감각이란 우선적으로 자기 자신과 관련되는 한에서만 의미가 있으며, 객관적인 세계와 맺는 관계는 그 다음 차례입니다. 그리고 외부세계를 볼 때도 표면보다는 그 이면을 보려고 하는데, 이들이 느끼기에는 외부세계란 자신의 내면세계와 비교한다면 평범하고 흥미롭지도 못합니다. 이런 유형에는 예술적인 감각이 뛰어난 사람들이 많은데, 다른 내향적인 사람들이 그러하듯 이들도 자신을 표현하는 데 곤란을 느낍니다. 다른 사람이 보기에는 무난한 사람이며, 조용하고 수동적이어서 자제심이 있는 것 같지만, 실제로는 외부세계에 무관심하기 때문에 그렇게 보이는 경우가 많습니다. 또 잠잠하게 순응하는 것처럼 지내다가도 엉뚱한 곳에서 벌컥 화를 내기도 합니다. 현실에 무관심하기 때문에 다른 사람에게 이용당하기 쉬우며, 반작용으로 남들이 이해하기 어려운 지배욕에 사로잡히기도 합니다.

외향 직관형

이 유형은 여성들에게 많다고 합니다. 경솔하고 불안정한 생활태도가 특징입니다. 어쩌면 사람을 실컷 이용한 뒤에 쓸모없어졌다고 무자비하게 내버리곤 한다는 비난을 받고 있을지도 모릅니다. 왜냐하면 이들은 외부 세계의 새로운 가능성을 찾아내는 데 탁월한 능력이 있는데, 문제는 하나에 대한 흥미를 오래 지속하지 못하고 또 다른 가능성을 찾으려고 이리저리 관심을 옮겨다니기 때문입니다. 그러나 실제로 이 유형의 사람들은 자기가 대인관계에서 손해를 보고 있는지 이익을 보고 있는지 하는 문제에는 무관심하기 때문에 부당한 비난이라고 느끼게 됩니다. 그저 자신의 흥미가 쏠리는 대로 좇아다닌 것뿐이니까요. 이들에게는 앞으로 사회 정세가 어떻게 변할 것이라든지, 주식시세가 오르고 내릴 것이라든지, 어떤 유행이 선도할 것이라든지 하는, 미래를 예측하는 데 비상한 능력이 있습니다. 그러나 그것을 합리적으로 이론을 내세워 설명하지는 못합니다. 이들은 어떤 사람에게 어떤 가능성이 있는지를 쉽게 발견하여 그것이 객관적인 세계에서 실현될 수 있도록 도와주기도 합니다. 융은 이들을 가리켜 미래를 창조하는 사람들이라고 불렀습니다. 이들이 있음으로 새로운 흐름이 만들어진다는 뜻이죠. 이들의 결점은 따뜻한 인간미는 보이지 않는다는 것이며, 또 외부세계의 감각에만 관심이 쏠려 있다 보니 자신의 건강이나 감각에는 소홀해서 잘 배려하지 못한다는 사실입니다. 그래서 병이 난 뒤에야 자신을 뒤돌아보곤 하지요. 이런 의식적 태도가 일방적으로 강조되다 보면 무의식의 반작용이 커져서 오히려 건강염려증에 걸리기도 합니다.

내향 직관형

예술가가 이 유형의 대표적인 사람들입니다. 또 몽상가, 괴짜, 예언자, 사상가라고 불리는 사람들이 대개 이런 유형에 속합니다. 이들은 다른 사람들이 보기에는 수수께끼의 인물입니다. 그리고 스스로도 자기 자신을 이 세상에서 이해받지 못하고 있는 불우한 천재라고 생각하기도 합니다. 이들에게 주요한 것은 현실의 가능성이 아니라 정신세계에 있어서 미래의 가능성이며, 그렇기 때문에 시대를 앞서가 그 시대의 사람들에게는 인정받지 못한 채로 일생을 보내는 수도 많습니다. 이들은 생각은 많고 현실에 어둡기 때문에 길눈이 어둡다는 특징으로 나타납니다. 아이디어가 풍부하고 미래의 가능성에는 예민합니다. 또 객관적인 현실과 잘 접촉하지 못하기 때문에 같은 유형의 사람들끼리도 충분한 의사소통을 하지 못하며, 객관적인 현실을 무시하는 버릇이 있어서 현실감각도 결여되어 있습니다. 또 이들도 자신의 경험을 남에게 합리적으로 설명하는 데 곤란을 겪습니다. 이들에게서 합리적으로 이해할 수 있는 도덕성을 기대한다는 것은 무리입니다.

이상과 같은 여덟 가지 유형의 성격은 아마도 여러분의 성격에서는 뒤섞여 나타나 있을지도 모릅니다. 그래도 어떤 성향이 강하다든지 하는 식으로 나의 대표적인 성격을 따져볼 수는 있을 겁니다. 그리고 나이를 먹는다는 것은 어느 한쪽으로만 치우쳤던 성격이 정반대(융이 말하는 무의식에 잠겨있던 태도나 성격)의 성격과 뒤섞여 중화되는 과정이기도 합니다. 어렸을 때 극단적으로 내향적이었던 사람은 나이가 들면서 인간관계에 자꾸 부딪치고 연마되어 사회화

됩니다. 사람들과 어울려 살아가는 과정인 셈이지요. 그러다 보면 극단적으로 내향적이었던 성격도 순화되어 외향적인 면이 덧붙여지기도 합니다. 또 외향적인 사람도 중년에 이르게 되면 어느 정도는 내향적인 면이 요구되어 자기 자신을 성찰하고 인생의 의미를 숙고하기도 합니다.

자신의 성격 유형을 생각해 봅시다. 선호경향과 대표적 표현들이라는 표 위에다 표시를 해도 좋고, 따로 노트를 펼쳐놓고 써도 좋습니다. 그리고 여유가 있다면 내 주변의 사람들, 가족의 성격들도 검토해 봅시다.

5장
주관적 글쓰기와
글쓰기 심화

뿌리 찾기—내 집안의 연대표 만들기

1970년대였던 것으로 기억됩니다. 알렉스 헤일리의 『뿌리』라는 소설이 공전의 히트를 쳤습니다. 그 소설의 얼개는 어떻게 보면 단순합니다. 제목이 뜻하는 그대로 한 아프리카계 미국인이 자신의 조상을 추적하여 자신의 근원을 찾아간다는 내용이었습니다. 그 속에는 가슴 아픈 아프리카계 미국인들의 역사가 고스란히 담겨 있어 독자들에게 깊은 감동을 주었습니다. 아프리카의 상아해안에서 노예사냥꾼에게 붙잡혀 미국에 팔려온 노예 쿤타킨테와 그 후손의 역사였습니다. 그 소설은 영화나 텔레비전 드라마로도 각색, 방영되었는데, 그 후 한때 자신의 뿌리를 찾자는 열풍이 전 세계에 몰아친 일도 있습니다.

어쩌면 우리는 아프리카계 미국인들처럼 조상을 찾아 어렵게 근원을 캐어볼 필요가 없는 것 같기도 합니다. 왜냐하면 우리나라 대부분의 가정에는 편리하게도 족보라는 것이 있어 어떤 사람이 나의 시조이고 그 핏줄이 어떻게 이어졌는지 상세하게 알 수 있으니까요. 우리 민족은 유전적으로 자신의 뿌리를 잊지 않으려는 성향

134

이 있는 모양입니다. 그 때문에 족보를 다른 어떤 재산보다도 소중히 여겨 화재나 물난리가 났을 때도 다른 물건보다 우선해서 족보부터 피난시키기도 합니다. 또 사람의 운명을 읽는다는 우리나라 명리학에선 그 사람의 운명을 제대로 판단하려면 단순히 그 한 사람의 인생만으로는 안 되고, 앞뒤 5대를 다 따져봐야 한다고도 하죠. 증조부에서 손자까지. 그래서 선행을 쌓은 집안에는 반드시 좋은 일이 있다는 말이 나왔다는 것입니다. 어쩐지 섬뜩한 느낌이 들지요?

그런데 여기서 여러분에게 요구하는 것은 그런 광대한 뿌리 찾기는 아닙니다. 시조는 누구누구이고, 우리 가문을 중흥한 중시조는 누구이며 분파는 누구의 계통을 이었다는 식으로 이름을 나열한 연대기도 아닙니다. 여러분의 인생에 직접적으로 영향을 미쳤다고 여겨지는 사건들을 모아 연대표를 만드는 것입니다.

이야기의 주제는 언제나 인물입니다만, 그 이야기가 생생히 살아 움직이는 것이 되려면 그 인물이 활동하는 환경(배경: 시대와 장소)에 대한 구체적인 묘사가 있어야 합니다. 사람은 진공 속에서 존재하는 로봇이 아니니까요. 자서전을 쓴다면 그 이야기의 주인공은 여러분 자신일 것입니다. 여러분은 아마도 자신을 잘 알고 있다고 여길 것입니다. 그러나 앞으로 여러분의 자서전을 읽게 될 사람들은 여러분을 여러분 자신만큼 잘 알지는 못합니다. 그러니 여러분이 이러저러한 생각을 했었고, 행동을 했었다는 사실을 읽는 이들에게 납득을 시키려면 자신을 생생하게 살아 있는 인물로 그려야 합니다. 그러자면 자연히 여러분의 배경을 구체적으로 그리는 일도 필요합니다. 만약 여러분이 자신이 살아온 시대를 막연하게밖에 모른다면 그 인생 이야기는 읽는 이를 설득하여 공감을 불러일으키는 데 실패할 것입니다.

(글쓰기 강의에서 저는 자료 준비와 글쓰기의 관계를 빙산에 비교하곤 합니다. 빙산이 바다에 떠 있기 위해서는 바다 밖에 떠오른 빙산의 크기보다 아홉 배는 더 큰 크기의 얼음이 보이지 않는 바다 속에서 버티고 있어 주어야 합니다. 그처럼 글쓰기의 구상과 자료 준비는 노력의 90퍼센트에 해당된다면 정작 글을 쓰는 일은 10퍼센트의 노력밖에는 필요로 하지 않는 것입니다. 그렇게 되도록 애써 보십시오. 글쓰기가 쉬워질 것입니다. 자신이 쓰려는 이야깃감에 대해 많이 알고 있으면 있을수록 글쓰기에 대한 자신감은 점점 커져가는 것을 경험하게 될 것입니다.)

그 준비로 여러분은 자신의 내력, 환경을 이해하고 세부를 조사하여 자료를 모으는 작업을 해야 합니다. 그래서 조부모, 부모, 그리고 자신이 살아온 이 시대를 간략하게 간추려 보자는 것입니다. 예를 들면 홍길동이라는 사람은 아래와 같을 것입니다.

1912년 : 할아버지 홍수천 출생
1933년 : 아버지 홍부길 출생
1957년 : 나, 홍길동 출생……

이걸 놓고 집안의 연대표를 만든다면 홍길동이 주로 관심을 기울여야 하는 시대는 대략 1930년대부터 1960대까지, 약 30여 년간일지도 모릅니다. 물론 내가 중점적으로 쓰려는 이야기에 따라 많이 달라지기는 하지만 우선 나의 부모와 어린 시절을 이야기한다는 측면에서 본다면 말이지요.

보기로 든 연대표를 보십시오.

　내 집안의 연대표

연도	가족사	사회적 상황
1930	홍수천, 김말순과 결혼……	광주학생운동의 여파로 전국적으로 학생들의 시위운동이 파급됨, 소작쟁의와 노동쟁의가 확산됨……
1931	홍수천, 함경도 평천에서 서울로 이주, 담배공장에 공원으로 취직, 영천에서 셋방을 얻어 살림을 차림……	만주사변 발발 동아일보, 하기방학을 맞아 브나로드 운동을 전개……
1932	영천에서 안국동으로 이사함……	이봉창 의사 일본 천황 암살 실패 흥남 적색 노조사건…… 일제의 조선인 압박이 심해짐
1933	아버지, 홍부길 탄생, 백부 홍순길 (당시 4세) 장티푸스로 사망……	기아로 조선 쌀의 일본수출이 규제됨 소작쟁의 격증 총독부가 만주 거주 조선인 보호시설을 만듦……
1934 ~1956	……	……
1957	나, 홍길동 탄생…… 아버지는 종로에 가게를 엶……	경제부흥 6개년 계획 수립 한일회담 재개 KBS 제1방송 종일방송 시작……
1958	큰고모 홍순자 결혼하여 부산으로 감……	제4대 민의원 총선거 진보당 조봉암 사건 보안법 파동……
1959	동생 홍길석 탄생……	조봉암 사형집행 일본 교포 북송을 정식으로 결정 부산과 남부지방 태풍 사라호 엄습
1960	할머니 김말순 사망 4.19의거에 아버지의 점포가 전소됨	4.19의거 전국 교원노조 연합회 결성……

이와 같은 표는 상세하면 상세할수록 여러분이 쓰는 자서전이 구체적이고 정확하여 남들의 공감을 불러일으키는 것이 되도록 만들어 줄 것입니다. 물론 여기서는 최소한도로 줄여 겨우 30년 정도의 기간을 파악하는 것으로 보기를 들었습니다만, 여유가 있다면 기간을 좀 더 늘려 1960년 이후 현재까지 집안의 대소사와 사회적인 상황을 나란히 써서 연도별로 정리하면 좋을 것입니다.

이때 집안의 대소사들을 기억하는 것은 여러분의 기억만으로는 한계가 있을 테니까 가족이나 친척들에게 자세히 물어봐서 정보를 모으도록 합시다. 다양한 관점이 모이면 더욱 객관적이고 정확한 이야기가 나옵니다. 때로는 자신이 미처 생각하지 못했던 흥미진진한 일화가 덧붙여질 수도 있겠지요. 또 사회적 상황을 쓰는 난은 한국사 연표나 한국 현대사를 다룬 역사책을 조사해 보는 것이 좋습니다. 도서관에 가면 그런 자료들이 풍부하게 갖춰져 있는데, 때로는 자료조사 일에 흥미를 느낀 나머지 그에 매몰되어 자서전 쓰기라는 본령을 잊으면 곤란합니다. 그러니 한국 현대사를 전문적으로 다룬 책보다는 백과사전에 딸린 한국사 연표나 중고등학교 수준으로 정리된 한국 현대사 책의 연표 정도를 참조하는 것이면 될 것입니다.

자, 이제 내 집안의 연대표가 완성되었습니까? 그러면 과제 노트를 덮고 책을 계속 읽도록 합시다.

지난 4주 동안 여러분은 객관적으로 자기 자신을 바라보는 방법을 익혔습니다. 대충 내 마음의 지도를 그려 볼 수 있고, 내 욕망의 파일도 만들 수 있게 되었습니다. 그리고 자신이나 주변 사람들이 어떤 성격 유형인지도 파악하게 되었습니다.

그런데 자서전이란 어느 인물을 주인공으로 삼아 제삼자가 객관적으로 관찰해서 쓰는 전기와는 다릅니다. 객관적인 시각이 좋은 틀은 되겠지만, 그것만으로는 자서전이라고 할 수 없습니다. 1주에서 4주까지 익힌 객관적인 자기 알기는 자기중심적 사고에 함몰되어 다른 사람과 의사소통이 되지 않는 경우를 예방하려고 미리 연습해 둔 안전장치이자 자기표현의 틀에 지나지 않습니다. 거기서 배운 것들이 여러분의 인간에 대한 이해를 깊게 해주었겠지만, 그에 얽매어서는 자서전을 쓸 수 없습니다.

앞으로 여러분은 주관적인 글쓰기를 익히게 됩니다. 앞으로 4주 정도는 다른 누구도 아닌 오로지 자기 자신만의 관점에서 자신을 주인공으로 해서 이야기를 하게 되는데, 그럴 때는 속된 표현으로 '그래, 난 원래 이런 사람이거든, 어쩔래? 배 째라' 하는 기분이 필요합니다. 자신을 솔직하게 드러내는 것, 말은 쉽지만 실제로 하려고 해 보면 어렵다고 느끼는 분들이 많습니다. 그래서 이번 주에는 주관적인 자기표현의 자세를 갖도록 하고 또 1주에 했던 글쓰기의 방법을 수사법적인 차원에서 좀 더 깊게 이야기해 보도록 하겠습니다.

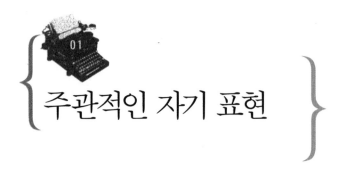

주관적인 자기 표현

주관적 글쓰기를 위해서 여러분이 알아두어야 할 것은 이렇습니다.

첫째, 자신을 가능한 한 완전히 솔직하게 표현하겠다는 마음가짐이 필요합니다.

완전한 자기표현은 자유연상으로 이루어집니다. 자유연상이란 마음에 떠오르는 생각이나 느낌을 숨김없이 그대로 표현하는 일입니다. 특별한 생각이나 느낌을 억누르는 대신 표현하는 데 거부감이 드는 것은 오히려 더 표현하려고 애써야 합니다. 마음에 떠오르는 것이면 무엇이든지, 그것이 사소한 것이라거나, 요점을 벗어난 것 같다거나, 일관성이 없다거나, 비합리적이라거나, 경솔하게 느껴진다거나, 난처한 것 같다거나, 나답지 않다고 생각되거나, 비굴한 느낌이 든다거나에 상관없이 무엇이든지 다 표현하려고 해야 합니다. 여기서 '무엇이든지 다'라고 말하는 것은 글자 뜻 그대로입니다.

마음속에 떠오르는 것이라면 '모든 것을 다'라는 뜻입니다. 자신의 모든 감정을 인정해 주고 발언권을 주는 것입니다. 잠시 스쳐가는 산만한 생각들만 아니라 특별한 기억이나 아이디어도 마찬가지입니다. 자신이 인정하고 싶지 않은 것, 희망, 낙담, 의심, 기쁨, 노여움 등 자신에게서 발견할 수 있는 모든 감정을 모두 표현하려고 해야 합니다.

물론 이것은 우리가 평상시 말하는 습관이나 상식적인 예절과는 어긋납니다. 우리는 무의식적으로 말해도 되는 것과 말하지 말아야 하는 것을 검열하는 습관을 갖고 있습니다.

「벌거벗은 임금님」이라는 동화를 기억할 것입니다. 그 동화에서 어른들은 착한 사람으로 보이고 싶어서, 또 임금님의 기분을 상하게 하고 싶지 않아서, 아니면 그저 일상적인 예절에 어긋나지 않으려고 임금님이 벌거벗었다는 사실을 차마 말하지 못합니다.

그 동화와 같은 일은 우리 주변에서 늘상 일어납니다. 어떤 사람을 만났습니다. 그 사람은 주름살도 늘고 살이 쪘으며 늙어 보입니다. 하지만 우리는 그 사람에게 인사하죠. '오늘은 좋아 보입니다.' 뚱뚱한 여자라면 만났을 때 살이 빠지긴커녕 더 찐 것 같아도 크게 거짓말이 되지만 않으면 '어머 살이 조금 빠진 거 같아요.' 인사치레를 합니다. 상대방의 기분을 좋게 해주려는 하얀 거짓말인 셈입니다. 이처럼 아주 친밀해서 속내를 털어놓을 정도의 사이가 아니라면 우리는 마음에 어떤 생각, 감정이 떠오르든 상대의 기분을 좋게 해주려고 말을 고르는 것이 보통입니다.

그런 일상의 말하는 습관과는 반대되는 것이 바로 자유연상입니다. 떠오르는 그대로, 스쳐가는 생각 그대로를 붙잡아서 말하거나 종이에다 기록하는 것입니다. 그러자면 이성적으로 자기 자신을 판단하고 검열하는 것은 그만두어야 합니다. 긴장을 풀고 누구를 기분 좋게 해주겠다든지, 나는 이런 인간으로 남의 눈에 비쳐야 한다든지 하는 생각은 버려야 합니다. 어떤 이야기를 하겠다는 목적의식도 가지면 안 됩니다.

그런데 어떤 생각을 표현하려고 했을 때, 정말 할 수 없다는 거부의 느낌이 생길 수도 있습니다. 그런 거부 반응이 강하면 강할수록 그것이 특별히 더 중요한 문제라고 여겨 주십시오. 싫다는 느낌으로 그것을 억누르는 대신 오히려 더 적극적으로 쫓아가서 파헤치고 솔직하게 표현하려고 애쓴다면 자기 자신을 아는 데 큰 힘이 될 것입니다.

최대의 솔직성과 성실성, 자신의 독자적이고도 고유한 면을 발견하겠다는 결심, 그리고 그것의 정체를 제대로 알기도 전에 미리 예단하여 부끄러워하지는 않겠다는 당당한 자세야말로 자유연상의 바탕이 됩니다.

그렇지만 아무리 노력해도 자유연상이 되지 않는 사람도 있을 수 있습니다.

예를 든다면 연상하는 과정에서 공포나 억제가 일어날 수도 있습니다. 그것은 혹시 자유롭게 연상해 나가다 보면 금지된 영역까지 침범해 들어가지 않을까 미리 걱정하는 경우에 그렇습니다. 나는 성적으로 깨끗한 사람으로 보여야 한다는 강박관념이 있다면 그 강박관념 때문에 자유연상을 하기는 어렵죠. 혹시 성과 관계된 생각이 튀어나오면 큰 일이라고 걱정하기 때문입니다.

또 고립된 생활을 해온 사람들은 자유연상이 어려울 것입니다. 고립된 생활을 하게 된 이유는 대부분 자신을 감추고 싶다는 무의식적인 소망 때문인데, 그런 사람은 남을 두려워하여 일상생활에서 가면을 쓰고 있어야 안심이 되는 성격이어서 그렇습니다. 그런데 솔직하게 자기를 표현하다 보면 가면이 벗겨질지도 모른다, 약점을 남들에게 들킬지도 모른다고 걱정을 하게 되는 것입니다.

그러나 생각해 보십시오. 가면을 쓰고 살아가는 건 당분간은 나에게 안정감을 줄지 몰라도 결국엔 그 값을 치러야 할 것입니다. 아마도 고립감이 심해져서 작으나마 갖고 있던 심리적 안정마저 엉망이 될 수도 있습니다.

이 세상에는 계산서가 따라오지 않는 사물이나 일은 없습니다. 무엇에나 다 값을 치르게 되어 있습니다. 지금 그 값을 치르지 않아도 되는 것 같아도, 미리 그 값을 치렀거나, 나중에 치르거나 합니다. 제 생각에는 매도 먼저 맞는 편이 낫다는 속담이 있듯, 미리 값을 치르는 게 나은 것 같습니다. 그때그때 값을 지불해 버리면 나중에 한꺼번에 값을 몰아서 치르는 것보다는 덜 고통스러울 테니까요. 매달 내야 할 할부금을 미루고 미루다 보면 나중엔 이자까지 붙은 엄청난 빚이 되어 파산하는 수도 있습니다.

그러니 이 기회에 자신의 무의식적인 요구들을 모두 꺼내놓고 검토해 보는 것도 나쁘지 않을 것입니다. 자서전 쓰기반에서 검토해 본 것이라고 모두 다 나의 자서전에 들어가는 것은 아니니까 창피할 거라고 미리 걱정하지 않아도 됩니다. 마음 한켠에 쌓인 짐을 훨훨 벗어던진다는 기분으로 떠오르는 대로 노트에 적는 것입니다.

또 윤리적인 자율성이 결여된 사람도 자유연상은 잘 되지 않습니다. 윤리적 자율성이 결여되었다는 것은 자기 자신을 지나치게 낮게 평가하고 있어서 무슨 일에서든 자신의 판단을 믿지 못하고 과감하게 내세우지도 못한다는 뜻입니다.

마지막으로 자신이 수치스러운 면을 갖고 있을지도 모른다고 성급하게 판단하고 움츠러들어 있을 때도 자유연상은 하기 어렵습니다. 수치스러운 면이 폭로되면 난처해질 테고, 그런 일을 일부러 사서 하려는 사람은 없으니까요. 그 때문에 자연스럽게 떠오르는 느낌이나 생각을 억압하고 미리 정해 놓은 자기 자신의 모습에 자신을 억지로 끼워 맞추려고 합니다. 그러다 보니 참된 감정은 억압되고 페르소나가 곧 자기 자신이며 남들이 요구하는 감정이 곧 자기 자신의 감정이라고 믿어 버립니다. 그런 분이 쓴 글을 읽어 보면 어색하고 경직되어 있으며 설교투가 되어 공감을 불러일으키지 못합니다.

아무렇든지 위에서 예로 든 것과 같은 상태에 있을 때는 자신의 무의식을 억압하고 있기 때문에 자유연상이 잘 되지 않을 것입니다. 그러나 조금만 지나면 글쓰기를 시작하기 전에 자신이 품었던 두려움이나 억압은 참 부질없다는 느낌이 들 것입니다. 남들은 다 괜찮고 나만 특별히 부끄러운 일면이 있는 것 같아도 사실 다른 사람들도 다른 면에서는 역시 부끄러운 점이 있다는 사실을 깨닫게 되기도 합니다. 그러니 미리부터 겁먹지 말아야 합니다. 인간이라면 누구나 장단점을 다 갖고 있고, 어떤 인생이든 좋은 시절과 나쁜 시절이 번갈아 찾아오도록 되어 있습니다. 그것이 만고불변의 진리입니다. 이 진리가 아무리 엉성해 보여도 이걸 벗어난 인간도 인생도 없다는 걸 나는 확신하고 있습니다. 움츠러들지 말고 당당하게 자기를 표현합시다.

둘째, 자기 자신 속의 무의식적인 추진력과 그것이 내 인생에 미치는 영향을 자각할 필요가 있습니다.

통찰은 자신의 참된 감정이 무엇인지 꿰뚫어보게 합니다. 이 참된 감정이야말로 여러분의 자서전이 가치 있고 감동적인 것이 되게 해줄 것입니다. 그리고 다른 이익도 있습니다. 참다운 자기 자신의 모습을 정면으로 보게 되면 자신의 좋은 점은 더욱 발전시킬 수 있으며, 한편으로는 무의식에서 억압하고 고통스러워했던 것을 살려내어 그 힘을 약화시킬 수도 있습니다. 여기서 깨닫는다는 건 머리로 아는 것만을 뜻하지 않습니다.

자기 자신에 대해 아는 것은 자유와 해방을 가져다줍니다. 성경에 나오는 진리가 너희를 자유롭게 한다는 말은 그런 뜻이라고 저는 생각합니다. 무의식에서 자기를 억압하던 심리적인 에너지를 풀어주면 고통을 경감하게 되며 보다 자유롭게 살 수 있습니다. 무엇을 하더라도 스트레스가 없는 상태에 가까워질 수 있는 것입니다.

가끔 저는 인간 정신의 그런 면이 놀랍다는 생각이 듭니다. 고통스러울 때 그 고통과 맞대응하여 원인으로 캐어 들어가면 그 고통이 덜해진다는 사실 말입니다. 마치 캄캄한 밤 저편에 무엇이 있는지 모르고 마냥 두렵기만 할 때, 저편에 불을 비춰 무엇이 있는지 그 실체를 알게 되면 두려움이 없어지는 것과 마찬가지일 것입니다. 우리는 자신도 미처 깨닫지 못하고 있는 내면의 힘이 있습니다. 그 힘은 나를 돕는 방향으로, 때로는 나를 억압하여 고통스럽게 만드는 방향으로 작용합니다. 무의식적으로 말입니다.

한 성공한 사업가가 있었습니다. 그는 활발하고 적극적이며 무서울 정도로 강한 추진력도 가지고 있었습니다. 그런데 점차 그 사업가는 맥이 빠지고 활력을 잃어갔습니다. 모든 게 무의미하고 인생이 쓸쓸하기만 했습니다. 사업가는 자기 인생을 뒤돌아보게 되었습니다. 가만 따져보니 그는 어린 시절 편애가 심한 아버지 밑에서 성장했습니다. 그 아버지는 장남인 그의 형만 편애하여 형이 무슨 일을 하면 무조건 잘했다고 칭찬하고 동생인 그에겐 무관심하고 소홀했습니다. 그래서 그는 아버지의 인정을 받기 위하여 고군분투하게 되었고, 적극적이며 성취동기가 강한 성격을 기르게 되었던 것입니다. 아버지로부터 인정받지 못했다는 상처는 그 사람에게는 돕는 방향에서 높은 성취동기를 갖게 해주었지만, 오랫동안 마음의 상처를 억누르면서 살아오다 보니, 어렸을 때 느낀 애정 결핍감은 나날이 심해져서 중년의 나이에 이른 그가 삶이 무의미하다고 느끼게 만들었던 것입니다.

이건 현재 우리의 경험에만 적용되는 것이 아닙니다. 이제까지는 잊고 지내온 어린 시절의 기억도 마찬가지입니다. 만일 그 기억이 자신에게 어떤 영향을 끼쳤는지 확실하게 깨닫기만 한다면 그 영향력을 경감시킬 수가 있는 것입니다.

제가 아는 사람은 승부욕이 매우 강했습니다. 무슨 일에서든 남보다 자기가 잘나야 한다는 강박관념이 있었습니다. 그러다 보니 논쟁적인 성격이 되었고, 남들에게는 깐깐하고 따지기를 좋아하는 사람으로 여겨졌습니다. 남편이나 아이들에게는 지칠 줄 모르는 잔소리꾼으로 낙인 찍혔습니다. 그 사람은 자신이 왜 그렇게 잘났다고 하려고 기를 쓰는지, 남보다 잘났다는 느낌이 안 들면 마음이 상하는지 몰랐습니다. 그 사람의 승부욕은 나날이 심해져서 평상시에도 늘 불만족 상태로 기분이 우울했고, 다른 사람들과 관계가 원만하지 못했습니다. 한계에 부닥치자 그 사람은 자신에게 그런 면이 있는 이유를 따져보려고 자유연상을 해보았습니다. 천천히 시간을 들여 연상에 연상을 짚어가게 되자, 어느 날 문득 잊고 지냈던 기억 하나가 선명히 떠올랐습니다. 중학교 시절의 일이었습니다. 그 사람은 가난한 집 딸이었는데, 부잣집 딸들만 모이는 명문 중학교를 다녔습니다. 그래서 어린 마음에 유독 자신만 가난하다고 위축되었지요. 그러던 중 결정적인 사건이 터졌습니다. 그 당시에는 물자가 흔치 않던 시절이라 도시락 반찬으로 김치를 담아갈 때 국물이 흐르지 않도록 미제 거버 이유식 병을 사용했습니다. 그 사람은 그게 그렇게 부러울 수가 없었다고 합니다. 시장에선 빈 이유식 병을 팔고 있었지만, 가난해서 그걸 살 수가 없었습니다. 하도 부러워하다 보니 나중엔 도시락 반찬으로 국물이 흐르지 않게 김치를 싸가는 게 소원이 되었습니다. 그래서 꾀를 내어 폰즈 콜드 크림 병을 깨끗이 씻어 거기에 김치를 담아 학교에 갔습니다. 점심시간에 그 병을 내놓자 친구들은 모두 비웃었습니다. 화장품 병에 먹을 걸 담아 왔다고. 비웃음에 죽을 만큼 창피했지만 워낙 자존심이 대단했던지라 그때는 내색하지 않았습니다. 그게 마음에 괴어 있었는데, 기억하고 있으면 너무 가슴이 아프니까 무의식에 저장되어 있었습니다. 자유연상을 할 때까지는 그 기억은 까맣게 잊혀 있었습니다. 그러니까 그 상처는 무의식 속에 저장되어 남보다 잘나고 싶다는 강박관념을 만들어 냈고, 매사에 경쟁적인 사람, 가족들에겐 잘해야 한다고 잔소리하는 사람으로 만들었던 것입니다. 그것이 바로 무의식이 가진 힘입니다.

제가 여기서 이야기하고자 하는 내용은 이것입니다. 그 사람은 그 기억을 되살리면서(기억도 못했던 그때의 친구들 이름까지도 생생히 떠올랐답니다) 그때의 가슴 아픔이 너무나 절실해서 밤새 혼자 펑펑 울었다고 하는데, 그 후로 그 사람은 무의식적인 강박에서 벗어나서 훨씬 편안한 사람이 되었다는 사실입니다. 이처럼 고통의 원인을 알게 되면 고통이 덜해진다는 사실을 말씀드리려는 것입니다. 물론 고통이 흔적도 없이 아주 사라져 버리고 당장 새로운 인간으로 변모한다는 식의 마술 같은 일은 벌어지지 않습니다. 고통이 덜어지면서 자신이 보다 만족스러운 생활을 할 수 있는 한 걸음, 한 걸음이 이어질 수 있다고 말씀드리려는 것입니다.

그리고 더욱 중요한 것은 자신이 느꼈던 불안, 분노, 슬픔, 공포, 경멸 등등 지금까지 억압되어 있던 감정을 무엇이든지 자유롭게 표현할 수 있게 된다면, 그 억압에 맞먹는 적극적이고 활동적인 심리 에너지가 해방되어 자기 자신을 도와주는 쪽으로 사용할 수 있게 된다는 사실입니다. 이럴 때 눈물 다음으로 흔히 웃음이 찾아오는데 그 웃음은 바로 자신이 해방되었다는 사실을 보여주는 것입니다. 그리하여 긴장감을 없애고 보다 자유롭고 편안하게 행동하고 생활하게 되는 것입니다.

셋째, 자신과 주위 세계와의 관계를 방해하고 있는 자신의 태도를 제대로 직면하여 변화시키고 싶다는 의욕을 갖자는 것입니다. 그렇게 하면 보다 솔직해지고 성실하게 제대로 된 자유연상을 할 수가 있습니다.

실제 느끼는 대로 표현하려고 해야 하며, 관습이나 자신의 머리가 생각해낸 기준에 따라 느껴야 한다고 생각되는 것을 표현하면 안 됩니다. 그리고 자신의 감정에 대해 아무런 지시 없이 흐르는 대로 내버려두어야 합니다. 단순히 자신의 관심을 끄는 것, 호기심을 불러일으키는 것, 내면에서 우연히 일어나는 감정의 코드를 그대로 좇아가는 것이 중요합니다. 즉 자발적인 자기 흥미를 따라간다는 뜻입니다.

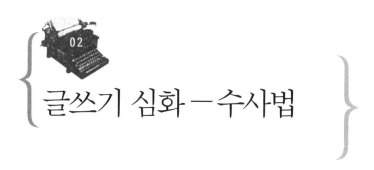

글쓰기 심화 — 수사법

여기서 익힐 것은 수사법입니다. 1장에서 설명했던 수식어구와 이번에 말하는 수사법은 다른 것입니다. 수식어구는 꾸며지는 말을 구체적인 것으로 한정하여 선명하게 만들어 준다면 수사법은 다른 이미지를 가져다 붙여서 문장에 생기를 주며 읽는 이에게 인상적인 이미지를 불러일으키려는 것입니다.

보기 1   **수식어구의 사용**

종소리(세상에 있는 모든 종소리 중 어느 것을 말하는지 막연함)

커다란 종소리 (모든 종소리 중에서 소리가 작은 것은 제외)

추억의 큰 종소리 (옛날에 들었던 큰 종소리로 한정됨)

슬픈 추억의 큰 종소리 (옛날의 큰 종소리 중에서도 기뻤던 것은 제외)

밑줄 친 부분이 수식어입니다. 수식어를 하나씩 덧붙일 때마다 가리키는 범주가 좁혀들어 무엇을 가리키는지 점점 구체적으로 드러나는 것을 알 수 있을 것입니다.

그러나 범위를 한정할 뿐 종소리의 구체적인 그림을 그려 보게 하지는 못합니다. 읽는 이에게 그림을 그려 보도록 하자면 수사법, 비유가 필요합니다.

보기 2

종소리 + **분수** = **분수처럼 흩어지는 푸른 종소리**
원관념   보조관념

비유하는 말은 수식어와 비슷한 것 같지만, 한정하는 것이 아니라 다른 사물의 형태로 제시하여 머릿속에 그림을 그릴 수 있도록 해줍니다. 이미지가 감각적인 특질을 가리킨다고 하면 여기서 비유법이라는 것은 언어로 감각적 특질을 드러낸다는 뜻입니다. 비유는 비유되는 말(원관념)과 비유하는 말(보조관념)로 구성되어 있습니다. '분수처럼 흩어지는 푸른 종소리'라는 말을 그림으로 그린다

150

면 다음과 같습니다.

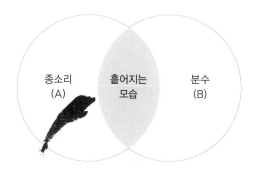

여기서 A 부분을 종소리라고 한다면 B 부분은 분수입니다. 그리고 종소리와 분수가 겹친 빗금친 부분은 같은 점입니다. 겹치지 않은 부분은 둘이 닮지 않고 차이가 있다는 뜻입니다. 여기서 겹친 부분의 내용은 흩어지는 모습입니다. 이 겹친 부분 때문에 비유가 성립됩니다. 종소리가 공중에서 흩어지는 모습과 분수의 물이 흩어지는 모습에 유사성이 없다면 겹치는 부분이 없기 때문에 비유가 성립되지 않습니다. 다음 예를 보십시오.

새의 부리 같은 교실에 일 학년 학생들이 모여 있었다.
　B 보조관념　　　　A 원관념

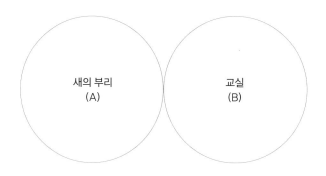

새의 부리와 교실은 겹치는 부분(닮은 부분, 유사성, 공통점)이 없기 때문에 읽는 이에게 아무런 이미지 환기도 시키지 못합니다. 이런 것이 잘못된 비유입니다.

장미꽃은 연꽃처럼 활짝 피었다.
　　A 원관념　　 B 보조관념

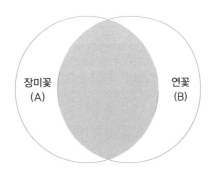

이 비유가 잘못된 까닭은 장미꽃과 연꽃 사이에는 유사성이 너무 많아서 겹치는 부분이 크고 두 관념 사이의 차이가 별로 없다는 사실 때문입니다. 차이가 거의 없다면 새로운 이미지를 만들어내지 못하는 것입니다. 비유가 비유로서 제 역할을 해내지 못한 것입니다. 비유는 원관념에 새로운 이미지를 덧붙이려는 것인데, 보조관념에서 끌어와 덧붙일 새로운 이미지가 적거나 없는 것은 문제입니다.

비유는 언어의 뜻을 확장시켜 새로운 이미지를 창조해내는 기능을 하고 있으며, 그런 기능이 바로 문학이 우리말에서 담당하고 있는 소중한 역할이기도 합니다.

비유에는 여러 가지 방식이 있습니다.

직유

'~처럼', '~같이', '~하듯', 흡사, 꼭, 마치, 닮았다, 같다 등등의 말에 의해 두 개의 관념이 서로 결합되는 수사법입니다. '분수처럼 흩어지는 푸른 종소리'라는 예에서는 '~처럼'이라는 연결어로 두 관념이 이어졌습니다.

은유

직유와 같은 것인데, 차이는 연결어를 사용하지 않는다는 것입니다.

시간은 강처럼 흐르고

'~처럼'이라는 연결어가 있으니까 직유입니다. 여기서 '~처럼'을 없애고 은유를 만듭니다.

시간의 강은 흐르고.

시간은 강이 되어 흐르고

하나의 단어를 다른 말로 바꾸어 놓거나 어떤 사물, 관념, 사람, 사건 등을 다른 것과 동일시하여 이야기하는 방법입니다. 특히 은유는 비유되는 두 말 사이에 유사성에 근거를 두고 있기는 하지만 직접적으로 비교하지 않고 대신하는 형식으로 나타나기 때문에 의미의 함축과 울림의 폭이 크다고 합니다.

환유

그 속성이나 그 안에 포함되는 말 중 비슷한 말을 교환하여 사용하는 방법입니다. '명예를 얻었다'라는 말 대신 '월계관을 썼다'라고 하는 것은 옛날에 명예를 얻은 승자에게 월계관을 씌워 줬다는 풍습이 그 말 안에 포함되어 있습니다. '여자만 보면 좋아한다' 대신 '치마만 보면 좋아한다'는 말은 여자라는 속성 안에 치마를 입는다는 특색이 들어가 있으니까 쓰는 수사법입니다.

제유

부분으로 전체를 대표하도록 하는 것입니다. '강의실 안에는 열 명의 학생이 있었다'라고 하는 대신 '스무 개의 눈동자가 반짝거렸다'라고 표현하는 것, '노랑머리 여자' 대신 그냥 '노랑머리'라고만 하거나, '배 열 척' 대신 '돛 열 개' 하는 식으로 표현하는 방법입니다.

더 많은 종류의 수사법이 있지만 이 중 직유와 은유 두 가지만 터득한다면 맛깔스런 글을 쓰는 데는 무리가 없다고 봅니다. 직유와 은유에 능숙해지려면 주의 깊게 관찰하면서 그것을 무엇에다 견주면 남들이 쉽게 공감할까 자꾸 연구하는 것, 남이 쓴 수사법을 연구하는 것, 그것 밖에는 없습니다.

　직유와 은유는 사람의 감각에 호소하여 새로운 이미지를 만들어 글에 생기를 불어넣는 것이니까, 직유와 은유를 사용하고자 할 때에는 오감에 바탕을 두어 말을 생각하도록 하십시오.

상징

　그것이 원래 뜻하고 있는 것 외의 것을 의미하게 만드는 어법으로 그 대상이나 사건을 의미하면서도 동시에 그것을 넘어선 어떤 것을 의미하거나 일정한 범위 내의 지시 내용을 갖는 단어나 어구를 뜻합니다. 은유가 전이되는 성격이 강한 형식인 것에 비해 상징은 표상성을 가진 형식입니다. 상징은 보조관념만 제시되기 때문에 원관념이 생략된 은유라고 할 수도 있습니다. 또 상징은 이중적인 지시를 합니다. 드러내 보이면서도 동시에 감추려는 이중성입니다. 이러한 이중성에서 오는 반투명성이 상징의 신비로움입니다. 상징의 의미는 보이지 않는 세계와 닿아 있어, 그것은 유한성(구체성)과 무한성(추상성)을 동시에 갖고 있습니다. 상징은 그 기호의 뒷면에 암묵적인 상태로 있는 원관념을 파악하여 이를 드러난 것과 연결할 때 비로소 의미가 살아납니다.

　다음의 예는 김수영의 「풀」이라는 시입니다. 풀이 상징하는 것을 상상해 보십시오.

풀이 눕는다
비를 몰아오는 동풍에 나부껴

풀은 눕고
드디어 울었다
날이 흐려서 더 울다가
다시 누웠다

역설

결합되는 말들의 뜻이 서로 반대로 되거나 말이 중복되면서 모순을 불러일으킴으로써 글쓴이의 뜻을 강조하는 방법입니다.

인간은 죽기 위해서 태어난다.

위의 예에서처럼 외견상으로는 모순되고 불합리한 말 같지만 실제로는 사리에 맞는 의미를 갖고 있습니다. 서로 상반되는 요소가 결합하여 뜻을 강조하는 것입니다. 단순한 진술로는 표현할 수 없는 것을 효과적으로 나타내기 위하여 사용되며 역설의 기미를 담고 있는 말은 읽는 이의 눈길을 잡아끌게 됩니다.

아이러니

예상과는 정반대의 상황을 드러내는 말하기 입니다. 표현된 말과 뜻하는 의미가 서로 반대되는 진술로서 제시되는데 진술의 아이러니와 상황의 아이러니로 나눌 수 있습니다.

사랑은 꽁꽁 묶인 속박을 풀어주는 것입니다.

인생이란 탄생(birth)과 죽음(death) 사이에 있는 선택(choice)이다.

그 외에도 패러디(남의 말을 흉내 내어 말하기인데, '서른, 잔치는 끝났다'라는 시 제목을 흉내 내어, '스물아홉, 섹스는 끝났다'라고 바꾸어 말하는 것이 그 예입니다.) 말장난인 펀(세익스피어? 섹스어필? 이라며 비슷한 소리의 다른 뜻으로 바꾸어 말하는 예), 조롱, 냉소, 과장, 축소 등의 방법이 있습니다.

다음, 브레인스토밍에서 쓰는 큐빙의 방법을 제시했으니 수사법을 연습할 때 기준으로 삼으면 도움이 될 것입니다.

{ 한 사물을 여섯 가지 각도에서 관찰하고 질문하는 방법 }

3분간 생각해 보고 얼른 쓴다.

1) 기술해 본다 ─ 색, 크기, 형태, 소리 등은 어떤가
            어떻게 느끼고 어떻게 보이는가
            어떤 소리가 나는가

2) 비교해 본다 ─ 무엇과 닮았는가
            어떤 점이 닮았는가
            색다른 점은 무엇인가

3) 연상해 본다 ─ 무엇이 연상되는가

　　　　　　　　주위에 있는 것과 닮은 것은

　　　　　　　　반대되는 것은

4) 분석해 본다 ─ 무엇으로 구성되어 있는가

　　　　　　　　각 부분은 무엇으로 되어 있는가

　　　　　　　　각 부분은 어떻게 되어 있는가

5) 응용해 본다 ─ 어떻게 사용할 수 있는가

　　　　　　　　무엇에 쓸 수 있는가

　　　　　　　　무엇에 필요한가

6) 찬성과 반대를 해본다 ─ 그것을 어떤 점에서 찬성하는가

　　　　　　　　　　　그것을 어떤 점에서 반대하는가

　　　　　　　　　　　그 이유는 무엇인가

수사법을 능숙하게 사용할 수 있다면 여러분이 쓰는 글을 맛깔스럽게 하여 읽는 이의 공감을 불러일으킬 수 있습니다. 그러니 직유와 은유를 중심으로 자꾸 연습하십시오.

6장
자아상

나의 부모에 관한 글 쓰기

이번 과제부터 남이야 뭐라고 하든 말든 오로지 나만의 관점에서 내가 느낀 대로 내가 생각한 대로 솔직하게 표현하는 주관적인 글쓰기를 하게 됩니다. 저번 주에 말씀드린 주관적 글쓰기의 자세를 가질 수 있도록 그 부분을 다시 한 번 읽어 봐도 좋겠습니다. 남들에게 자기 자신을 감추지 않겠다는 당당한 마음자세를 가지십시오. 자신의 속마음을 거리낌 없이 드러내어 누가 뭐라고 하든 상관없다, 나는 나일 뿐이다, 배 째라, 라고 생각하는 마음자세 말입니다.

그 자세로 나의 부모에 대한 글을 써보기로 합시다. 잠깐 그렇게 고생하면서 나를 키우셨는데, 이제 와서 부모의 결점까지 들추어내다니, 정말 죄송한 일이다, 그런 생각이 들지도 모르지만, 이번만큼은 그런 마음을 잠시 밀쳐놓으십시오. 부모 앞에서 직접 맞대 놓고 항의하는 게 아니라 혼자 마음으로만 냉정하게 따져보는 것이니까 괜찮습니다.

먼저 4장에서 배운 성격 유형을 떠올려 봅시다. 그 성격 유형에 따라 내 부모의 성격 유형은 어떤 것일까 짐작해 봅시다. 그리고 3장에서 배운 욕구강도 프로파일을 펴놓고 내 부모가 가졌을 욕구 정도와 내 부모가 당신들 인생에서 가장 소중하다고 여겼을 것이 무엇인지 가늠해 봅시다. 이때 여러분이 상기해야 할 것은 지금의 늙으신 상태의 부모가 아니라 내가 어렸을 때 한창 활동하시던 부모의 모습입니다.

과제를 쓰기 위한 준비로 여러분이 메모하고 탐구해야 할 내용을 적어 본다면 다음과 같습니다.

(1) 아버지의 성격유형
(2) 아버지의 욕구강도 프로파일
(3) 아버지가 인생에서 가장 소중하다고 생각한 것
(4) 어머니의 성격유형
(5) 어머니의 욕구강도 프로파일
(6) 어머니가 인생에서 가장 소중하다고 생각한 것

이 여섯 가지 사항을 탐구해 보았다면 이것을 바탕으로 어렸을 때 부모님과 함께 했던 일들을 더듬어서 가장 인상적이었던 일화를 하나 고르십시오. 그것을 글로 씁니다.

다음 보기는 아버지를 묘사한 학생의 과제입니다.

보기 1

(상략)

어느 일요일이었다. 집에서 빈둥거리고 있는데 아버지가 나에게 같이 나가자고 하셨다. 싫었지만 따라나섰다.

후암동 집에서 병무청 앞을 지나 언덕을 오르면서 아버지는 말씀하셨다.

"너, 혹시 남자 친구 있니?"

"없어요. 나는 그런 거 싫어해요."

"여자는 특히 몸조심해야 하는 것이다. 연애 잘못해서 신세 망친 사람이 많이 있단다."

나의 마음을 몰라주는 아버지에 대한 작은 원망으로 퉁명스럽게 대답했다.

"걱정 마세요. 전, 오빠 같은 연애질은 결코 하지 않을 거예요. 전 연애하는 사람을 경멸해요."

매몰찬 내 말에 아버지는 말없이, 때마침 지나가고 있는 남산의 케이블카를 바라보셨다.

어느새 남산 야외 음악당 앞에는 새털구름처럼 많은 사람들이 모여 있었다. 나뭇가지에도 사람 열매가 주렁주렁 달려 있었다. 지붕이 반달 모양인 무대 위에는 가슴에 띠를 두른 남자들이 나란히 서 있었다. '대통령 선거에는 신민당 후보 윤보선을 뽑읍시다'라는 말이 스피커를 찢으면서 계속 튀어나왔다.

환갑이 지난 아버지와 사춘기 열병을 앓고 있는 딸은 아카시아 내음이 짙은 남산 길을 걸었다. 방송국 앞을 지나 명동 입구로 내려왔다. 당연히 들르는 줄만 알았던 필동의 아버지 사무실을 제쳐두고, 진고개의 식당으로 들어갔다.

"아버지가 자주 다니는 곳인데, 불고기가 맛이 있어. 한참 자라는 너희들은 많이 먹어야 돼. 어서 먹어."

아버지는 그렇게 말하면서 하얀 호로병에서 정종을 한 잔 따라 드셨다.

"환갑도 지난 이 나이에 회사를 이젠 그만두어야 하는데 너희들 학비가 걱정이구나……."

들릴락 말락 하는 혼잣말이 담배연기 속에서 퍼져나갔다. 아버지의 흰 머리카락이 석양빛에 반짝였다. 내 눈가에 맺힌 이슬방울이 소리 없이 떨어졌다.

(하략)

위 글은 다른 주제로 쓴 학생의 글인데 아버지와 관련된 부분만 단편적으로 끊어 소개했습니다. 물론 이 속에는 제가 요구하고 있는 세 가지 요소가 다 들어가 있지는 않습니다. 약간 암시가 된 정도로 읽힐 것입니다. 하지만 딸이 아버지가 늙었다는 사실을 비로소 의식하는 순간이 손에 잡힐 듯 잘 그려져 있습니다.

여러분도 이처럼 부모를 소재로 하여 글을 쓰십시오. 여태까지 매주 한 편씩 글 쓰는 연습을 해왔으니까 이젠 어렵지 않을 것입니다. 머릿속에 그리고 있는 추억의 한 장면을 말로 구체적으로 차근차근 늘어놓기만 하면 됩니다. 내가 느끼기엔 지나치다 싶을 만큼 상세하게 (왜냐하면 나는 그 장면을 잘 알고 있지만 읽는 이들은 전혀 모르니까) 묘사하면 됩니다.

아래 〈보기 2〉는 아버지의 성격과 죽음을 표현한 글입니다.

보기 2

아버지는 80세에 돌아가셨다. 18년 전 3월 30일. 철이 좀 일렀는데도 그 해에는 마당 울타리의 넝쿨 장미가 만발을 했었다. 동물과 꽃을 유난히도 사랑했던 아버지는 그럴 수밖에 없는지도 몰랐다. 그것들만이 아버지를 인정하고 좋아했으니까. 술과 도박으로 가정 경제를 책임지지 못하는 무능한 가장이었던 아버지가 마음 편히 앉아 있을 자리가 가정에는 없었다. 성실하게 사업을 해서 큰 기업을 하고 있는 숙부가 집이랑 농토를 사주면 2, 3년은 버텼다. 우리가 농사를 짓고 살 만할 때는 주위의 가난한 사람들이 조금 덕을 보는 편이었다.

(중략)

사진 속의 아버지는 양복에 오버 코트를 입고 구두를 신었다. 흑백 사진이라 무슨 색인지는 잘 모르겠으나 아마 갈색 구두였을 것이다. 러시아 사람이나 쓰고 다니는 것 같은 모자를 쓰고 지팡이를 짚고 서 있는 아버지. 바위랑 나무들 위에 눈이 소복소복 쌓인 것으로 미루어 아마 치악산 어느 암자인 것 같다. 아버지는 70년도 초에 잠시 아무도 반기지 않는 가족의 곁을 떠나 홀연히 치악산으로 떠난 적이 있어서다.

아버지는 아마 지팡이를 빼고는 서대문 영천 고물자 시장에서 구입했을 것이었다. 그리고 노인정 친구들에게는 '이 양복은 우리 며느리가, 이 구두는 우리 큰 딸년이, 그리고 이 모자는 막내 딸년이 사줬다'고 자랑하고 다녔을 테고, 키가 작은 아버지는 고물자 시장에서 산 헌 코트를 스스로 수선집에 가지고 가 줄여 입었을 터였다. 나는 가슴이 터져왔다. 눈물이 시냇물처럼 흐르고 또 흘렀다. 주체할 수 없이 흐르는 눈물의 의미를 오빠는, 언니는 알겠지. 무더운 여름밤이면 어린 우리들을 멍석에 누이시고 잠이 들도록 팔 아프게 부채질을 해주던 분. 당신은 폐인처럼 그렇게 사셨지만 자식들은 바른 길을 가라고 우리나라 역사 이야기를 재밌게 들려주기도 했었지. 아버지는 불가항력의 운명 앞에 그렇게 쓸쓸하게 살다갔다. 땅 한 뙈기, 저축 한 푼 없이 떠나시던 아버지는, 보시던 성경 갈피 속에 유서 한 장을 머리맡에 남겼다. '쓸데없는 짓인 줄 안다만, 내가 읽던 성경책을 관 속에 넣어다오. 그리고 장례일을 보는 일꾼들을 잘 먹이고 후한 임금으로 대접해라.'

산자락 한 모퉁이에 아버지를 묻고 있는 자식들의 슬픈 표정이 왠지영 낯설어 보인다.

읽다 보면 왠지 눈시울이 뜨뜻해지는 글입니다. 가슴 아픈 아버지에 대한 추억을 담담하게 쓴 점을 높이 사고 싶습니다. 이 글의 전체 내용은 옛 사진을 보면서 아버지를 회상하는 것인데, 첫 문장에서 아버지의 죽음을 망설이지 않고 바로 밝히고 시작한 것은 좋은 도입부라고 하겠습니다. 그리고 장미가 핀 것과 꽃을 좋아한 아버지의 생전 취미를 연결시킨 것도 잘 되었습니다. 그런데 '동물과 꽃'이라는 말이 좀 어색하지요? '식물이 아닌 꽃'이라고 한 것이 어울리지 않는 듯합니다. '그것들만이 아버지를 인정했다'는 표현도 걸립니다. '그것들은 아버지를 반기고 알아주는 듯 보였다'든지 하고 바꾸어 주면 어떨까요.

그리고 '사진 속의 아버지는 양복에……'로 시작되는 문장은 설명이 있었으면 합니다. '옛날 사진을 보면 아버지는 양복에……' 이렇게 이어 나가면 매끄러울 것입니다. 그렇게 하면 그 다음 '흑백 사진'이라는 말을 '흑백'으로 고쳐주어야 할 것입니다. 그리고 그 문단의 끝 문장에도 설명이 더 들어가야 합니다. '70년도 초'라고 하면 70년대 초반의 어느 해라고 오해할 염려가 있습니다. 구체적으로 쓰는 것이 좋은 문장이라는 규칙을 떠올린다면 '70년 겨울 어느 땐가' 이런 식으로 바꾸면 좋겠지요. 그리고 '반기지 않는 가족'이라는 말도 어색합니다. 반긴다는 말은 새로 나타났을 때 나타나는 반응입니다. 그런데 전체 내용으로 짐작해 보면 늙은 아버지가 가족 가운데 섞여들지 못하고 외롭게 겉돌다 산에 갔다는 뜻인 듯합니다. 그러면 '반기다'보다는 '가족에게 소외당했다'든지, '겉돌았다'는 표현이 나을 것입니다. 그리고 '떠난 적이 있어서다'라고 하지 말고 '치악산으로 떠난 것을 기억한다'고 풀어서 써주십시오.

그리고 두 번째와 세 번째 문단도 매끄럽게 이어지지 않습니다. '그 차림을 보고 나는 짐작해본다'는 부연설명이 있다면 좋겠습니다. '눈물이 흐르고 또 흘렀다'는 내용 다음에 '오빠는, 언니는 알겠지'라는 서술어가 어울리지 않습니다. '알 것이다'라고 고치십시오. 그 다음 '당신은 폐인처럼 사셨지만 자식들은 바른 길을 가라고'라는 문장도 서로 대조되는 뜻인데, '폐인'과 '바른 길'이 어울리지 않습니다. 앞이 사람이니까 뒤에도 그와 반대되는 사람, 즉 '정상인', 혹은 '훌륭한 사람'으로 받아주면 좋겠습니다.

그리고 이 글의 마지막 문장도 그 문장 앞에다 '그 사진 옆 장례식 사진을 보니'라고 설명을 덧붙이는 것이 좋겠습니다.

다음 〈보기 3〉은 어머니의 추억을 기억한다는 말을 모티프로 하여 이야기를 끌어낸 학생의 글입니다.

보기 3

① 나는 기억한다, 내 어머니의 마지막 숨결을.
눈이 내릴 것 같던 그 날, 퀭한 눈으로 천장을 바라보며 '너 불쌍해서…… 어떻게…… 눈을 감나……' 라고 말하며 어머니는 주룩 눈물을 흘렸다. 나는 벌써 오래 전에 성인이 되었고 이젠 내가 보살펴야 할 나이인데 괜한 걱정을 하신다고 생각했다.

후에야 알았다. 나에게 용기가 없다는 것과, 닦여진 길에서 이탈해 모험을 시도해 볼 능력도 없다는 것을. 무엇이 불쌍하다는 말인지를 그제야 깨달을 수 있었고, 어머니의 뜻을 헤아릴 수 있었다. 내 어머니는 나보다 더 나를 잘 알고 있었던 것이다.

② 나는 기억한다, 오월의 맑던 햇살을.

어머니는 마루 끝에 나와 앉아 병마에 시달려 뼈만 앙상한 다리를 팔로 끌어당기며 마당을 내려다보았다. 햇살이 수도 앞에 물이 담긴 세숫대야에 반사되어 유리알처럼 반짝이며 부서져 내리꽂히고 있었다. '이젠 병이 곧 나을 것 같애. 네가 보기에도 좋아진 것 같지?'

그때 어머니의 몸은 이미 마를 대로 말라 사람의 형상만 남은 모습이었다. 눈동자도 느리게 움직였고 가늘은 팔 다리가 움직여지는 것이 신기할 정도였다.

"좋아졌어요." 어머니는 금방 환하게 웃었다. 온 얼굴에 주름이 가득해졌다. 울컥 화가 치밀었다. 지금 당신의 모습을 보라고 화를 낼 뻔했다. 종이 한 장 들어 올릴 힘도 없어 보이는 말라 비틀어진 그 모습, 가슴이 아팠다. 아직도 희망이 남아 있다면 기적이란 것을 바랄 수밖에 없었다. 하지만 기적이란 쉽게 일어나는 일이 아니다. 희망조차 갖지 못하는 나에게 어머니는 말했다. '이젠 고기도 먹을 수 있을 것 같아.'

어머니는 우유 한 잔도 삼키지 못했고, 물 한 모금을 삼켜도 한 시간을 내리 토해대던 모습을 나는 생생히 기억한다.

③ 나는 기억한다, 계속 구역질을 하던 어머니가 왕진 온 의사에게 죽여 달라고 하던 말을.

의사는 어머니에게 주사를 놓았다. 오른팔에는 하루를 견딜 수 있는 영양제, 왼쪽 팔에는 아주 미약하게 진정제를 놓고 간호원과 진땀을 흘리며 진물이 흘러내린 시트를 갈던 모습도 기억한다. 자식이라고 줄줄이 있지만 타인인 의사와 간호사보다 어머니를 위해 할 수 있는 일은 아무 것도 없었다. 어머니를 잘못 일으켰다가 뼈가 상할 것 같아 손을 떨며 뒤척여 주는 일이 고작이었다. 몸이 아주 마른 다음에는 퉁퉁 붓기 시작했다. 사람의 목숨이 얼마나 질긴가를 피할 수 없이 지켜봐야만 했다. 고통에 일그러진 어머니의 모습을 보다가 마당으로 나와 하늘을 향해 기도했다. 이젠 어머니를 데려가소서! 아직도 이승에서 갚아야 할 죗값이 남았다면 나에게 넘겨 주시고 이제 그만 눈감게 하소서. 기도를 마치고 오랫동안 두려움에 떨었다. 이런 기도를 하다니!

④ 나는 기억한다. 어머니가 떠나던 날을.

함박눈이 펑펑 내리고 있었다. 마당을 지나 장의차에 실릴 때는 잠시 눈이 멎었다가 장지에 닿자 다시 퍼부어댔다. 온 산이 하얗게 뒤덮였다. 하늘이 어느 곳부터인지 알 수도 없을 만큼 많은 눈이 내렸다. "이렇게 눈이 펑펑 쏟아지는 것을 보니 네 어머니, 아마 좋은 곳으로 가셨나보다." 이모가 목 메인 소리로 말했다.

지금도 어머니의 산소는 눈 속에 묻혀서 내 눈 앞에 나타난다. 이번 추석에도 나는 눈 덮인 산소와는 다른 모습을 보지 못하고 반대쪽으로 거슬러 올라왔다.

전체적으로 말해 이 글은 '나는 기억한다'는 말이 반복되어 글 전체에 리듬감을 부여해 주어서 읽기에 멋진 글이 되었습니다.

우선 밑줄 친 이ㄲ는 말을 살펴봅시다.

① 어머니가 임종시 한 말입니다.
② 어머니가 병들었을 때의 모습입니다.
③ 어머니의 병이 심해졌을 때의 모습입니다.

④ 어머니의 장례식입니다.

　'기억한다'는 말이 반복되고 있는데 ② 부분의 밑줄 친 내용을 나머지 세 개의 이끄는 문장과 조화시키면 더욱 좋은 글이 되겠습니다. 즉 '나는 기억한다, 오월의 맑은 햇살을'이 아니라 '나는 기억한다, 오월의 맑은 햇살 속에서 겨울나무처럼 비쩍 말라 버린 어머니의 모습을'이라고 해주는 것입니다.

　그리고 ① 부분의 두 번째 문장인 '눈이 내릴 것 같던'이란 어구는 비문은 아니지만 글의 끝 부분을 보면 어머니의 장례식에 함박눈이 퍼부었다는 내용이 나오니까 그것과 연결시켜 글의 앞머리와 뒷부분을 연결시켜 '눈이 쏟아질 것 같던'으로 고치면 더욱 맛깔스러운 글이 될 것입니다. 그리고 '이젠 내가 보살펴야 할 나이인데'라는 말은 목적어가 빠졌습니다. 내가 보살펴야 할 사람이 어머니라면 어머니를, 나라면 '나 스스로를 보살펴야 할'이라고 명확하게 써 줍시다. '후에야 알았다'라는 문장이 앞에서 행갈이를 하며 문단을 새로 만들었는데, 행갈이를 하지 않는 편이 낫겠습니다. 같은 내용이니까요. 그리고 그 다음 어머니가 임종시 나를 불쌍하다고 말한 뜻을 되새기는 내용이 나오는데, 어머니 정도의 옛날 어른이 딸이 모험심이 없다고 걱정하는 건 현실감이 없습니다. 그러므로 '모험을 시도해 볼 능력도 없다는 것을'보다는 '고난을 헤쳐 나갈 강인한 생활력이 부족하다는 것을' 하는 정도로 고쳐주면 좋겠습니다.

　①의 끝 문장인 '내 어머니는 나보다 더 나를 잘 알고 있었던 것이다'에서 '나 자신보다 나를 더 잘'로 고쳤으면 합니다.

　② 부분에서 어머니와의 대화를 홑따옴표로 하여 간접화법처럼 처리했는데 그러지 말고 직접화법으로 하여 겹따옴표를 하고 행갈

이를 해주십시오. 그리고 중간쯤 '가늘은'은 '가는'이 맞습니다. 그 다음의 '온 얼굴에 주름이 가득해졌다'와 '울컥 화가 치밀었다' 사이에 설명이 더 필요합니다. 감정의 변화가 너무 돌연합니다. 왜 그런 감정이 일어났는지 읽는 이가 따라갈 수 있도록 설명을 하십시오. '그런 모습을 보자'라든가 혹은 '안쓰럽던 마음 대신 울컥 화가 치미는 것이었다'라는 식으로 편안하게 풀어서 쓰십시오. 그 다음 다음 문장, '아직도 희망이 남아 있다면 기적이란 것을 바랄 수밖에 없었다'라는 것도 어색합니다. '아마 아직도 희망을 품는다면', 혹은 '여전히 기대를 갖는다면' 하는 정도로 고쳐주십시오. 그 다음 '희망조차 갖지 못하는'에서 '그런 희망'이라고 해주시고요. '같아' 와 '어머니' 사이에 행갈이를 한 것도 하지 않아야 할 것입니다.

③ 부분의 네 번째 문장을 보십시오. '타인인 의사와 간호원보다 어머니를'이란 부분에서 '보다'라는 말이 있으니까 '더 잘'이라는 비교하는 부사를 넣어주세요. '몸이 아주 마른 다음에는 퉁퉁 붓기 시작했다'는 병의 진전 상황을 그린 문장도 약간 손질하는 편이 낫겠습니다. '마르더니, 그 다음에는' 이라고 해주면 어떨까요.

④ 부분의 네 번째 문장인 '하늘이 어느 곳부터인지 알 수도 없을 만큼 많은 눈이 내렸다'라는 것을 '많은 눈으로 덮여 하늘과 땅의 경계가 구별되지 않았다'라고 명확하게 써주는 편이 좋겠습니다. 그리고 맨 끝 문장, 현재 시점에서 어머니의 산소를 그려 보는 문장이 두 개가 있는데, 그 뜻이 불명확한 점도 아쉽습니다. 문장을 쓸 때는 뜻이 명확히 드러나도록 구체적으로 쓰는 것이 좋으며 다시 소리내어 읽어 보면서 읽는 이가 자신의 뜻을 명확히 알아들을 수 있는지 연구를 하면 더욱 좋은 문장을 쓸 수 있습니다.

자아상

자아상이란 자기가 생각하고 있는 자기에 대한 그림이라는 뜻입니다. 자아상은 그 사람이 자기 인생에서 중요하다고 여기는 사람—부모, 형제, 가족 등—들이 자신에 대해 어떻게 생각하고 있는가를 받아들여서 마음속에서 자신은 이런 사람이라고 생각하는 것입니다. 자아상이 만들어지는 것은 어렸을 때인데, 그때 그 사람에게 중요했던 사람이라면 부모일 것입니다.

프로이트는 세 살이 되기 전에 그 사람 마음의 모든 내용이 만들어진다고 주장했습니다. 우리 조상들이 물려준 속담 '세 살 버릇 여든까지 간다'는 것과 같은 주장인 셈이죠. 사람이 태어나 뇌 속에 회로가 만들어지는 시기인 세 살까지의 여러 환경적인 요인들이 그 사람의 인생에서 결정적인 영향력을 행사한다고 합니다.

일상에서도 그 말이 신빙성 있어 보이는 것이 치매에 걸린 경우 기억들은 최근에 경험한 일부터 어렸을 때의 경험으로 거슬러 올라가면서 지워진다고 하지요. 그러니까 세 살 이전의 기억은 끝까지 남는다는 것입니다. 아무리 충격적인 일이라도 고령에 경험한 것은, 미약하더라도 어렸을 때 경험한 일보다 쉽게 지워진다는 것입니다. 아마도 초창기에 뇌에 새겨진 회로가 그만큼 깊고 강력하다는 뜻일지도 모릅니다.

또 며칠 전 신문에서 "애 봐주는 비디오가 아이들을 잡는다"라는 기사를 보았습니다. 이유인즉 아이들 머릿속에 부모와의 사랑이니 인간관계니 하는 살아가는 데 기본이 되는 회로가 형성되어야 할 시기에, 강렬한 빛과 색으로 무장한 비디오만 보게 되면, 그런 강렬한 자극에 밀려 아이들 머릿속에 살아 있는 인간과 관계 맺는 일에 관한 회로가 만들어지지 못하여, 성장한 후에는 대인관계며 사회생활에 적응하기 어렵게 된다는 내용입니다.

이처럼 세 살 이전 아이에게는 대인관계의 대표가 되는 사람이며 세상의 전부라고 할 수 있는 부모가, 그 아이를 어떻게 대했는가 하는 것이 그 아이가 성장하여 자신을 어떤 사람으로 생각하면서 살아가게 되는가 하는 문제를 결정하게 됩니다. 어떤 사람의 자신에 대한 느낌과 영상은, 자아상은, 부모를 포함한 그 사람을 둘러싼 가족들이 그 사람을 어떻게 생각하고 어떻게 대했는가 하는 것을 통해 그 생각이 전달이 되어서 만들어진다는 것입니다.

자신을 어떻게 보고 있는가 하는 것은 그 사람이 살아가는 데 기본 동력이 되는 것입니다. 자기 자신을 지나치게 높이 평가하면 그 사회에 적응하기 어렵고 사방에 불화를 일으키고 다니는데, 그와 반대로 자신을 지나치게 낮춰 보게 되면 자신감이 없어서 자기의 잠재능력을 발휘하지 못하고 활동을 제대로 하지 못하며 인간관계에서 많은 문제가 발생합니다.

그래서 자신감 과잉인 이상성격은 자기의 모자란 점이나 잘못을 모르기 때문에 본인은 별로 고민하지 않으면서 주변 사람들을 많이 괴롭히며, 자신감이 없는 소심한 성격은 주변 사람들을 불편하게 하진 않지만 본인은 우울증이나 자살에 이를 정도로 괴로워하게 된다고 하죠. 아무튼 제대로 살아가려면 적절한 수준의 자아상을 가질 필요가 있습니다.

낮은 자아상을 갖고 있을 때 발생하는 문제들

지나치게 낮은 자아상을 가진 것을 다르게 표현한다면 낮은 자존감을 갖고 있다고 말하기도 합니다. 그러니까 아무 근거도 없이 자신을 못났다, 무가치하다고 느낀다는 것입니다. 자존감은 자존심과는 다릅니다. 낮은 자존감을 가진 사람이 자존심이 낮은 사람이 아닙니다. 외면적으로 보면 보통사람과 비교하여 오히려 더 높은 자존심을 가진 것처럼 보일 때도 많습니다. 자기에 대한 의식이 강하고 자아중심적인 모습을 보여주고 있으니까요. 언제 어디서나 남들 눈을 의식합니다. 그래서 어딘지 모르게 편치 않은 인상을 주게 됩니다. 그 사람의 내면에는 자신이 옳다는 것을 증명하고자 하는 열렬한 욕구가 있으며, 그 욕구를 채우기 위해 다른 사람들의 인정을 받으려고 과도하게 애쓰게 됩니다. 그래서 언행이 부자연스럽고 어색해집니다. 그 결과 변명을 많이 하는 사람, 무슨 일에서든 사족을 다는 버릇이 있는 사람 등등의 평판을 얻게 됩니다.

내면으로는 잔뜩 움츠러들어 있기 때문에 남들과 접촉하는 걸 피하려고 하고, 혼자 고립된 생활을 하기도 하는데, 이에 대한 반작용으로 남들에게 과도하게 의존하여 자기에게 자신감을 갖게 해줄 대상을 찾아 헤매는 일도 있습니다. 어느 쪽이든 그 행동이 과도하고 부자연스럽다는 것이 특징일 것입니다. 그러다 보니 다른 사람들은 부담스러워 그를 멀리하게 되고 그러면 외로워서 더욱 누군가가 필요해지고, 하는 식으로 악순환에 빠져 버립니다.

애정도 돈과 마찬가지입니다. 있는 곳으로만 몰려드는 것 같습니다. 언뜻 생각하기엔 모자라는 곳에 주는 것이 합리적일 텐데도, 애정이나 돈 문제만큼은 합리적으로 되지 않는 게 인생인 모양입니다.

사람들은 의외로 냉정한 데가 있어 어떤 사람에게 애정을 주려고 하다가도 그 사람이 애정이 필요한 것을 알게 되면 거둬들이기도 합니다. 그리고 이미 애정을 많이 얻고 있어서 더 이상 필요 없을 듯 보이는 사람에게로 향하기도 합니다. 돈의 흐름에서 흔히 볼 수 있는 빈익빈 부익부 현상이 애정문제에서도 똑같이 벌어집니다. 다른 사람에게 의존하게 되면 될수록 남들로부터 경원 당하게 되는 것, 인생의 비극적인 장면 중의 하나가 아닌가 싶습니다.

자, 낮은 자존감이 우리의 삶 속에서 어떤 양상으로 드러나는지 구체적으로 살펴보기로 합시다.

(1) 열등감

열등감이란 자기를 비하하여 자기에 대해 아주 낮은 개념과 평가를 내리는 것을 뜻합니다. 열등감이 있는 사람은 대부분 자신이 무가치한 인간이라는 느낌으로 괴로워합니다. 어쩐지 외롭고 결핍되어 있다는 느낌이 들면 자신의 주변을 살펴서 거기서 원인을 찾아내려고 하기보다는 자신의 무의식 가운데 열등감이 있는 게 아닌지 살펴보라고 권하고 있습니다.

열등감은 대부분 어렸을 때의 버림받은 기억에서 비롯된다고 합니다. 어린 시절, 자신이 아들이 아니라거나, 식구 수가 너무 많다 보니 돌볼 손길이 부족해서 그 아이만 방치된 느낌이었다든지, 편애가 심한 부모여서 누구보다 덜 사랑받는다는 느낌이었다든지 하는 데서 열등감이 시작됩니다. 실질적으로 부모 중 어느 한쪽을 잃는 일도 아이에게는 커다란 정신적인 상처가 됩니다.

불행한 가정환경의 예를 들어 보겠습니다. 문제아는 없고 문제 부모만 있다는 말이 있습니다. 그 말이 가리키는 것처럼 문제가 있는 부모는 문제가 있는 아이를 만들게 됩니다. 또 자식을 아끼고 사랑하는 마음은 가득하지만 사회생활에 너무 바쁘다 보니, 일 중독 성향이 있어서 아이에게 시간을 내주지 못하는 부모의 경우에도 그 아이는 자신이 사랑받지 못한다고 느끼게 되며, 따라서 자신은 사랑받을 만한 자격이 없다, 따라서 무가치한 존재다, 라고 생각하게 되어 열등감을 갖게 되기 쉽다고 합니다.

우리는 사랑한다고 말을 하기만 하면 사랑하는 거라고 생각하기 쉽습니다. 이것은 틀린 생각입니다. 사랑이란 말이 아닙니다. 행동입니다. 말이야 어떻게 하든 간에 아이들은 부모의 행동을 보고 그 마음을 읽게 됩니다. 아이에게 아무리 사랑한다는 말을 많이 해주어도 실제 그 부모가 아이를 위해 시간을 내주지 않는다면 아이는 자신이 사랑받고 있다고 느끼기 어렵습니다. 머리로는 이해를 할지라도 말입니다.

아버지가 아이에게 오는 일요일에 놀이공원에 놀러 가자고 약속했다고 합시다. 그런데 막상 일요일이 되자 회사에 바쁜 일이 생겨서 아버지는 약속을 지키지 못합니다. 그러면 아이는 아버지에겐 내가 회사보다 못한 존재이고, 나는 원래 부모의 사랑을 받을 자격이 없기 때문에 그렇다고 생각하게 됩니다. 이런 종류의 일이 자꾸 반복되면 아버지가 그 아이에게 아무리 사랑한다고 말해 주어도 아이는 말보다는 행동을 믿기 때문에 자신은 사랑받지 못한다고 생각하게 됩니다.

그리고 귀찮다고 해서, 정신이 사납다고 해서 아이가 하는 말을 가로막고 다 들어주지 않는 것도 아이들은 흔히 자신의 존재에 대한 거절로 받아들입니다.

부모 자식 간의 사랑이든, 연인들 사이의 사랑이든, 사랑하는 행위는 같습니다. 사랑한다면 상대방에게 자신의 관심과 시간을 쏟게 마련입니다. 그것이 없다면 사랑이 아닙니다. 오히려 연인 사이라면 어른이니까 상대방의 사정을 어느 정도 이해할 수 있을 것입니다. 사회생활이란 내 마음대로 움직여지지 않는다, 그래서 마음이 있지만 나에게 시간을 내주지 못하는구나, 하고요. 그러나 아이들은 어른들과 달라서 자신이 보고 싶은 것만 봅니다. 어른들처럼 폭넓게 이해하는 능력이 없습니다. 아이에 대한 사랑은 아이에게서 어른과 같은 이해심을 기대할 수 없기 때문에 어른끼리의 사랑보다도 더 섬세해야 하고, 많은 노력이 필요합니다.

또 예측할 수 없는 환경에서 성장하게 되면 남을 믿지 못하게 되어 열등감이 심한 사람이 됩니다. 아버지가 기분파여서 수시로 기분이 바뀐다고 가정합시다. 어제는 바보 흉내를 냈더니 아버지가 귀엽다고 칭찬하면서 용돈까지 주었습니다. 그런데 오늘은 아버지가 회사에서 기분 나쁜 일을 당하고 왔습니다. 아이는 아버지의 기분을 풀어주려고, 어제와 같은 바보 흉내를 냈습니다. 이미 기분이 나빴던 아버지는 아이에게 만날 바보짓만 하고 있으니 쟤가 자라서 뭐가 될지 모르겠다고 화를 냅니다. 아이는 어리둥절합니다. 어제와 왜 다른지 이해하지 못합니다. 이런 일이 몇 번 되풀이되면 아이는 사람을 믿지 못하게 됩니다. 아이를 키울 때 일관성이 있어야 한다는 건 그래서입니다.

또 너무 가난해서 제대로 보호받을 수 없는 환경에서 자란 경우에도 열등감이 생깁니다. 이와는 반대 같지만, 과잉보호를 하는 부모도 아이에게 열등감을 심어줍니다.

과잉보호란 부모가 아이를 대신해서 모든 것을 선택하고 제공해주는 것을 말합니다. 그것은 아이 스스로 인생을 살 기회를 빼앗는 것입니다. 과잉보호는 언뜻 보기에 아이를 지극히 위하는 마음에서 그러는 것 같지만 캐어보면 부모가 그 아이를 믿지 못하기 때문에 그렇게 하게 됩니다. 물론 부모가 뭐든지 알아서 해준다면 부모는 같은 잔소리를 반복하지 않아서 편하고 아이도 편하긴 할 것입니다. 그러나 아이는 은연중 자기가 못나서 부모가 자신을 믿어주지 않는다고 생각하게 됩니다. 따라서 자신이 못났다는 생각을 주입받게 되는 셈입니다. 그 결과 매사에 자신감을 잃어버립니다. 모든 것을 미리 알아서 해주는 부모에게 아이는 처음에는 고마워할지 모르지만 차츰 무엇에도 만족하지 못하고 의욕도 없는 만성적인 의욕상실의 상태에서 살게 됩니다.

과잉보호를 하는 부모에게 물어보면 대개는 자식을 위하는 마음에서 그런다고 대답하지만 진짜 이유는 그게 아닙니다. 부모 자신이 어려서 받은 상처가 있는데, 그것을 보상하려는 기대심리가 원인입니다. 못 배운 한을 풀기 위해 아이를 일류대학에 합격시키려고 수없이 과외로 내돌린다든지, 하는 건 흔히 볼 수 있는 예입니다. 그런 경우 아이를 위해 공부시킨다고 말하지만, 부모는 자신의 과거 경험에 얽매여서 아이의 현재와 미래를 잡고 있는 것입니다.

그리고 더욱 아이러닉한 일은 과잉보호를 하는 부모들은 자기 자신을 스스로도 믿지 못하는 경우가 많다는 것입니다.

또 부모가 조건적으로 아이를 훈육할 때도 열등감이 생기기 쉽습니다. 요즘 많은 부모들이 아이를 키울 때 좋은 성적을 내도록 독려하기 위해서 성적에 따라 상벌을 주기도 합니다. 그러나 그 상벌이 단순히 공부에 대한 칭찬과 꾸지람을 넘어서서 아이의 인격까지도 문제삼는 상벌이 된다면 그것도 문제입니다. 공부를 잘하면 부모가 나를 사랑할 것이고, 공부를 못하면 나를 사랑하지 않을 것이다. 아이가 그렇게 믿게 되면 안 됩니다. 아이는 자기 자신으로 사랑받는 것이 아니라, 공부를 잘하기 때문에 사랑받는다고 생각하게 되면 그냥 자기 자신인 것만으로는 무가치하다는 열등감으로 빠져드는 것입니다.

또 어른들끼리 말할 때도 절대 하지 말아야 하는 것인데, 아이를 남과 비교해서 꾸중하거나 칭찬하는 것입니다. 비교 당하면서 성장한 경우에는 마음속에 항상 다른 사람과 자신을 비교하는 회로가 만들어지고, 그 때문에 열등감이 싹트며, 만족이라곤 모르는 불행한 인생을 살게 될 우려가 있습니다.

(2) 완벽주의

1998년이었던가요? 미국 대통령 클린턴의 르윈스키 스캔들 때문에 지구촌이 떠들썩했었습니다. 그때 외신에 이런 이야기가 나왔습니다. 어린 시절 불우한 환경에서 성장한 사람은 무엇엔가 중독될 확률이 크다고 합니다. 마치 그 말을 증명하듯 어린 시절 불우한 환경에서 자란 클린턴의 형제들은 알코올이나 마약과 같은 여러 가지 중독에 걸렸는데, 유독 클린턴만은 비뚤어지지 않은 성공적인 인생을 산 것으로 여겨졌었다고 합니다. 그런데 스캔들이 터지면서 클린턴 역시 중독자라는 사실이 드러났는데, 그게 바로 섹스 중독이라는 것입니다.

그처럼 중독에는 여러 가지가 있습니다. 그 대상이 무엇이든지 그것이 그 사람의 의지를 휘어잡고 그 사람을 지배하게 되면(콤플렉스와 같지요?) 중독이라고 부르게 됩니다. 일, 알코올, 담배, 마약, 도박, 쇼핑처럼 일반적으로 알려진 중독도 있지만 요즘 들어서 성행하기 시작하여 아직은 중독이라고 알려지지 않은 것도 많습니다. 다이어트와 관련된 폭식증이나 거식증과 같은 음식 중독이 그렇고요, 성형 중독이니 섹스 중독이니 하는 것이 그렇습니다.

그런데 저로서는 참 이해할 수 없는 게 있습니다. 왜 일 중독은 알코올이나 도박, 담배 중독처럼 사회적으로 비난받지 않는지, 또 그 중독에 대해 사람들의 경각심을 불러일으키려는 움직임은 없는지 궁금합니다. 오히려 일 중독이 자랑스럽고 칭찬할 만한 행동인 것처럼 중독되라고 널리 선전까지 되는 것 같습니다. 그러나 일 중독처럼 무서운 중독이 또 있을까요? 일에만 몰두해서 주변을 저버리면 주변의 인간관계가 엉망진창이 되게 마련이고 결국엔 인생을 헛살았다, 돈이나 지위 말고는 아무것도 없었다는(그것조차도 못 얻거나 얻은 것을 한순간에 잃는 경우도 많지요) 허무에 빠지게 마련인데요. 일본 사회에서 말하는 회사인간으로 산 남자들이 텅 빈 노년을 맞이하는 것을 떠올려보십시오. 알코올이나 마약, 담배처럼 그 폐해가 당장 드러나지는 않을 수는 있지만 그 인생을 무가치하고 불행한 것으로 만든다는 점에서는 그보다 폐해가 훨씬 더 큽니다. 그런데도 여전히 '일 중독이 되어야 멋지게 사는 거다'라는 식으로 떠드는 것은, 사람들이 중독이랄 정도로 죽자구나 하고 일해야 누군가가 이익을 보기 때문일까요?

아무튼 우리가 완벽주의자라고 부르는 사람은 일 중독자일 것입니다. 일 중독자들은 성취가 동기가 높아 보여서 매스컴이나 사회에서 찬양받지만, 그 사람의 실제 생활은 매우 불행합니다. 그들은 어떤 일을 해야만 한다는 무서운 압박감 밑에서 하루하루를 보내고 있습니다. 조금만 쉬어도 공부해야 한다고, 아무리 잘 해도 고작 그것밖에 못하냐고 잔소리하는 엄마를 평생 내면에 갖고 살아가는 셈입니다. 그런 사람들은 일하지 않을 때는 자신이 무가치하다고 느껴져서 불행합니다. 그리고 또 자신이 해놓은 일에 만족하지도 못합니다. 항상 자기가 할 수 있는 것보다 높은 기준을 갖고 있어서 현재의 자기 상태를 고작 그것밖에 안 되냐고 질책하는 느낌이 가득합니다.

컵에 물이 반 정도 차 있을 때, 그것을 보고 반응하는 두 가지 태도에 대한 이야기는 유명합니다. 그것을 보고 '컵의 물이 반이나 남았네' 하는 사람은 낙관주의자고 '컵의 물이 반밖에 안 남았네' 하는 사람은 비관주의자라고 하죠.

완벽주의자들은 대개가 물이 반밖에 안 남았다고 슬퍼하는 비관주의자들입니다. 기준이 매번 높아지기 때문에 아무리 열심히 해도 자신의 기준에 도달하는 적이 없습니다. 그러다 보니 자연히 자신을 낮게 평가하게 되고 열등감으로 괴로워합니다. 항상 근심에 차 있으며 완벽하게 하려다 보니 일을 시작하기가 겁나고 시작해도 끝맺기가 어려워집니다. 그러다 보면 영원히 일을 시작하지 못하고 미루기만 하거나 끝맺지 못하는 만성적인 게으름뱅이가 되기도 합니다.

완벽주의는 일을 성취하는 데 도움을 줄 것 같지만 지나고 보면 오히려 일하는 데 방해가 된다는 걸 알 수 있습니다. 완벽하게 하려고 하다 보니 일을 겁내거나 아예 시작도 못하거나 또 하고 있는 일을 제대로 진행시키지 못하거나 합니다. 완벽주의가 심해지면 자신은 못났다는 생각에 치우쳐 죄책감에 사로잡히는 경우도 생깁니다. 이런 사람들은 다른 사람들의 인정과 비판에 따라 자신에 대한 평가가 크게 달라지는데, 그러면서도 한편으로는 다른 사람들을 자신의 높은 기준에 따라 신랄하게 비판하고 속박하기도 합니다. 그러다 지치면 모든 것에 냉담해집니다. 열정이 사라지고 인생이 시시해져서 사는 일이 정말 재미가 없습니다.

이런 사람은 아무리 노력해도 만족시킬 수 없는 부모 밑에서 자라난 경우가 많습니다. 90점을 맞아 오면 칭찬은커녕 왜 100점은 못 맞았냐고 꾸지람하는 부모가 그렇습니다.

(3) 우울증

현대로 올수록 우울증이란 말은 널리 퍼져서 누구나 쉽게 입에 올리게 되었습니다. 우울증의 원인은 여러 가지가 있겠지만 그것 역시 낮은 자아상을 가졌을 때 일어나는 현상이면서 동시에 낮은 자아상의 원인이 되기도 합니다.

우울증에 걸린 사람은 외모로도 금방 알아볼 수 있습니다. 어깨가 축 처지고 생기 없는 표정, 이 세상에 즐거운 일이라곤 있을 수 없다는 태도를 보여주죠. 이유 없이 식욕이 없어 고생하거나 과식을 하기도 합니다. 영국의 다이애너 황태자비가 우울증에 빠지자 폭식과 구토, 식욕부진을 번갈아 가며 겪었다는 이야기는 유명합니다. 아주 냉담하여 감정이라곤 없어 보이는가 하면, 때로는 별것 아닌 일에 눈물을 흘리기도 합니다. 반대로 지나치게 명랑하게 설치고 다닐 수도 있습니다. 자기 자신에게 생각할 틈이라곤 주지 않도록 강박적으로 바쁘게 지내는 거죠. 쉴새없이 운동 같은 걸 하고 쉴새없이 사람들을 만나고 쉴새없이 이 일 저 일 기웃거립니다. 그러다 문득 혼자가 되면 어쩔 줄 모르고 무너집니다. 그 예로 저는 생각하는 게 정말 싫은 일이 생겼을 때는 손에서 책을 놓지 못합니다. 책에서 눈을 떼는 순간 그걸 생각하게 되기 때문입니다. 아무튼 제가 겪은 걸 비춰보면 우울증의 가장 대표적인 증상이 우유부단인 것 같습니다. 아무 일도 결정하지 못하고 자꾸 미루기만 하는 증상입니다.

우울증에 걸린 사람은 겉으로는 이해심 가득하고 양순하게 보일지는 몰라도 마음속에는 커다란 분노를 품고 있습니다. 슬픔이 억눌려 분노가 되고 그 분노를 억누르려고 하다 보니 응어리져서 우울증이 되는 것입니다. 앞에서 여러 번 말했지만 감정은 억누른다고 해서 없어지는 게 아닙니다. 자꾸 부정하고 억누르다 보면 그것이 응축되어 폭발할 때는 무섭습니다. 그 분노가 세상으로 터져 나오면 '묻지마 살인' 같은 반사회적 범죄가 될 수 있고, 그 분노가 자신에게로 터져 나오면 자살 같은 자해행위가 됩니다.

우울증에 걸린 사람은 이 세상이 자기 혼자에게만 부당하게 대한다고 생각하고 있기 쉽습니다. 심지어 어떤 이들은 피해망상이 되기도 하는데, 이 세상 사람들이 모두 한가하다고 상상해서, 오로지 자기 한 사람만을 못 살게 굴기 위해서 음모를 꾸미고 있다, 마피아 같은 결속을 맺고 있다고 믿게 됩니다. 그런 사람에게 아무리 세상 사람들은 너를 생각할 틈도 없이 바쁘다고 설득하려 해봐야 통하지 않습니다. 그건 감정이 아니라 기분의 문제인데, 감정이 우리를 적시고 지나가는 소나기라면 기분은 우리가 잠겨 있는 물이기 때문입니다.

심리적 방어기제

대개 의식에서 참기 어려운 생각이나 느낌들은 아래 설명한 방법으로 무의식에 내려 보냅니다. 크든 작든 우리 내면에서는 이런일이 일어나고 있습니다. 그렇게 자아를 보살피면서 살아가는 것입니다. 누구나 조금씩 그러면서 살긴 하지만, 그 억압이 너무 심해서 무의식적인 영향력이 커지는 것이 문제입니다. 그때 발휘하는힘이 너무 압도적이어서 자기 조절이 어려워진다면 어떻게든 그것을 똑바로 보아 알고 의식 안으로 끌어들이려고 해야 건강한 마음으로 생활할 수 있습니다.

첫째, 무조건 억압하는 것입니다. 만약 용납할 수 없는 감정이 생기면 사람들은 그냥 억압해 버립니다. 그러다 보면 억압하는 데 자기도 모르게 힘이 들어가기 때문에 늘 긴장하면서 살게 되고 정신적으로도 답답해집니다. 이럴 때 감정은 감정대로 인정해 주면서해소할 방법을 찾는 것이 필요합니다.

둘째, 반동형성입니다. 진실한 마음과는 반대로 행동하게 되는겁니다. 미운 놈 떡 하나 더 준다는 식으로 미워하면 오히려 더 좋은 척 행동하고 표현합니다. 세상에서 자기가 제일 잘났다고 믿는오만한 사람이 입버릇처럼 겸손을 말하는 것입니다. 이 반동형성의 제일 문제스러운 형태는 자기 자신이 희생자인 척하여 상대방의 죄책감을 불러일으켜서 조종하려는 태도입니다. 특히 여자들에게 많이 볼 수 있는데, 자신의 남편의 말이라면 절대적으로 순종하고 있기 때문에 이런저런 일을 하지 못하고 단념했다는 식으로 핑계를 대어 인생의 책임을 남편에게 떠넘겨 놓고 나중에는 남편을 내 마음대로 하는 경우가 그렇습니다. '내가 누구 때문에 이렇게 됐는데?' 그런 사람들의 입버릇이죠. 언뜻 보기에는 여자가 희생자인 것 같지만 그 부부를 자세히 살펴보면 남편 쪽이 희생자인 경우도 꽤 많습니다.

셋째, 보상심리입니다. 보상이란 말 그대로 갚는다는 것입니다. 방귀 뀐 사람이 똥싼 놈 나무란다고, 누가 똥을 누면 방귀를 안 뀐 사람은 가만히 있는데, 방귀 뀐 사람은 더욱 펄쩍 뛰는 것입니다. 문란한 생활을 하는 사람이 오히려 순결을 강조한다든가, 남에게 도덕적 교훈을 주는 데 더 집착하는 것이죠.

넷째, 가장 널리 알려진 합리화라는 것이 있습니다. 일종의 변명일까요. 부모 형제의 곤궁한 형편은 모른 체하면서 사회단체에다 기부금을 내고서, 나는 기부금을 낸 사람이니까 이미 좋은 일 많이 해서 괜찮다, 부모 형제를 방치하는 건 약간의 결점이다, 결점 없는 사람이 어디 있느냐 하는 식으로 변명하는 것입니다. 이솝 우화에서 높은 곳에 달린 포도를 따먹지 못한 여우가 '저 포도는 시다'고 말하는 것이 그것입니다.

다섯째, 지적화가 있습니다. 감정의 문제인데 지식의 문제로 해결하려고 하는 경향입니다. 기분이 우울할 때 내가 얼마나 우울한지 생각하는 게 아니라, 우울증이란 무엇인가, 어느 박사는 우울증을 뭐라고 정의했더라, 하는 식으로 알음알이로서 우울증을 연구하는 것입니다. 지식과 기분은 다릅니다. 이성은 옳고 그름을 판단하는 것이고 감정은 좋고 싫음을 판단하는 것이라는 걸 알고 있지요? 그런데 기분 문제를 지식 문제로 바꾸어서 탐구함으로써,

자기 위안을 삼으려는 것입니다. 우울증이 무엇인가를 연구해서 알면 자신이 잘났다는 느낌이 들어 어느 정도 마음의 위안을 얻을 수는 있겠지만, 우울한 원인은 여전히 무의식에 깔려 그 기분은 지속됩니다. 문제 해결은 아닌 셈이지요. 그러므로 감정 문제는 감정으로 다루어서 풀어야지 지식으로 해결하려고 해봤자 소용없습니다.

여섯째, 투사가 있습니다. 투사란 자기가 열등하다고 느껴 괴로운 기분이 드는 것을 밖에 있는 다른 것에 핑계를 대는 것을 말합니다. 가장 많은 경우가 피해의식인데, 그 속에는 열등감이 들어 있습니다. 자기가 열등하다는 것을 인정하면 마음이 괴로우니까 다른 사람의 음모 때문에 그 일을 하지 못했다고 변명하는 것입니다. 또 유난히 탐욕스러운 사람이 이웃 누군가를 자린고비라고 비난하는 것도 있습니다. 청교도적인 억압의 전통을 가진 백인들이 자신들의 분방한 정열을 흑인들에게 투사하여 흑인들은 분방하게 놀기만 하는 동물스러운 인종이라고 비난하는 것도 그렇습니다.

팬레터 보내기

이제 여러분은 자신의 무의식에서 결정적인 영향력을 행사하고 있는 자신의 어린 시절을 더듬어 볼 수 있게 되었습니다. 가족들이 나에게 비추어 준 자아상을 더듬어 내가 나를 어떻게 평가하고 있는지 따져 보세요. 낮은 자아상을 가지고 힘들게 살아온 것 같다면, 그 원인을 생각해 봅시다. 어린 시절의 부모를 기억해 보는 것은 나의 자아상을 알거나 근원을 더듬는 좋은 방법입니다.

나의 어린 시절 중 부모의 모습이 잘 드러나는 일화를 하나 정해서 노트에 써내려가다 보면 마음의 상처라든가 잊고 있던 중요한 기억들이 생생히 살아나서 자기도 모르게, 아, 하고 탄성을 지르게 될지도 모릅니다. 남에게 보여줄 것이 아니니까 화나면 화나는 대로 부끄러우면 부끄러운 대로 여과 없이, 미리 검열하지 말고 그냥 쓰십시오.

그러고 나면 한 가지 문제가 발생하지요. 이렇게 자아상을 검토하고 자신의 성장과정을 더듬다 보면 자칫 나의 부모가 나를 잘못

키웠기 때문에 오늘날 내가 이 모양 이 꼴밖에 안 되었다는 식으로 원망하는 마음이 들기 쉽습니다.

저도 한때는 그랬습니다. 저는 서열을 따진다면 위로 언니가 두 명, 아래로 남동생이 두 명 하는 식으로 딱 중간에 끼인 처지인 데다 저의 부모는 남존여비 사상이 강했습니다. 셋째는 아들이겠거니 했는데, 또 딸을 낳았다, 아버지는 충격을 받으셨답니다. 그래서 제가 태어나고 한 달 이상을 '이럴 수는 없는데, 이럴 수는 없는데' 중얼거리며 돌아다니셨다는 것입니다. 아버지 친구 분의 증언입니다. 그처럼 실망한 아버지는 저에게 관심을 쏟지 못했습니다. 우울증이 심해져서 성장과정을 더듬었을 때, 그 사실이 저의 뇌리에 부각되었고 그 때문에 한때는 늙으신 부모님께 투덜거리며 불평을 늘어놓기도 했었습니다.

그러나 이 글을 읽는 여러분이나 저나 자신을 책임지지 않아도 되는 어린아이가 아닙니다. 『몸에 밴 어린 시절』이라는 책이 있는데, 그것은 성격의 여러 가지 결함을 예로 들면서 그 결함들이 어떤 어린 시절을 보냈기 때문에 만들어지는가를 설명하고 있습니다. 그 내용을 직접 읽어도 도움이 되겠지만, 제가 여기서 결론삼아 덧붙이고 싶은 말도 그 책의 가르침입니다.

이제 우리도 스스로를 책임질 수 있는 어른이니까, 다른 사람의 부모 노릇을 해줄 만한 능력이 있다는 것입니다. 그러니 이제부터는 어렸을 때 내 부모가 나에게 해주지 않았던 (혹은 여러 가지 사정으로 나에게 해주지 못했던) 적절한 부모 노릇을 스스로에게 해주자는 의견입니다.

나의 부모는 너무나 높은 기준을 가지고 자식을 양육했기 때문에 내가 90점을 받아 와도 만족하지 못하고 왜 100점이 아니냐고 꾸지람을 했다. 그래서 나는 어른이 된 뒤에도 웬만한 일에 만족하지 못하여 스스로를 닦달하고 멸시하는 버릇을 갖게 되었다. 이렇게 판단된다면 그런 판단으로 끝나지 말고 지금이라도 자신이 필요로 하는 부모 노릇을 자신에게 해주겠다고 약속하는 겁니다. 우선은 내가 자기 자신에게 지나치게 높은 기준을 들이댄다는 사실을 기억하고 있으려고 노력해야만 합니다. 그리고 조그만 성취라도 좋으니 자신이 잘한 일이 있을 대는 스스로를 넘칠 만큼 칭찬해 줍시다.

물론 처음 해보면 상당히 쑥스러울 것입니다. 그러나 한두 번 하다 보면 마음이 뿌듯하고 기뻐질 것입니다. 자신감도 쑥쑥 자랄 거구요. 매번 혼자 중얼거리는 행동이 정신병자 같아서 꺼려진다면 자신에게 편지를 써보세요. 팬레터 말입니다.

살아오면서 자기가 잘한 일 다섯 가지만 생각해 내어 칭찬하는 편지를 쓰는 것입니다.

아무리 인생을 잘못 살았다고 비관스럽게 생각하는 분이라도 자신의 인생을 샅샅이 훑어본다면 잘한 일 다섯 가지 정도는 얼마든지 찾아낼 수 있습니다. 영희 엄마하고 결혼하기로 결심했던 일. 그때 나는 정말 남자답고 용감하고 책임감 있었다. 영희의 동생을 갖겠다고 결심한 것, 보통 사람이라면 둘째를 낳는다는 것이 부담스러워 엄두도 내지 못하는 일인데, 나는 침착하게 고려한 끝에 잘 결단하였다…… 무재칠시(無財七施)라는 말도 있지요. 아무것도 못 가진 사람도 할 수 있는 일곱 가지 선행이라고. 웃는 얼굴을 보이는 것도 선행이랍니다. 말을 곱게 하는 것도, 자리를 양보하는 것도, 관심 있게 남의 말을 들어주는 것도…… 그런 일이라도 상관없습니다. 누군가가 당신이 웃어주는 바람에 그날 하루 기분 좋게 지냈다면 그것도 엄청난 일입니다. 잘한 일을 쓰세요. 구체적으로 상세하게. 상황을 묘사하고 기분을 묘사하고 세밀하게 쓰세요. 아이들이 가수나 배우에게 팬레터를 보내듯 멋진 그림이 있는 편지지와 봉투를 마련하여 진지한 마음으로 쓰세요. 그리고 자신이 받을 수 있도록 봉투에 주소를 써서 부치세요. (이럴 땐 시차가 있는 편이 좋으니까 빠른 우편으로 보내지 마세요.) 하루나 이틀 뒤 팬레터가 오면 받아서 정성스럽게 읽으십시오. 팬레터를 가끔 받는다면 행복해지고 자신감도 커지지 않을까요?

7장
어린 시절

지금까지는 한 주에 한 편씩 글을 썼다면 이번 주부터는 되도록 많은 양을 주관적인 입장에서 무조건 써내려가도록 하겠습니다. 다른 사람의 생각이나 판단은 염두에 두지 마십시오. 오직 나의 입장, 나의 느낌, 나의 생각이어야 합니다. 그때 느꼈던 내 감정이 글속에 그대로 표현되도록 해보십시오. 이번 주에 쓰는 글의 주요 소재는 어린 시절의 추억이며, 형식은 소설의 그것처럼 촘촘한 묘사문이면 좋겠습니다. 앞으로는 제목부터 붙이고 써봅시다.

과제를 시작하기 전 여러분이 회상하는 것을 도울 수 있는 방법을 생각해 보았습니다. 아래 문장을 소리 내어 읽으면서 빈 칸을 메우십시오. 생각할 여유를 주지 말아야 합니다. 이럴 때는 심사숙고해서 나온 말은 진심과 거리가 있는 것이기 쉽습니다. 소리 내어 읽으면서 떠오르는 대로 빠르게 칸을 채우도록 합시다. 시간 여유를 두지 않고 쓰면 쓸수록 진실에 가까운 것이 될 것입니다.

{ 나의 어린 시절에 대한 단편적인 질문들 }

＊출생부터 초등학교에 입학하기 전까지

1. 나를 임신했을 때 ＿＿＿＿＿는 ＿＿＿＿＿ 꿈을 꾸었다고 한다.
2. 내가 태어난 곳은 ＿＿＿＿＿이다.
3. 내 유년 시절의 대부분을 ＿＿＿＿ 한 ＿＿＿＿ 고장에서 지냈다.

4. 유년 시절 하면 가장 먼저 떠오르는 기억은 _____이다.

5. 어린 시절 가장 기뻤던 일은 _____이다.

6. 어린 시절 가장 슬펐던 일은 _____이다.

7. 어린 시절 내가 가장 따랐던 이는 _____이다.

8. 그 사람은 한 마디로 말한다면 _____사람이었다.

9. 어린 시절 나의 별명(애칭)은 _____이었다.

10. 어린 시절 내가 가장 좋아했던 음식은 _____이었다.

11. 어린 시절 내가 가장 좋아했던 물건은 _____이었다.

12. 어린 시절 내가 가장 좋아했던 놀이는 _____이었다.

13. 어린 시절 내가 가장 좋아했던 장소는 _____이었다.

14. 어린 시절 나에겐 특이한 버릇으로 _____이 있
    었다.

15. 어린 시절 나는 동화 중에서 _____한 이야기를 좋
    아했다.

16. 어린 시절 나는 주위 사람들로부터 커서 _____가 될
    거라는 말을 많이 들었다.

17. 어린 시절 나는 자라면 _____가 되겠다고 말했다.

18. 어린 시절 나의 부모는 나에게 _____기대를 갖고
    있었다.

19. 어린 시절 나의 부모는 내가 _____고 칭찬하셨다.

20. 어린 시절 나의 부모는 내가 _____라고 꾸중하
    셨다.

1. 나는 _____년 _____초등학교에 입학했다.

2. 그 초등학교의 첫 인상은 _____이었다.

3. 일학년의 첫 번째 짝꿍은 _____이었다.

4. 일학년 담임선생은 _____이었다.

5. 그 선생을 한마디로 말한다면 _____한 사람이었다.

6. 초등학교 시절 나에게 가장 인상 깊었던 사건은 _____이 었다.

7. 초등학교 시절 가장 친했던 친구는 _____이었다.

8. 지금 생각해 보니 그때 그 친구는 나에게 _____영향을 준 것 같다.

9. 내가 가장 잘했던 과목은 _____이었다.

10. 초등학교 담임선생들 중 내가 가장 좋아한 선생은 ____이다.

11. 좋아했던 이유는 _____때문이었다.

12. 초등학교 담임선생들 중 내가 가장 싫어한 선생은 _____이다.

13. 싫어했던 이유는 _____ 때문이었다.

14. 초등학생인 나는 _____ 공상을 많이 하곤 했다.

15. 지금 생각해 봐도 그때 _____ 일은 자랑스럽다.

16. 지금 생각해 봐도 그때 _____ 일은 후회스럽다.

17. 초등학교 시절 내 꿈은 _____가 되는 것이었다.

18. 그 시절 부모의 나에 대한 기대는 _____이었다.

19. 그때 _____이 아직도 미련이 남아 있다.

20. 그때 _____를 했더라면 지금의 나는 달라졌을 것이다.

저는 대략 40문항 정도의 진술로 잡아 보았습니다만, 더 많은 질문과 답변이 있을수록 여러분의 기억을 상기시키는 데 도움이 되겠지요. 그러나 책에서는 이 정도로만 하겠습니다. 이런 질문에는 되도록 빨리 대답하도록 하십시오.

7장 어린 시절

어린 시절의 추억 쓰기

놀이공원에서 '마술의 집'에 들어가 본 적이 있습니까? 컴컴한 방의 네 벽에는 온갖 종류의 거울이 가득 붙어 있습니다. 어떤 거울은 윗면이 볼록거울이어서 얼굴은 크게, 하체는 땅딸하게, 어떤 거울은 윗면이 오목해서 얼굴이 조그맣게 줄어든 대신 하체는 길쭉하게 늘어난 내 모습을 만들어 보여줍니다. 대략 평평한 거울로 자신의 모습을 비춰 보아온 만큼 그건 자신의 모습이 아닌 것 같지요. 사실 정상적인 거울은 평면인 것을 원칙으로 하지만, 기술적인 문제로 완벽한 평면을 이룬 거울은 드물다고 하더군요. 거울의 표면이 고르지 않으면 거울이 비추는 물체의 영상도 표면의 요철에 따라 변형되어서 이상하게 나타납니다.

자아상이란 그런 것입니다. 주변 사람들이 바로 나의 거울입니다. 그런데 대부분의 사람들은 그 나름으로 자기 견해라는 걸 갖고 있어서 그 사람들이 비추는 나의 모습은 완벽하게 객관적이고 공정하거나 하지 못하고 불완전합니다. 그 사람의 견해에서 생각하는 한 진실일 뿐입니다.

그러나 어린아이는 그것을 모릅니다. 주변 사람들이 되비춰오는 자신의 영상이 진짜 나라고 여기게 마련입니다. 어린아이가 접촉하는 사람의 숫자가 적다면 그 적은 수의 사람들이 주장하는 견해가 절대적인 것처럼 받아들입니다. 바로 거기에서 왜곡된 자아상이 생겨납니다. 예를 들면 부모로부터 늘 신경질을 잘 부린다고 말을 들으면 아이는 자신이 신경질적이라고 생각하게 됩니다. 학교에서 선생으로부터 다른 학생과 자주 다툼을 벌인다고 꾸중을 들으면 자신의 성격은 난폭하다고 짐작하게 됩니다. 이처럼 다른 이들이 해주는 말을 단서로 자아상을 만들어가는 것입니다.

거울 역할을 하는 것은 다른 사람들이 직접 말해주는 것에 한정되지 않습니다. 친구들과 만나서 놀고 돌아온 뒤, 갑자기 피곤이 몰려오는 일이 잦아지면 자신이 다른 사람과 어울리는 것을 힘들어 한다고 단정하겠지요. 또 만약 다른 이들이 나에게 속내 이야기를 자주 한다고 느낄 때 자신은 남의 이야기를 잘 들어주는 차분한 성격이라고 판단하게 됩니다.

이처럼 자아상은 주변 사람들의 관계 속에서 조금씩 자라납니다. 그러다 점차 나이를 먹고 다른 사람이 보는 자기 자신이 아닌 진실한 자기 자신이 따로 있다고 생각하기도 합니다.

이번 과제를 쓸 때는 내가 생각했던 자기 자신과 주변 사람들이 말하거나 암시해 준 자아상을 다 고려하면서도 내 입장을 고려하여 주관적으로 쓰도록 합시다. 쓸 준비가 되었거든 우선 '어린 시절?' 하고 중얼거려 보십시오. 여러분의 머릿속에 가장 먼저 떠오르는 영상은 어떤 것입니까? 그것을 붙잡아서 종이 위에 앉히십시오.

보기 1 **두려운 시작**

어린 시절이라, 제일 먼저 떠오르는 것은 두려움이다. 세상에 처음 태어났을 때 나는 낯선 것들이 두려워서 울었을 것이다. 처음 보는 사람들, 낯선 분위기…… 얼마나 무서웠을까?

어릴 때 나는 어두운 밤 깊은 산 속을 헤매는 불안한 두려움, 언제 무서운 동물이 튀어나올지 몰라 벌벌 떨어야 하는 그런 두려움 속에서 벗어나질 못했다.

생활고에 찌들려 신경질적이었던 엄마는 툭하면 나를 때렸다. 사람들은 한두 번 안 맞고 큰 애들이 어디 있겠냐고 한다. 그렇지만 다수의 사람들이 매 맞고 큰다고 해서 모든 아이들이 다 맞아야 하는 것은 아니다. 한 번 매타작이 시작되면 엄마는 현관문을 잠갔다. 동네 사람들이 애 잡는다고 말리기 위해 몰려왔기 때문이다. 나는 엄마가 무서웠다. 속상한 일이 생기면 틀림없이 나에게 화풀이했던 엄마. 내겐 엄마가 가장 무서운 존재였다. 그런 엄마가 미웠나? 그런 감정이 있었는지는 기억나지 않는다. 그저 두렵기만 했던 것 같다.

배가 고프다는 것도 두려운 일이다. 왜 먹고 나서 금방 배가 고픈 건지. 군것질도 못하는 나는 매 끼니 시간만 기다리며 배고파했다. 가끔 엄마가 산도 과자를 한 개씩 주면 그것을 아껴 먹었다. 한 개에 오십 원 하는 핫도그를 얻어먹기도 했다. 엄마가 남동생에게만 사주었던 귀한 바나나 한 송이. 동생이 먹는 걸 구경만 하면서 나는 생각했다. 나는 왜 남자애가 아닐까. 남자로 태어났다면 맛있어 보이는 바나나도 먹을 수 있을 텐데. 나는 지금까지도 바나나를 먹으면 그때 동생만 사주어서 서운했던 기억이 떠오른다.

어릴 때 나는 무척 외로웠다. 동네에는 같이 뛰어놀 아이들이 없었다.

모두 나보다 한참 어린아이들이어서 같이 놀 친구가 없었다. 나는 장난 감이 없어 집게벌레를 친구 삼아 놀았다. 또는 집에서 엄마 일을 도왔다. 엄마는 바느질을 했는데 나는 그 양복 윗도리에 붙어 있는 실밥을 떼는 일을 했다. 실밥을 떼는 일이 먼지 터는 것처럼 쉬운 일은 아니다. 잡초를 뽑듯 실밥을 뽑아내는 일이었는데 나는 질긴 실에 자주 손가락이 베었다. 그나마 서툴러서 하루 종일 실밥을 뜯어봐야 열 장을 채우진 못한다. 열 장을 채우면 엄마가 백 원을 주셨다. 막대기 붙은 네모난 아이스크림이 백 원 하던 시절, 나는 백 원을 들고 구멍가게로 달려간다. 한참을 망설이지만 결국 오십 원 하는 하드를 택하고 만다. 그것이 내 유일한 군것질이었다.

(하략)

위의 보기 역시 자서전반 학생이 쓴 글인데, 이 글의 좋은 점은 비문이 별로 없다는 것과 이 글의 핵심이랄 수 있는 두려움을 비유로서 표현하려고 했다는 사실입니다. 어렸을 때 가장 많이 느꼈던 정서가 두려움인데, 그 느낌을 '어두운 밤 깊은 산 속을 헤매는 것 같다'고 표현했습니다. 글의 핵심을 누구나 쉽게 공감할 수 있는 비유로 풀이해서 펼쳐 보일 수 있다는 것은 멋진 일입니다. 그러나 '산 속을 헤매는 것 같은 두려움' 하는 식으로 말하기보다 '어린 시절엔 언제나 캄캄한 밤 깊은 산 속을 헤매는 느낌이었다'라고 고쳐주면 읽기에 부드러우며 깊은 맛이 날 것입니다. 그리고 '불안한 두려움'이라는 말도 매끄럽지가 않습니다. 불안하고 두려웠다는 뜻으로 썼을 테니, '그렇게 불안하고 두려웠다'라고 써주었더라면 좋았을 것입니다. 그리고 어린 시절을 나타내는 것이니까 '불안하다', '두렵다'라고 어른들이 쓰는 추상적인 단어를 택하기보다 '가슴이 두근거렸다'라든지 '안절부절 했다', '겁이 났다'는 식으로 구체적인 감각 언어를 선택하는 것이 더욱 실감날 것입니다.

또 굳이 고쳤으면 싶은 것은 네 번째 문단에서 '나는 군것질도 못했다'는 내용이 나오고 바로 '가끔 과자나 핫도그를 먹었다'라고 쓴 것은 문단의 내용을 고려할 때 균형이 맞지 않습니다. 군것질도 제대로 하지 못했다고 한정된 말을 쓰거나, 그 뒤 문장을 다른 아이들의 군것질을 침 삼키며 부러워한 기억으로 고쳐서 써주는 게 낫겠습니다. 그리고 문장에서 갑자기 현재로 되돌아오는 것도 돌연스럽습니다. 이 글에서 표현되는 시간을 어린 시절로만 한정시켜서 쓰는 편이 더 낫지 않을까요?

마지막 문단을 봅시다. 첫 문장은 외로움을 나타냈는데, 네 번째 문장부터는 고되게 일을 해야만 했다는 내용입니다. 따라서 마지막 문단의 내용이 통일감이 없습니다. 통일하려면 '친구가 없었다. 왜냐하면 어머니가 어린 나에게 일을 시켜서 놀 시간이 없었기 때문이다'로 이어 주어야 할 것입니다. 문단의 주요 내용은 어머니가 만든 옷의 실밥 떼는 일을 하는 어린 내 모습을 그리는 것입니다. 제가 생각할 때는 이 글 전체의 상황을 실밥을 떼는 광경으로 한정시켜서 그 속에서 외로움, 두려움, 배고픔, 헛헛함 등의 감정 묘사를 집어넣으면 아주 좋을 것 같습니다.

그런데 이 글을 보기로 든 것은 제가 요구하는 것이 '두려웠다', '외로웠다'라고 감정을 나열하는 설명문을 쓰는 것이 아니라 구체적인 상황을 묘사하여 감정을 공감하게끔 하는 일이기 때문입니다. 여러분이 어린 시절의 추억을 쓸 때는 하나의 장소, 하나의 시간에 한정된 어떤 장면을 떠올려서 그 장면을 화폭에 그림 그리듯 묘사를 해주기 바랍니다. 아래 보기를 보십시오.

성자는 가슴을 꼭 쥐고 계단을 뛰어오른다. 하늘은 큰 새가 날개를 다 펴고서 달려드는 것처럼 어두워지고 있다. 괜스레 불안하다. 불안한 적막. 아무도 없다. 성희, 성령이, 삼열, 그리고 엄마, 아버지 모두가 없다. 벌컥 열어젖힌 대문 안으로 하얀 마당이 무너진다. 성자는 들고 있던 과자 봉지를 내팽개치고 주저앉아 팔다리를 버둥대면서 울기 시작한다. 가슴이 터져라 운다.

학교에 간 성미 언니가 돌아오려면 시간은 더 지나야 한다. 또다시 엄마는 성자만 떼어놓고 동생들만 데리고 외출하기 위해 일부러 군것질거리를 사러 성자를 내보낸 것이다.

옆집 언니가 나온다. 언니가 성자를 달랜다. 옆집 언니는 씹고 있던 껌을 꺼내고 길게 늘여 땅바닥에 놓는다. 껌이 저절로 오그라든다. 껌이 늘어났다, 줄어들었다 하는 모양을 보자 성자는 울음을 멈춘다.

아버지는 언제나 말씀하셨다.

"열 손가락 깨물어봐라. 어디 안 아픈 손가락이 있냔 말이다."

엄마도 늘 이야기하셨다.

"우리 아이들 중에서 성자가 젤로 착하다. 성자야 착하지. 그러니 니가 좀 참으려무나."

성자는 착한 아이이고 싶었다. 부모님께 칭찬 받는 아이이고 싶었다. 그래서 성자는 참아왔다. 아니, 참는 척해 왔다.

(하략)

이 글은 1인칭 대신 3인칭으로 자신의 어린 시절 추억 중 한 가지를 쓴 것입니다. 글쓴이는 생각만 해도 가슴 아픈 기억이어서 1인칭으로 쓰는 게 괴로웠다고 말하지만, 그렇더라도 우리는 자서전을 쓰려고 작정하고 있으니까 1인칭으로 쓰려고 노력해 봅시다.

〈보기 1〉과 달리 한 상황에 한정하여 묘사했다는 것을 여러분도 금방 알았을 것입니다. 첫 번째 문장인 '가슴을 꼭 쥔다'는 표현이 막연한 것 같습니다. 좀 더 구체적인 표현으로 바꾸었으면 합니다. '두근거리는 가슴을 누르며'라는 말은 어떨까요? 그 뒤에 이어진 어두워지는 하늘에 대한 묘사는 뛰어납니다. 자신의 느낌을 살리기 위해 자연 현상을 끌어서 묘사하는 것은 읽는 이의 공감을 불러일으키는 좋은 방법입니다. 그래서 영화에서 연인이 이별하는 장면에서는 비가 내리곤 하는 것입니다. '괜스레 불안하다. 불안한 적막.' 이렇게 이어지는 것은 말의 반복이니까 완전한 문장으로 '괜스레 불안하다. 집 가까이 가보니 적막이 감돌고 있다'고 풀어서 씁시다. '벌컥 열어젖힌 대문 안으로 하얀 마당이 무너진다'는 문장은 그 뜻은 알겠지만 좀 더 명확하게 표현하는 것이 낫겠습니다. '성자가 대문을 벌컥 열어젖히자 텅 빈 마당이 눈에 들어왔고 그 때문에 성자의 가슴이 무너졌다'는 식으로 하나하나 좇아가듯 풀어서 써주도록 합시다. 그리고 동생들과 부모님이 없다는 문장에서 이름들이 너무 길게 나열되었습니다. 부모를 앞으로 하고 뒤에 동생들 이름을 넣되, 동생 성희, 성령이 라고 쓴 다음 말줄임표〔……〕를 넣어서 생략해 줍시다. 성자가 울음을 멈추고 부모가 입버릇처럼 하곤 했던 말을 되살리는 곳에서 좀 더 설명이 필요합니다. 그리고 여태까지 현재형 어미 '~이다'를 쓰다가 '성자는 착한 아이고 싶었다'로 시작되는 마지막 문단에서 갑자기 과거형이 튀어나온 것도 엉뚱합니다. 그냥 그때로 머물면서 이야기를 끝내는 편이 더 멋진 글이 될 것입니다. 하나의 글 속에서는 되도록 시제를 일치시킵시다.

끝으로 어느 하루의 한 장면으로 한정시켜 씀으로써 그때의 그 느낌이 현장감 있게 생생히 드러날 수 있게 한 점이 좋습니다. 그리고 사족을 덧붙인다면 어린 시절에 받았던 마음의 상처 등 감정이 격해지는 소재를 쓸 때에는 감정을 세세하게 아주 작은 것 하나하나도 다 드러나도록 순차적으로 쓰려고 해보십시오. 한꺼번에 감정을 몰아서 종이 위에 펼치는 것보다는 어렵겠지만 그 편이 훨씬 감동을 주는 글이 될 것입니다.

보기 3

(상략)

저녁밥을 짓다가 갑자기 산기를 느낀 어머니는 나에게 아버지를 모셔오라고 심부름을 시켰다. 갑자기 배를 움켜쥐고 고통스러워하는 어머니를 보고 나는 냉큼 나섰다.

어스름녘이었고 관사에서 교무실로 가는 길엔 머리를 풀어헤친 귀신이 나온다는 변소 옆을 지나야 됐다. 입이 바짝 마른 나는 거의 뛰어서 교무실까지 갔다. 마침 교사 회의가 끝나는 참이어서 내 표정만 보고도 모든 걸 짐작한 아버지는 서둘러 퇴근을 했다. 아버지가 다른 때와는 달리 빠르게 걸었기 때문에 나는 거의 뜀박질을 하다시피 해야 했다. 어머니는 큰 방에 짚과 흰 보자기를 깔고 그 위에서 배를 움켜쥔 채 엎드려 신음하고 있었다.

동생들과 나는 금방 쫓겨났다. 갈 데가 없어진 우리는 운동장으로 갔다. 달이 검푸르게 운동장을 비추고 있었다. 달빛은 차가웠고 쨍 소리를 내며 깨지는 얼음처럼 맑아 보였다. 시끄럽게 재잘대던 아이들이 사라진 교실들은 어둡고 으시시하고 은밀해 보였다. 나와 동생들은 너무 어두워서 그 시절 유행하던 땅뺏기 놀이도 못하고 어정대다가 결국은 맴돌기를 하기로 했다. 처음에는 천천히, 나중에는 빨리빨리 돌다가 멈추면 땅이 뱅글뱅글 요동치고, 우리는 비틀거리다 땅바닥에 넘어졌다. 땅바닥에 누우면 머리가 어지럽고 땅은 팽이처럼 빙글빙글 돌았다. 검푸른 하늘엔 둥근 달과 수많은 별들이 반짝이고 있었다. 유성이 흘러갔다. 뭔가 신비스런 일이 집에서 일어나고 있는 것이다.

맴을 돌다 싫증난 동생이 나에게 물었다.

"누나야, 엄마가 애기 낳는 거야?"

"응, 그러니까 우리는 방해하면 안 돼."

나는 어른스럽게 대답했다. 맴돌기도 시들해지고 어머니가 아기를 다 낳았을 거 같아 우리는 집으로 돌아왔다. 집에는 옆집 사모님이 와서 부엌에서 방으로 연신 들락날락하며 부산하게 일하고 있었다. 우리는 마루에 올라 살그머니 문틈으로 안을 들여다보았다.

"누구냐?"

아버지의 목소리였다. 우리는 놀라 후다닥 문에서 떨어졌지만 곧 들어와도 좋다는 허락을 받아 방으로 들어갔다. 어머니가 아기와 나란히 누워 있었다. 아기는 작고 발그스레했다. 눈을 꼭 감고 있더니 혀를 내밀어서 젖 빠는 시늉을 했다. 우리는 신기해서 소리를 질렀다.

(하략)

이 글은 동생이 태어나던 날 느꼈던 신비를 표현한 내용입니다. 그런데 첫 번째 문단, 첫 부분에서 '갑자기'라는 말이 반복되었습니다. '갑자기'라는 부사를 빼고 '저녁밥을 짓다가 산기를 느낀'이라고 써도 문장의 뜻은 변함없습니다. 그러나 '갑자기 배를 움켜잡고'라고 표현한 부분은 '갑자기'라는 부사가 없으면 내가 놀랐다는 뜻이 전달되지 않습니다. 그러니 그냥 두고 앞 문장의 '갑자기'는 쓰지 않도록 합시다. 그리고 첫 문장과 둘째 문장 사이에는 설명이 필요합니다. '영문을 몰라 망설이던 나는'이라는 어구가 들어가면 매끄러워질 것입니다. 또 그 다음 문단은 문단으로 나눌 이유가 없으므로 행갈이를 하지 않는 게 좋겠습니다. '변소 옆을 지나가는 게 무서웠다'는 설명을 넣어주고, '교사 회의가 끝나는 참이었다'로 문장을 끊어줍시다. 하나의 문장 안에 여러 개의 정보를 넣는 것은 주어가 같다거나 내용이 같다거나 하여 동질성이 있을 때만 합니다. 그렇지 않다면 각각의 문장으로 끊어주는 게 낫습니다. '내 표정만 보고도'에서 '표정'보다 '태도'가 나을 것입니다. '뜀박질을 하다시피'라는 말 앞에 붙은 '거의'는 '~하다시피'가 '거의'라는 뜻을 포함하고 있으므로 필요 없는 부사입니다. 다음 문장은 '집에 와보니'라는 말을 넣어 매끄럽게 해줍시다. '달빛은 쨍 소리를 내며 깨지는 얼음처럼 맑아 보였다'는 틀린 문장은 아니지만 '쨍 소리를 내며 깨진다'는 표현은 날카롭거나 차디찬 이미지가 더 비중이 있으니까 이럴 때는 '차갑다'로 받는 게 좋겠습니다. '달빛은 맑고 쨍 소리를 내며 깨지는 얼음처럼 차가웠다'가 됩니다. 그리고 어린 시절의 시점에서 씌어진 글인데 갑자기 '그 시절 유행하던'이라는 어른이 되어서 생각하고 있음을 나타내는 부사가 튀어나와 시점이 혼란되었습니다. 이 말은 쓰지 않는 게 낫습니다. '땅바닥에 누우면 머리가 어지럽고 땅은 팽이처럼 빙글빙글 돌았다'는 문장은 '누우면 ~하다'는 조건에 맞는 내용이 아닙니다. 그리고 땅이 빙글빙글 도는 게 머리가 어지러운 것보다 먼저니까 '땅바닥에 쓰러졌다. 땅이 빙글빙글 돌고 머리가 어지러워졌다'라고 고쳐줍시다. 그 다음은 '뭔가 신비스런 일이 집에서 일어나고 있다고 나는 생각했다'로 고치는 게 어떨는지요. '맴을 돌다 싫증난'은 '맴을 돌다 싫증나자'로 고치고 '나는 대답했다'와 '맴돌기도 시들해지고' 사이에 시간의 경과를 가리키는 어구를 한마디쯤 넣어 봅시다. '한참 뒤' 혹은 '조금 있다가' 정도의 말이 적당하겠지요. '집에는'이 아니라 '집에 와 보니'로 경과를 뜻하는 말이 더 어울릴 것이고, '우리는 놀라 후다닥 문에서 떨어졌다'라고 문장을 맺어주고 '그러나 곧 들어와도 좋다……'로 고쳐줍시다.

위의 보기에 나온 글들은 모두 자서전반 학생들이 쓴 글을 일부 발췌한 것입니다. 곰곰 읽어 보면 세 개의 글이 모두 다르다는 것을 알 수 있습니다. 〈보기 1〉과 〈보기 2〉는 어린 시절 가장 가슴 아팠던 추억을 소재로 삼았는데, 여러분이 보기에도 그 가슴 아픔이 느껴질 것입니다. 두 보기 글의 차이는 하나는 설명문, 하나는 묘사문이라는 것입니다. 저는 여러분이 되도록 묘사문으로 글을 쓰기를 바랍니다. 그리고 문장을 현재형 어미 '~하다'로 끝맺는 것(보기2)도 좋고 '~하였다'로 끝맺는 것(보기1)도 좋습니다. 그러나 두 보기 글에 다 들어 있는 결점인, 현재 이 글을 쓰고 있는 어른인 나의 입장에서 하는 이야기가 갑자기 끼어드는 일은 피하시기 바랍니다.

이렇게 보기 글을 여러 가지로 든 것은 엄청난 사건이거나 커다란 감정적 격변이 있어야만 좋은 글감이라는 고정관념을 갖지 말았으면 해서입니다. 또 가슴 아픈 일만 써야 하는 것도 아닙니다. 어린 시절은 마음의 상처를 받은 시간도 있었겠지만 그러면서도 한편으론 아이니까 행복하고 즐겁고 기대에 찬 시간도 있었을 것입니다. 또, 어린 시절은 남들이 행복한 때라고 하더라, 그러니까 나도 기쁘고 행복한 일만 써야 한다고 미리 단정짓거나 혹은 그때 가슴 아픈 시간이 있었다고 인정하는 것은 우리 부모에 대한 모독이다. 우리 부모는 우리를 키우느라 얼마나 고생을 했던가. 그런 그분들을 욕먹게 할 수는 없다. 혹은 남들이 읽기에 무난한 내용을 써야 우리 가족이 창피하지 않을 것이다. 또는 반대로 자아상에 대해 알게 되었으니 이 글은 반드시 내가 가족 때문에 상처 입었던 내용을 써야 한다. 이렇게 고정관념을 갖고 글쓰기에 임하지 마십시오.

떠오르는 대로 마음 가는 대로 물 흐르는 듯 쓰십시오. 슬펐던 기억이 떠오르면 슬프게 기뻤던 기억이 떠오르면 기쁘게, 그냥 쓰도록 합시다. 사실 가족이라는 것은 나에겐 가장 사랑하는 존재이면서 나를 가장 아프게 하는 존재이기도 합니다. 사랑하고 가까운 만큼 상처도 가장 쉽게 크게 입히지요. 넉넉한 마음으로 추억에 몸을 맡깁시다.

그리고 이 과제를 한 번만 하지 말고 힘들고 시간을 내기 어렵더라도, 어린 시절의 기억이라고 떠오르는 것이 있으면 무엇이든지 메모하고 정리하도록 합시다. 그리고 시간이 날 때 A4 용지 두어 장 정도가 되도록 다듬어서 모아 둡시다. 그래야 여러분이 자서전 쓰기를 본격적으로 시작할 때 충분한 자료가 있을 겁니다. 원고지 15매 내외의 수필을 쓴다고 생각하고 제목을 정한 뒤 어린 시절의 기억을 떠오르는 대로 쓰십시오.

인간이 태어나 죽을 때까지 그 사이에는 중요한 변화기가 세 번 있는데, 첫 번째가 사춘기, 두 번째가 중년, 세 번째가 죽을 무렵이라고 합니다. 사춘기에는 막 세상에 대해 자기 나름으로 독자적인 생각을 갖게 되는 시기입니다. 그때 우리는 자신의 세계관을 만들어서 그에 따라 살아갑니다. 일과 사랑이라는 두 가지 영역에서 자신의 세계를 개척해가는 거죠. 그렇게 청년기가 지나면서 자신의 세계관이 현실과 어쩐지 맞아떨어지지 않는 것 같아 삐걱거리는 소리가 나게 되는데 그게 바로 중년기이고, 고비라고 합니다. 그 때부터 청년기에 가졌던 세계관을 수정 보완하고 조율하여 새로운 가치관으로 인생의 후반부를 살아가야 한다는 것입니다. 그 때문에 중년의 시작에는 많은 갈등을 겪게 된다고 합니다.

앞으로 인생을 어린 시절, 청년기, 중년기 세 부분으로 나누어 설명도 하고 글을 써보기로 하겠습니다. 제 설명은 대부분 융의 생각에 의지하고 있지만, 최근에 나온 페니베이커 박사의 정서 발달 이론도 참고하였습니다.

어린 시절

　태어나서 청년기가 될 때까지의 기간을 말합니다. 어린 시절이 끝났다는 표시는 신체적으로 명확하게 나타나기 때문에 알아차리기 쉽습니다. 남성의 경우는 이차성징이 나타나는 것, 즉 신체에 털이 나고 몽정을 하기 전까지, 여성의 경우는 생리현상이 일어나기 전까지로 한정됩니다. 사람마다 늦고 빠르고의 차이는 있습니다만, 이런 신체 변화에 비례해서 마음의 변화도 일어난다고 봅니다.

　발달과업이라는 측면에서 본다면 태어나서 청년기를 맞이할 때까지 이 기간에 해야 하는 일, 혹은 하게 되는 일이란 어른들의 문화를 접하면서 독립된 개체로서 살아가는 방법을 배우는 것입니다. 즉 인간답게 사는 방법을 배우고 익히는 것이지요.

　사람은 다른 동물과 달리 태어나는 것만으로는 혼자 살아가지 못합니다. 하나의 독립된 생명체로서 자신을 돌볼 수 있기까지는 기나긴 시간과 학습이 필요합니다. 태어난 직후에 사람의 아기는 신체적으로 부모에게 전적으로 의존하며, 심리적으로도 어머니와 자신을 분리하지 못합니다. 그러나 신체가 성장하면서 서서히 어머니라는 심리적 자궁(육)에서 떨어져 나오게 됩니다. 요즘은 신체는 성장하는데도 심리적으로 어머니로부터의 분리가 자연스럽게 일어나지 못하여 장애를 겪는 아동들이 많아져 분리불안 증후군이라는 말도 유행합니다만, 어쨌든 어린 시절은 부모부터의 분리, 개체로서의 독립을 준비하는 기간이라고 하겠습니다.

어린아이는 생후 5주 정도 지나면 머리를 돌리거나 사물을 쳐다보는 일을 할 수 있다고 합니다. 그때부터 어린아이는 본능적으로 사람의 얼굴을 쳐다보는 일을 우선시하여 상대방의 표정을 읽고 그 감정을 이해할 수 있으며, 24개월 정도 되면 다른 사람에게 접근하거나 떨어질 줄도 알게 되는데 그때는 복잡한 얼굴 표정을 보아도 이해할 수 있다고 합니다.

이처럼 인생 초기에 주고받는 감정적인 경험은 어린아이의 뇌가 발달하는 데 결정적인 영향을 미치는 것으로 뇌 속에 화학적인 반응을 아로새겨 놓습니다. 상대의 긍정적인 얼굴 표정을 보면 어린아이의 뇌 속에선 엔도르핀이 나와 보상을 통제하는 뇌의 도파민 수용체에 작용하게 되고, 이런 경험의 신경회로를 뇌에 새기게 되고, 이런 경험이 반복되면 앞으로도 그런 종류의 경험이 일어나기 쉬운 뇌로 만들어지는 것입니다. 그러니까 타고난 뇌에 인간관계의 경험이 작용하면서 감정의 회로가 만들어진다는 것이지요.

감정발달 과정에서 만 3, 4세가 되면 자신이 느낀 감정을 말로 표현하는 능력과 추상적으로 생각할 줄 아는 능력이 생기기 때문에 3, 4세의 어린아이는 자신의 감정에 이름을 붙이고, 그 감정을 생각할 줄 알며, 여러 가지 감정적인 사건에 대해 상상을 하기도 합니다. 감정에 상상력이 더해질 때 무한히 많은 정서적인 반응이 일어날 수 있는데, 이 단계에 이르러서야 어린아이는 스스로 감정조절을 하는 능력이 생기는 것입니다.

어린아이가 여러 가지 감정을 이해하고 또 자신의 감정적인 반응을 자율적으로 선택할 수 있다는 사실을 스스로 깨닫게 되면서 판단능력도 생겨납니다. 어린아이가 경험하는 인간관계는 감정을 취급하는 사람에 대해 더 많은 정보를 알려줍니다.

어린아이는 누가 직접적으로 말해주지 않아도 감정을 표현하는 말이나 태도를 어느 수준으로 해야만 다른 사람들에게 받아들여지는지 본능적으로 압니다. 만약 그 수준을 판단하기 어려운 상황에 부닥친다면 어린아이는 자신이 중요하다고 생각하는 사람들에게서 적절한 판단기준을 얻으려고 하는데, 아이가 그 사람을 특별히 더 중요하다고 여기고 있다면 이런 기준은 걸러지지 않은 채로 아이의 내면에서 자리를 잡게 되죠. 감정에 대한 판단은 이런 식으로 어린 시절부터 내면화되는데, 이건 일생에 걸쳐 거의 변하지 않는 것이 그 특징입니다.

어린아이가 스스로의 감정에 대해 판단할 때 어떤 것들이 영향을 미치는지 정리해 보겠습니다.

첫째는 그 아이가 타고난 신체적 생리적 바탕이 가장 큰 영향을 미칩니다. 뇌의, 그 중에서도 특히 대뇌피질의 구조, 신경의 화학적 구조는 그 아이의 감정이나 느낌을 정하는 근본적인 요소입니다. 뇌의 신경전달 물질 중에 도파민이라는 게 있는데, 그게 과도하게 분비되면 불안정한 성격을 보인다든지, 또 세로토닌이라는 물질이 부족하게 분비되는 구조를 갖고 태어나면 우울한 성격을 보인다든지 하는 최근의 연구결과가 그것을 입증합니다. 아무튼 사람마다 선천적으로 타고난 어떤 경향성이 있게 마련이고, 그것이 바로 그 사람의 감정이 발달하는 모든 단계에서 커다란 영향력을 미친다고 하겠습니다.

그 다음으로 중요한 것은 부모나 보호자와의 관계입니다. 순조로운 감정발달을 위해서는 부모나 보호자와 원만한 관계를 맺고, 치우치지 않은 훈육을 받아야 합니다. 만약 어린아이의 감정 발달 단계에서 부모의 반응이 어린아이 자신이 기대했던 것과 다르면 정서적 애착관계 형성이나 발달에 장애가 될 수 있습니다.

그리고 어린아이가 좀 더 자랐을 때는 누구에겐가 거절당하는 것도 감정의 혼란을 초래할 수가 있습니다. 우리는 성장하는 동안 다른 사람의 반응을 통해 사회적으로 어떤 감정은 받아들여지고, 어떤 감정은 표현해서는 안 된다는 메시지를 얻습니다. 그리하여 거부당한 감정은 억누르거나, 반항적으로 드러내거나, 다른 감정으로 '대체'해 버립니다. 감정이 '대체'되면 그 감정은 전혀 상관없는 상황이나 사람에게로 가게 됩니다. 거절당한 경험 때문에 생긴 수치심은 그 감정이 부적절한, 효과적이지 않은 방법으로 표현되게 되는 수가 많고, 이 때문에 또다시 거절당하기 쉬운 상황을 초래하는 게 보통입니다. 바로 이런 것이 가정 안에서 감정적인 역학관계를 매우 폐쇄적·파괴적으로 만들게 됩니다. 앞에서 애정의 빈익빈 부익부 현상을 이야기했던 것처럼 감정에 대한 부적절한 대응능력은 이런 이유로 자꾸만 나빠지게 되는 것입니다.

또 어린아이가 자신의 감정이 '나쁘다'고 배우게 되는 까닭은 그걸 가르치는 부모도 스스로 자기 감정을 조절하지 못하기 때문인 수가 많습니다. 거절감도 자식들에게 학습되는 것입니다.

다시 설명한다면 아이는 부모와 다른 어른들이 자신의 감정을 어떻게 다루는지를 보면서 감정을 다루는 법을 배우게 되고, 그럴 때 받는 무언의 메시지는 강한 영향력을 갖고 내면에 자리 잡아 일생 동안 지속되게 마련입니다. 어린 시절에 만난 어른들의 모습을 자신의 역할모델로 삼든지, 아니면 그와 정반대되는 모습을 취하는 방식으로 말입니다.

우리는 살면서 많은 지식을 배우고 이해하기도 하지만, 감정이나 정서가 문제가 될 때는 어른이 된 뒤에도 불균형했던 어린 시절의 경험에서 배운 그대로의 패턴에 쉽게 따라가게 됩니다.

8장

청년기

이제 청년기를 추억하는 차례입니다.

여기서 청년기는 중학교 시절부터 시작해서 30세 무렵까지로 규정합니다.

이번 주 역시 7장에서와 같은 방법입니다. 7장에서 했던 빈 칸 메우기를 이곳에서도 해보기로 합시다. 지난주와 마찬가지로 생각할 틈을 주지 말고 빠르게 읽으면서 떠오르는 대로 써서 문장을 완성합시다.

{ **청년기 혹은 젊은 성년기에 대한 단편적인 기억들** }

* 중학교 시절

1. 내가 처음 이성에 대해 관심을 갖게 된 것은 _____ 일부터였다.
2. 그때 이성의 대표처럼 여겼던 사람은 _____ 였다.
3. 나는 _____년 _____중학교에 입학했다.
4. 나는 학급에서 신체가 _____ 편에 속했다.
5. 중학교 때 내가 어울렸던 친구들은 대부분 _____ 특징을 갖고 있었다.
6. 중학교 때 가장 친했던 내 친구는 _____이다.
7. 그 친구는 한 마디로 _____ 사람이라고 할 수 있다.
8. 중학교 때 나의 꿈은 _____였다.
9. 중학교 시절 내가 존경했던 선생은 _____였다.

10. 중학교 시절 내가 싫어했던 선생은 _____ 였다.

11. 중학교 시절 내 관심은 주로 _____ 에 쏠려 있었다.

12. 중학교 시절 내가 잊지 못할 추억을 하나 든다면 _____ 이다.

13. 나의 아버지는 인생이란 _____ 라는 말을 자주 했다.

14. 나의 아버지는 돈을 _____ 라고 생각했다.

15. 나의 어머니는 돈을 _____ 라고 생각했다.

16. 그 당시 나의 가장 큰 불만은 _____ 이었다.

17. 부모는 나의 장점을 _____ 라고 하였다.

18. 친구들은 나의 장점을 _____ 라고 하였다.

19. 지금 생각해 봐도 그때 _____ 한 것은 잘한 일 같다.

20. 지금 생각해 봐도 그때 일어난 _____ 일은 부끄럽다.

* 고등학교 시절

1. 중학생과 고등학생이 다르다고 느낀 것은 _____ 때문이었다.

2. 그 당시 내 마음 속의 연인은 _____ 였다.

3. 그 당시 나의 주요 관심사는 _____ 였다.

4. 나는 ____ 년 _____ 고등학교에 입학했다.

5. 고등학교 시절 잊을 수 없는 기억으로는 _____ 이 있다.

6. 그 당시 나는 가족과의 관계가 _____ 한 편이었다.

7. 가족 중 특히 _____ 를 좋아하고 ____ 를 싫어했다.

8. 그 이유는 _____ 때문이었다.

9. 고등학교 시절 내 인생의 목표는 _____ 이었다.

10. 고등학교 시절 내가 가장 멋지다고 생각했던 인물은 _____
였다.

11. 그 사람의 _____ 한 점이 좋았다. 혹은 _____ 이유 때
문이었다.

12. 고등학교 시절 아버지는 인생을 _____ 라고 말했다.

13. 고등학교 시절 어머니는 인생을 _____ 라고 말했다.

14. 고등학교 시절 부모는 내가 _____ 가 되기를 바랐다.

15. 고등학교 시절 같이 어울려 다닌 친구는 _____ 였다.

16. 고등학교 시절 친구들이 말하는 내 성격 중 장점은 _____
였다.

17. 고등학교 시절 친구들이 말하는 내 성격 중 단점은 _____
였다.

18. 그 시절 나에게 일어난 가장 멋진 일은 _____ 였다.

19. 추억하면 아직도 그리운 그 시절의 일(사물, 사건, 인간 등)은
_____ 이다.

20. 나의 고등학교 시절을 한마디로 표현한다면 _____
이란 말이 어울린다.

* 젊은 성인기-대략 19세부터 30세까지의 기간

1. 회고해 보면 나의 전성기는 _____ 을 하던 때였다.

2. 어렸을 때의 꿈과 비교해 보면 그 일은 _____ 하게 여겨진다.

3. 나는 결혼에 대해 _____ 생각을 갖고 있었다.

4. 나의 결혼 상대는 _____ 사람이어야 한다고 생각했다.

5. 그 시절 내가 가장 원했던 것은 _____ 이었다.

6. 그 시절 나는 무엇보다도 _____ 한 사람이 되고 싶었다.

7. 그 시절 나를 가장 괴롭혔던 것은 _____ 였다.

8. 그 시절 나를 가장 기쁘게 한 것은 _____ 였다.

9. 그 시절 내가 가장 좋아했던 사람은 _____ 였다.

10. 내가 그 사람을 좋아했던 까닭은 _____ 였다.

11. 그 시절의 잊을 수 없는 추억이라면 _____ 이다.

12. 그 시절 내게 큰 영향을 끼친 사건은 _____ 이다.

13. 그 시절의 일 중에서 내가 가장 후회하는 것은 _____ 이다.

14. 그때 _____ 만 했더라면(있었더라면, 가졌더라면) 내 인생을 달라졌을 것이다.

15. 그 시절 내가 한 일 중 가장 자랑스러운 것은 _____ 이다.

16. 그 시절 주위 사람들은 나를 _____ 하다고 생각했다.

17. 그 시절 나는 _____ 를 꿈꾸었다.

18. 그 꿈을 나눌 수 있는 친구로 _____ 가 있었다.

19. 그 꿈은 청년기 이후 나의 인생에 _____ 한 영향을 주었다.

20. 그 시절의 나를 지금 생각해 보면 _____ 평가를 내리게 된다.

청년 시절의 추억 쓰기

📝 위의 빈 칸을 메운 뒤 중학교 시절, 고등학교 시절, 젊은 성인기(혹은 대학 시절과 처음 직업 생활을 시작했던 시기로 나누어도 좋습니다)로 나누어 자신의 인생을 추억하는 글을 써보기로 합시다.

어린 시절의 장에서 했던 것처럼 기억에 남는 일화를 하나 정해서 그것을 집중적으로 묘사하는 방식으로 합니다. 제목을 붙인 뒤 나의 감정, 나의 느낌을 솔직하게 드러내는 구체적인 묘사문을 쓰도록 합니다. 이것도 여러 개를 쓰고 퇴고한 뒤 파일에 넣어 보관합니다.

여러분이 참고할 수 있도록 보기를 넣었습니다.

보기 1 **후생촌에서**

① 동네 야산 자락 음지엔 아직 흰 눈이 드문드문 남아 있었다. 나는 어머니를 따라 망태기를 메고 십리 길이나 되는 잔매산으로 나무를 하러 갔다. 낫과 반 토막으로 자른 짧은 갈퀴는 어머니와 나누어 들었다.

그리고 새끼줄 뭉치와 돔부를 넣어 찐 옥수수 빵 두 덩어리를 베보자기에 싸서 망태기 속에 담았다.

멀건 풀대죽으로 아침을 때우고 길을 떠나서인지 산 중턱에 오르기도 전에 배가 고파 왔다. 빵을 꺼내 먹고 싶었지만 어머니가 걱정할까봐 씩씩한 척하고 그냥 산만 보고 걸었다.

농촌의 춘궁기는 정말 아이들의 배를 곯리고 어른들의 애간장을 말린다.

가까운 야산에는 너도 나도 나무를 다 긁어가 버려 땔감을 구할 수가 없었다. 어떤 사람들은 밤중에 생솔가지를 척척 쳐서 이어 나르는 모양이지만 아직 우리는 죽은 가지나 솔개미를 긁어 오는 게 고작이었다.

"아가, 너 그 먼디까지 나무하러 갈 수 있겠냐?"

중학교에 들여보내야 할 막내 딸년을 학교는 입학도 못시킨 채 멀리까지 나무나 하러 데리고 다니는 것이 영 마음에 걸린 어머니는 거의 울먹이고 있었다.

"나는 걱정 마. 어머니. 근디 잔매산에는 헐 나무가 있으까?"

나는 태연한 척 딴청을 했다. 그러나 아까부터 나는 중학교에 들어가 공부하고 있을 길순이를 생각하고 있었다. 영어 공부는 어디까지 배웠을까. 언제일지 모르지만 내가 입학한다면 따라갈 수 있을까. 이러다가 영영 중학교에 못 들어가면 어쩌나 하고 생각하니 나도 모르게 불안해 오기 시작했다. 또 나뭇짐을 머리에 이고 집으로 돌아오는 길에 아는 친구를 만나면 어쩌나 하는 생각이 나를 몇 번 망설이게 했지만 그런 생각도 잠시였다. 잔매산이 아니라 그보다 더 먼 곳이라도 땔나무가 있는 곳이라면 나는 혼자서라도 가야 했고 갈 수 있다고 다부지게 결심했다.

"금메 가 바야 알겠는디 높은 곳이라 누구 손 덜 탔겠지야."

"어머니, 아버지한테는 언제 면회 갈랑가?"

"내일까지 받으면 석 줄은 될팅게 돌아오는 장에 가서 고놈 팔아야 차비라도 허지 않겄냐?"

밭떼기 조금 있던 것은 남의 빚대로 다 넘어가고 닭 이삼십 마리가 우리 네 식구의 생계를 책임지고 있었다.

② 아버지는 윤원장 후임으로 후생농원 농원장을 지내다가 공금을 착복했다는 죄목으로 정읍 유치장에 갇혀 벌써 열흘이 지났다.

착복은커녕 고구마밭 판 돈까지 온데간데없고, 집안 형편은 기울대로 기울었다. 좀 더 많은 구호품을 얻어내려고 상부와 교섭하는 중에 무리하게 사재까지 들어갔던 모양이었다.

어린 나이였지만 나는 권력과 금력 앞에서 어떤 진실이 외면당할 수도 있다는 것을 어렴풋이 이해하게 되었다.

6.25 직후에는 많은 구호물자를 공급하는 과정에서 여러 가지 금전에 얽힌 문제가 발생하기도 했던 것 같다. 그러나 60년대 초쯤엔 농민들이 차츰 농토를 일구어 조금씩 소득을 올리고 있었기 때문에 구호물자는 대폭 줄어들었다. 어쩌면 아버지조차도 농원장을 지내며 생활 터전이라도 마련해 보고 싶었는지도 모를 일이지만, 그렇다면 아버지는 불행히도 막차를 탄 셈이었다.

윤원장 후임으로 원장에 출마하기 위해 미리미리 기반을 닦고 있던 하○○ 씨가 뜨내기인 아버지에게 패하자 분풀이로 고소를 했다. 텃세였다.

③ 아버지는 어머니가 두 번째 면회를 가기 전에 풀려났다. 아버지가 보름 만에 집에 오던 날, 우리 동네엔 희대의 굿판이 벌어졌다. 내게는 청소년기를 통틀어 가장 부끄러운 날이기도 했다.

해가 뉘엿뉘엿 저물어 갈 무렵 용무 동생 갑순이가 헐레벌떡 달려왔다. 언덕을 단숨에 뛰어 넘었는지 한동안 말을 못하고 가슴을 쓸며 숨만

할딱거렸다.

"밥은 안 허고 니가 웬일이다냐?"

나는 다 저녁 때 혹시 즈 오빠 편지라도 가지고 왔는가 싶어 은근히 물었다.

"성 빨랑 나와 보랑께. 빨랑빨랑."

"아따, 갑순아이, 먼 일인디 그려?"

갑순이는 우악스럽게 내 팔을 끌더니 냅다 달리며 지금 벌어지고 있는 굿판 이야기를 했다. 나는 그냥 끌려가다시피 따라갔다. 그리고 나는 뚜렷이 보았다. 아버지가 아무개 씨 수염을 한 움큼 쥐고 흔드는 것을.

아무개 씨는 키가 8척이고 봉의 눈을 가진 존경받는 사람이었다. 시골구석에서는 보기 드물게 점잖은 풍채를 지니고 있어서 남정네들은 누구를 막론하고 그 앞에서는 기가 죽었다. 아무리 무더운 여름에도 외출할 때는 세모시 두루마기를 입고 합죽선을 할랑할랑 부치며 걷곤 했다. 그 양반이 가장 소중하게 여기는 것이 수염이다. 20센티 정도의 잘 매만져 반드르 길이 나 있는 허이연 수염. 하○○ 씨 하면 수염이고, 수염하면 아무개로 통하는 그 분의 트레이드마크를 순식간에 무참히 뽑아 버린 아버지.

아무개 씨는 거친 논바닥에 뻘게가 되어 덜덜 떨고 있었다. 고급 세루 두루마기도 주인과 같이 뒹굴었다. 양손으로 수염 뽑힌 볼을 감싸 안은 채 웅크리고 앉아 있었다. 5척 단구인 아버지는 손에 들고 있던 수염을 흙더미에 뿌리더니 질겅질겅 밟았다.

"이놈! 이놈! 네 놈이 감히 나를 모함을 혀? 이 뒈질놈아. 네 놈이 다시 낯짝 들고 돌아댕길 것 같으냐? 이놈 퉤퉤!" 침을 뱉으며 분을 참지 못해 고래고래 소리를 질러댔다.

잔설이 남아 있긴 하지만 논바닥은 언 땅이 녹아 질척질척했다. 뽑힌 수염, 흙범벅이 된 세루 두루마기는 아무개 씨의 인생에서 큰 교훈을 남겼을 터였다.

논에서 밭에서 일하다 말고 사람들이 모여들었다. 어린것들은 사립문을 걷어차고 뛰어나왔고 멍멍이도 이때다 싶어 컹컹거리며 앞질러 뛰었다.

오늘날 도시 사람들은 옆집 사람이 응급실에 실려 나가도 모르고 지내기가 보통인데, 시골에서는 이웃집 애경사가 그들의 영화이고 연극, 서커스였다.

나는 황당했고 창피했다. 도망치고 싶었다. 나는 아버지하고 눈이 마주칠까봐 갑순이 뒤에 숨어서 그 광경을 보았다. 아버지를 말려 팔이라도 끼고 돌아가야 되는 건지 어쩐 건지 판단이 안 섰다. '썩을 년, 나를 뭣땜시 데꼬왔다냐?' 갑순이만 원망했다.

④ 이 세상에 태어나서 그렇게 아버지가 밉고 원망스러웠던 적은 없었다.

차라리 둘이서 치고 패고 하는 싸움은 인정할 수 있었다. 싸움은 우리네 일상의 주변에서 맴도는 친구니까. 그러나 이건 안 된다. 이유야 어떻든 일방적인 공격은 옳지 않다. 얼굴이 화끈 달아올랐다. 이내 참고 있던 눈물이 봇물 터진 듯 쏟아졌다.

나뭇짐을 부리고 잠시 텃밭에 가 있는 어머니가 이 광경을 못 본 것이 그나마 천만 다행이었다.

만약에 어머니가 그 자리에 있었다면 또 하나의 비극이 시작되었으리라.

우리 집 앞마당이 공연 무대가 되었을 것이고 관객들은 굿판의 재미에 홀려 덩달아 공연장을 가득 메웠을 것이다. 아버지의 주먹 안에 든 아무개 씨의 수염은 어머니의 쪽진 머리다발로 바꿔졌을 테지. 아마 나는 핏발선 눈을 부릅뜨고 아버지의 팔뚝을 물어뜯다가 걷어채여 객석 중앙 어디론가 떨어졌겠지.

그런디 왜 아무개 씨는 우리 아버지 얼굴에 손톱자국 하나도 못 내고 그렇게 당해야만 했당가?

이 글은 학생이 써낸 과제의 전체 글입니다. 띄어쓰기와 맞춤법은 미리 고쳤습니다. 이 글을 부분이 아니라 전체를 다 실은 까닭은 여러분이 글의 흐름에 맞는 이야기의 배분이 어떤 것인지 살펴보았으면 하기 때문입니다. 물론 어구나 표현을 적절하게 수정하는 것도 중요하지만 이제부터 여러분은 내용에 맞게 이야기를 펼쳐가는 법을 염두에 두면서 글을 쓸 때가 되었습니다.

글의 내용을 분석해 봅시다.

① 나무하러 가는 장면 ─ 진학은 생각도 못할 만큼 형편이 나빠졌음
② 아버지가 유치장에 간 까닭에 대한 설명
③ 아버지와 하○○ 씨의 싸움
④ 그 일에 대한 어린 나의 생각

이렇게 내용을 나누어 보면 이 글의 핵심은 아버지의 싸움이라는 것을 알 수 있습니다. 글의 첫머리에 핵심의 실마리가 되는 말을 넣어 주면 좋겠습니다. 그러려면 ①의 나무하러 가는 장면에서 아버지 이야기가 먼저 나와야 합니다. 산에 땔나무가 남았을지, 중학교에 진학하지 못해 섭섭하다든지 하는 말에 앞서, 땔나무를 팔아서 아버지 면회를 가야 한다는 가정 사정을 먼저 이야기해 주면 좋

겠습니다.

①의 첫 번째 문장, '동네 야산 자락 음지엔'이란 말은 '동네 산그늘에는'으로 바꿔주면 좋겠습니다. 그리고 이미 두 번째 문단에서 산에 갔다고 이야기가 진행되었는데 뒤따르는 대화 '아가, 너……'로 시작되는 말은 산에 가기 전 어머니와 내가 나누는 대화니까 흐름이 뒤죽박죽이 됩니다.

하나의 상황을 묘사하려고 할 때는 서술하는 내가 그 장면을 보고 있는 위치, 시간 순서를 머릿속에 그려서 순서대로 쓰도록 합시다. 그러자면 이야기의 흐름이 산에 나무하러 가기 전 어머니와 내가 나눈 대화(특히 "어머니, 아버지한테는 언제 면회갈랑가?"가 앞에 나오면 좋겠습니다) → 중학교에 진학하지 못한 나(진학하지 못한 채 나무하러 다녀야 하는 나의 애달픔) → 아버지가 유치장에 있어 가정 형편이 말이 아님 → 나무하러 산에 갔음, 의 순서로 되어야 편안하게 읽힌다는 것을 알 수 있습니다.

그 다음 ②가 붙어 있는 부분을 봅시다. 아버지가 유치장에 들어간 이유를 설명하는 내용입니다. ②는 문단의 내용이 제대로 정리되어 있지 않습니다. 행갈이의 원칙(내용이 달라질 때 행갈이를 하여 새로운 문단을 만든다)을 지키도록 합시다. 그리고 세 번째 문단인 '어린 나이였지만……'으로 시작되는 문장은 시점이 다를 뿐 아니라 전체 내용으로 보아 군더더기가 되니 빼는 게 낫겠습니다. 내용으로 보자면 읽는 이들에겐 생소한 후생농원 농원장의 지위와 역할이 어떤 것인지 더 자세히 설명하는 게 좋겠고, 그 다음 아버지가 무리하게 사재까지 털어 교섭하면서 오히려 집안 살림이 오그라들었다는 것, 그리고 아버지와 맞수인 하○○ 씨의 고소로 아버지는 공금착복 혐의를 받아 유치장에 갔다는 사연이 보충되어야 합니다.

③에 붙어 있는 부분을 봅시다. 아버지가 보름 만에 집에 돌아오던 날 하○○ 씨와 싸웠다는 사실을 희대의 굿판이라고 표현한 것이 적당하지 않은 느낌입니다. 설명투로 나온 처음 세 문장을 '아버지가 돌아온 날 저녁 갑순이가 나를 찾아왔다……'로 정리합시다. 그리고 갑순이가 용무의 동생이고, 자기 오빠의 편지를 갖고 온다든가 하는 내용은 아버지의 싸움과 관계 있는 것이 아니니까 생략하는 편이 글의 흐름으로 보아 나을 것입니다. 그리고 '나는 또렷이 보았다. 아버지가 아무개 씨 수염을 한 움큼 쥐고 흔드는 것을'이라고 하여 도치법을 써서 강조했는데, 평서문으로 그냥 쓰는 편이 나을 것 같습니다. 그리고 여태까지 하○○ 씨라고 표기하던 것을 갑자기 아무개 씨라고 고치는 것도 이상합니다. 하○○ 씨로 시작했다면 끝까지 그렇게 표기합시다. '아무개 씨는 키가 8척 이상이고 봉의 눈을 가진 존경받는 사람이었다'라는 문장도 문법상 틀리지는 않지만 내용이 어울리지 않습니다. 한 문장 안에서 외모에 대한 묘사와 사회적 관계(존경받고 있다)가 섞여 있습니다. 정리할 필요가 있습니다. '아무개 씨는 외모가 이러저러해서 사람들은 그 모습만 보고도 존경심을 품었다'라든지 하여 두 내용을 관련지어 줍시다. 그리고 글의 흐름 중 갑자기 현재의 나의 입장에서 보고 설명하는 문장이 들어 있는 게 티입니다. 예를 들어 '아무개 씨의 인생에 큰 교훈을 남겼을 터였다'라는 문장과 '오늘날 도시 사람들은 …… 서커스였다'라는 문장이 그렇습니다. 그 문장들은 생략하거나 그 시점의 '나'가 보고 느낀 것을 표현하는 내용으로 바꿉시다.

④ 부분은 아버지와 하○○ 씨의 싸움을 보고 그때의 '나'가 느낀 점입니다. 그런데 '나뭇짐을 부리고 잠시 텃밭에 가 있는 어머

니……'로 시작되는 문장은 느낌이 아니라, 그것을 보고 부모의 싸움이 일어날 것이라는 상상으로 가버렸습니다. 그렇다면 나는 다행으로 생각했다. '만약 어머니가 그 자리에 있었더라면 동네 사람들의 구경거리가 하나 더 늘어났을 것이다'라고 바꾸어 말하는 이를 그때의 '나'가 상상하는 내용으로 고칩시다. 그런데 ④의 뒷부분이 전체의 흐름에 맞지 않게 풍자적인 어조를 띠었습니다. '우리 집 앞마당이 공연 무대, 마을 사람은 관객, 싸움은 굿판' 하는 식으로 비아냥거리는 비유가 된 것이 전체의 흐름으로 보아 어색합니다. 물론 글쓴이로선 너무 가슴 아픈 기억이어서 본능적으로 거리를 두게 되면서 나온 풍자적 어조이겠지만, 처음에 평범한 톤으로 시작했으면 그냥 끝까지 그 어조를 유지하도록 애써 보세요. 갑자기 변하면 흐름이 동떨어져 공감을 끌어내는 데 방해가 됩니다.

그리고 글의 끝 문장 '그런디 왜…… 했당가?'는 외톨이 문장이 되지 않도록 설명을 덧붙입시다. 집으로 돌아올 때 나는 그런 의문을 품었다든지 하는 말이 있는 게 낫겠지요.

또 전체적으로 보아 "후생촌에서"라는 제목이 아주 동떨어진 것은 아니지만 글의 내용을 대표할 수 있는 제목이 낫습니다. "아버지의 싸움"이라든가 하는 제목이 어떨까요?

그리고 글의 대화에서 사투리를 사용하는 문제, 신중할 필요가 있습니다. 따옴표 안의 사투리는 현장감을 살리는 데는 도움이 됩니다. 여기서는 사투리가 잘 사용되었습니다. 그러나 표준말을 사용하는 입장에서 봤을 때 그 뜻이 잘 전달되지 않는 사투리도 있을 것입니다. 그럴 때는 괄호를 치고 그 안에 상응하는 표준말로 해설해줌으로써 뜻이 통하게 하는 것도 잊지 마십시오. 혹은 그 당시 대화에서는 사투리를 사용했지만 글로 쓸 때는 표준말로 바꾸어주기도 하는데 그것도 틀린 것은 아닙니다. 여러분이 편리하다고 느끼는 대로 써도 뜻만 쉽게 전달된다면 무리는 없습니다.

보기 3　　**3일간의 기차 여행**

용산역 앞 광장은 늦은 밤에도 살아 숨 쉬는 바쁜 움직임이 있었다. 길게 늘어선 사람의 행렬이 벌떼처럼 웅성거렸다.

"22시 30분 발 목포행 완행열차의 개찰이 3번 홈에서 시작되겠습니다."

우리는 기차를 타야 할 것인가 잠깐 망설였다. 20살의 처녀 넷은 기차에서 이틀 밤을 보낼 무박삼일의 여행을 떠나기로 했다. 그런데 한 친구가 오지 않았기 때문이었다. 어렵게 허락받은 기회를 놓칠 수 없어 철커덩 철커덩 한강 다리를 건너 남으로 향하는 열차에 결국 몸을 실었다. 넷도 아닌 셋이 되자 초조하고 불안함이 스물스물 온몸을 자극하여 왔다.

"영희 기집애 약속도 못 지켜."

"다음엔 영희하고 같이 여행가지 말자."

오지 않은 친구를 원망하고 있는데 비명 같은 여자의 찢어지는 소리가 들렸다.

"야, 너희들……."

땀으로 젖은 창백한 얼굴의 영희가 나타났다. 주위 사람들의 시선도 아랑곳없이 우리 넷은 부둥켜안고 방방 뛰었다.

용산역에 늦게 도착한 영희는 아슬아슬하게 기차에 올라탈 수 있었다고 했다. 앞 칸에서부터 찾아 헤매다 만난 것이다. 영희의 용기와 지혜가 우리를 더욱 즐겁게 했다.

"식사대용 찐 계란이 왔어요. 심심풀이 땅콩이 있어요."

홍익회 명찰을 단 남자가 네모난 바구니를 어깨에 메고 소리치며 지나갔다. 우리는 지린내가 나는 화장실 옆이지만 신문지를 깔고 바닥에 주저앉았다. 행복했다. 답답한 일상에서 벗어난 해방감과 새로운 도전의 설레임으로 잠도 오지 않았다. 덜커덩덜커덩 밤 공기를 가르며 기차는 경쾌하게 달렸다. 여행을 떠나는 순간만큼은 모든 것을 잊을 수 있어서 좋다. 언제나 기대와 희망만이 가슴을 부풀게 만든다. 나는 여럿이 왁자지껄하는 야한 해수욕장보다 조용히 정상을 정복하는 등산을 좋아했다. 오늘도 월출산을 오르기 위해 영산포로 가고 있다. 그런데 검표를 하던 우리는 갑자기 문제가 생겼다. 영희가 대둔산 가는 줄 알고 대전표를 산 것이다. 여객 전무에게 도움을 청했더니 흔쾌히 영희의 기차표를 영산포까지 차액만 더 받고 바꾸어 주었다.

"천안의 명물 호도과자 왔어요."

기차는 천안을 지나가나 했더니 담배 연기가 코를 자극했다. 연초제조창이 있는 신탄진을 통과하고 있었다. 스르르 눈이 감기며 졸음이 왔다.

"잘 있거라. 나는 간다. 목포행 완행열차."

시끄러운 유행가 소리에 잠을 깨고 보니 창 밖에선 김이 모락모락 나는 가락국수를 맛있게 먹고 있었다. 후루룩후루룩 순식간에 그릇을 비운 아저씨들은 서둘러 기차에 다시 탔다. 먹기 위해 사는 인생은 즐겁고 살기 위해 먹는 인생은 슬프다고 했던가.

"선물용 나주배가 왔어요."

대나무로 엮은 바구니에 배를 담아 들고 왔다갔다 하는 것을 보며 영산포역에서 내린 우리는 버스를 타고 영암읍까지 갔다. 우뚝 솟은 바위 산을 향해 우마차 길을 걸었다. 누군가 외쳤다.

"태워 주세요!"

지나가던 경운기가 섰다. 경운기에 가득 실려 있는 막걸리통 위에 우리 넷은 올라앉았다. 돌멩이가 많은 비포장 길을 통통통 달리니 엉덩이도 같이 통통통 튀었다. 우리의 엉덩이가 수난을 당하고 있었다. 아프기도 하고 길바닥에 떨어질 것 같은 두려움에 얼굴이 하얗게 질려 후회했지만 내려 달라는 말조차도 입안에서만 맴돌았다. 얼얼한 엉덩이를 만지며 아침인지 점심인지 10시가 넘어서야 밥을 해먹었다. 군데군데에 붉은 동백꽃과 소나무가 있는 바위산이 한 폭의 동양화 같았다. 정상에 오르니 하얗게 물결치는 억새풀 밭이 장관을 이루고 있었다. 탄성을 지르는 우리의 목소리가 채 가시기도 전이었다. 갑자기 구름 같은 안개가 몰려오기 시작하더니 우리를 삼켜 버렸다. 안개 속에 갇혀 길을 잃은 우리들은 구세주 같은 등산객을 만났다. 숲 터널 같은 길을 만들어 가며 우린 내려왔다. 한 치 앞도 안 보이는 안개 속에서 '따라오니?' '따라간다'를 외치며 앞만 보고 걸었다. 오직 앞사람을 놓치지 말아야 한다는 것 말고는 아무 생각도 할 수 없었다. 우리 넷은 번호나 이름을 부르며 확인했다. 앞에 가던 사람의 외침이 들렸다.

"마을이야, 마을!"

우리는 안개지역을 벗어나고 있었다. 무섭고 긴 터널이었다. 기진맥진한 우리가 마을 앞을 지날 무렵 날이 저물기 시작했다. 서둘러 가야만 서울행 야간열차를 탈 수 있기 때문에 마음이 조급해졌다. 쉬이이, 쉬이이. 소리와 함께 대나무 숲이 길 옆에 나타났다. 갑자기 한 친구가 뛰었다.

"도깨비다!"

모두 놀라서 뛰었다. 그런데 나는 돌에 발이 걸려 넘어지고 말았다. 온몸이 굳어 움직여지지 않았다. 뒤에서 도깨비가 붙잡고 있는 것 같았다.

한참 만에 정신을 차린 내 눈앞에 대나무 가지 위에 걸린 하얀 가오리연이 바람에 흔들리고 있었다.

정월 그믐밤은 더욱 까맣게 깊어만 갔다

〈보기 2〉의 글은 시간 순서대로 자연스럽게 잘 씌어졌습니다. 전체 균형을 살펴보면 단지 내용과 양을 배분하는 것이 서투른데, 영산포로 내려가는 기차 여행을 길게 설명한 데 비해 월출산 등반에 대한 내용이 적습니다. 등산 부분을 더 늘리는 게 균형이 맞습니다.

첫 문장 '용산역 앞 광장은'으로 시작되는 문장에는 주어가 두 개 있습니다. '광장에는'으로 고쳐줍시다. 다음 문장, '길게 늘어선 사람의 행렬이 벌떼처럼 웅성거렸다'는 '매표소 앞에는' 혹은 '개찰구 앞에는' 이란 말을 넣어 장소를 분명히 나타내는 편이 자연스럽습니다. 그리고 사람의 복수형은 '사람들'입니다. '개찰구 앞에는 사람들이 길게 늘어서서 웅성거리고 있었다'가 될 것입니다. 세 번째 문장은 앞뒤에 아무 설명 없이 들어갔는데, 그러지 말고 '안내 방송이 나오기 시작했다'라고 설명해 주십시오. 그리고 '잠깐 망설였다'에서 '잠깐'이라는 부사가 들어가 친구 영희가 나타나지 않은 일을 쉽게 단념했다는 의미가 되어버려 '나중에 영희가 나타나 우린 몹시 기뻤다'는 내용과 어긋나게 됩니다. 그러니 '잠깐'을 빼줍시다. 그 다음 '오지 않았기 때문이었다'는 까닭을 설명하는 게 아니니까 '때문이었다'를 빼줍니다. 그 다음 문장은 '그러나'라는 연결부사를 넣어주는데, 문제는 '몸을 실었다' 앞에 놓인 말 꾸밈이 지나치게 길다는 것입니다. 이럴 땐 말 꾸밈을 다른 문장으로 풀어주는 게 좋습니다.

'그러나 우리는 어렵게 허락을 얻은 기회를 놓칠 수 없어 기차를 타기로 했다. 곧 기차는 한강다리를 건너 남쪽으로 달렸다'가 됩니다. 그리고 '넷도 아닌 셋이 되자'라는 어구는 읽는 이가 잘 알 수 있도록 풀어서 '처녀 네 명이 여행을 간다는 것도 마음이 불안했는데 막상 세 명이 되자'로 고치고 '초조하고 불안함이'가 아니라 '초조해져서 불안감이'로 해줍시다. '비명 같은 여자의 찢어지는 소리'는 수식어의 위치를 바로잡아 '여자의 찢어질 듯한 비명소리'입니다. 그리고 '영희의 용기와 지혜'는 지혜에 대한 뒷받침 내용이 없으니까 '영희의 용기는 우리를 기쁘게 했다' 정도로 해줍니다. '행복했다' 다음 문장은 일반적인 견해를 밝힌 문장이어서 현재형으로 '좋다', '만든다'로 서술형을 썼는데, '그 당시 나는 그런 견해를 갖고 있었다'고 쓰는 편이 흐름이 더 편안합니다. 그런데 '검표를 하던'이 아니라 '검표를 받던'이 되어야 합니다. 그리고 기차가 달리는 상황을 주로 안내방송이나 상인의 외침으로 알려주고 있는데, 이것은 글의 특색이긴 하지만 그 말 앞뒤로 좀 더 상세한 설명을 써주면 읽기가 편해집니다. 예를 들어 '"천안의 명물 호도과자 왔어요." 기차는 천안을 지나가나 했더니'라고 하지 말고 '"천안의……요."라는 말이 들려 천안 부근을 지나가나 싶었는데'라고 풀어서 쓰는 것입니다. 또 연초 제조창이 있다고 담배연기가 나는 것이 아니라 담배 냄새가 나는 것이니까 '연기'가 아니고 '냄새'가 정확한 말이겠지요. '슬프다고 했던가'라는 문장 뒤에 '어느새 우리는 영산포에 도착했다'라는 말을 넣은 뒤 '"선물용 나주배가 왔어요." 장사꾼들이 대나무로 엮은 바구니에 배를 담아 외치며 오가고 있었다'로 이어줍니다.

뒷부분 영산포에 닿아 월출산으로 가는 문단에서는 행동의 진척 상황을 알려주는 내용이 부족합니다. '입안에서만 맴돌았다. 얼얼한 엉덩이를 만지는 사이에 어느 새 우리는 목적지에 닿아 경운기에서 내렸고, 냇가에 밥 해먹을 수 있는 자리를 발견했다'는 상황 설명이 들어가야 하겠죠. '밥을 해먹었다' 다음에도 앞과 마찬가지로 '등반을 시작했다'는 설명이 있는 게 나으며, 정상에 오르기까지의 과정도 좀 더 상세하게 풀어서 월출산의 정경과 힘들여 산을 오르는 모습에 대한 묘사를 차근차근 뒤를 밟듯 써주면 더욱 좋은 글이 될 것입니다. 글을 쓸 때는 눈앞에 그 광경을 떠올려 하나하나 더듬어서 그대로 그린다는 기분으로 쓰는 게 도움이 될 것입니다.

마지막 부분에 가면 비로소 이 글의 계절이 1월이라는 사실이 밝혀지는데, 글의 앞부분부터 몹시 추웠다든지 혹은 겨울 점퍼를 너무 껴입어서 동작이 둔했다든지, 밤기차 속에서 추위에 떨었다든지 하는 표현을 넣어 때를 짐작할 수 있게 한다면 글맛이 더할 것입니다.

청년 시절의 특징

청년기가 시작되었다는 표시는 흔히 신체적인 변화로 나타납니다. 몽정을 하고 수염이 난다든지, 여성은 생리현상이 시작되는 등, 신체적 이차성징이 나타나며 이성에 대한 관심이 커집니다. 몸뿐 아니라 정신적인 변화도 있습니다. 혈연으로 맺어진 가족보다는 또래 집단에 더욱 관심과 애정을 기울이게 되며, 감수성도 예민해져서 희로애락의 진폭이 커집니다. 개별적인 자기 자신에 대한 의식도 강화됩니다. 흔히 일생 중에 가장 강한 자의식을 갖게 된다고 하죠. 고교 윤리시간에 이 시기를 정신적으로 홀로 서려는 '제2의 탄생'이라고 한다고 배웠을 것입니다. 융은 이 시기를 '정신적 탄생'이라고 했습니다. 독자적인 개인의 정신세계가 만들어진다는 뜻이지요. 신체적인 변화도 소홀히 해서는 안 되지만, 외견상 아이가 맹렬한 힘과 열의를 기울여 자기를 주장하기 시작할 때 비로소 청년기가 시작되었다고 하는 게 정확할 것입니다.

인생은 각 발달단계마다 그 시기에 반드시 해야 할 발달과업이 있습니다. '적당한 때 한 바늘을 꿰매는 것이 나중에 열 바늘 꿰매는 것보다 낫다'는 속담처럼 인생의 각 시기에 요구되는 발달과업을 하지 못한 채 지나간다면 사는 것이 배로 괴롭고 힘들게 됩니다.

청년기의 발달과업이란 직업생활에서 내 발판을 마련할 준비를 하고 또 거기에 들어가 경력을 쌓으며 자신의 정서적 삶을 충족시킬 수 있는 파트너를 구하여 자기만의 가족을 만들기 시작하는 일입니다. 그러기 위해선 직업이나 결혼, 인생에 관해 자기 나름의 독자적인 사고를 하고 가치관을 만들어야만 하죠.

흔히 청년기를 어려운 시기라고 말합니다. 그것은 현대사회가 너무나 빠르게 변화하여 예전 부모 세대의 인생패턴을 그대로 본받아 사는 것으로는 충분치 않게 되었기 때문일 것입니다. 현대의 삶은 새로운 패턴을 스스로 만들어 내어 새로운 방식으로 살아갈 것을 요구하지만 참고할 만한 모범이라곤 찾아볼 수가 없습니다. 그것이 문제인 것이지요.

그렇더라도 그 청년이 그 나이가 될 때까지 순조롭게 지각이 발달하여 제대로 세상에 적응해왔고, 또 앞으로의 인생에도 충분히 각오되어 있다면 어린 시절에서 청년기로 변해가는 이 시기가 그다지 어렵지 않게 지나갈 수도 있습니다. 하지만 그 청년이 어린 시절의 환상에 집착하여 현실을 제대로 보지 못하고 자신의 욕구만 내세우고 있다면 많은 문제에 부닥치게 됩니다.

사실 어른이라는 책임 있는 생활에 들어갈 무렵이 되면 사람은 많은 기대를 품게 됩니다. 그런데 현실적으로 그 기대가 다 이루어지는 경우는 드뭅니다. 기대하고 있던 많은 것들이 무너져 좌절하기도 합니다. 그 까닭은 그 사람이 직면하고 있는 상황에 어울리지 않는 높은 수준의 기대를 품기 때문일 것입니다. 또 지나치게 낙관적이거나 지나치게 비관적이어서 자신이 직면한 문제를 똑바로 보지 못하여 현실감각을 잃고 있기 때문일 수도 있습니다.

아무튼 청년기에 생기는 문제가 전부 다 직업이나 결혼과 같은 외적인 세계와 관계 있는 것만은 아닙니다. 외적인 문제를 직면하여 헤쳐 나가기 위한 준비인 내적인 가치관 수립도 큰 문제입니다. 또 성본능이 강화되는 것에 따른 신체적 균형이 급격히 혼란되어서 문제가 되기도 합니다. 신체 조건의 극단적인 과민성과 불안정함에서 발생하는 심리적 안정감의 상실이 크게 문제가 되기도 합니다.

청년기의 문제는 일일이 꼽을 수 없을 만큼 많지만 그에 부닥쳐 해결하는 데는 염두에 둬야 할 것이 있습니다. 중요한 것은 그 사람이 어린 시절 어떤 의식 수준을 가졌는가 하는 것입니다. 잘못하면 그 사람의 내면에 있는 어떤 감정, 특히 어린아이의 태고유형이 있어 어른이 되기보다는 어린아이로 머물러 있으려는 경향이 있어 청년기의 발달을 방해하게 되기 때문입니다. 책임 있는 성인으로 살기보다는 어린아이로 남는 편이 편하다고 여기는 안이함이 있다는 뜻입니다.

아무렇든지 요약하자면 청년기 전체를 볼 때 이 단계에서 이룩해야 할 과제는 내면적인 것보다는 주로 외적인 가치와 관계가 있습니다. 이 세상 안에서 자기 자신의 위치를 새로 만들어 내야만 하기 때문에 청년기에 가장 필요한 것은 의지의 강화입니다. 청년기에는 인생이 요구하는 문제들을 책임감 있게 받아들여 합리적인 결단을 내려야 하며 자신이 직면하게 되는 많은 장애들을 극복하여 가족과 자기 자신을 위한 물질적인 만족을 확보할 수 있도록 충분한 의지를 가져야 합니다.

9장
중년기

나이 들어간다는 것은 다섯 개의 치명적인 D와 연결되어 있다.
쇠퇴(decline) 질병(disease) 의존(dependency)
우울(depression) 노망(decrepitude).
나이를 부정해서도 '나이의 역할놀이'에 빠져서도 안 된다.
원숙함이 결여된 젊음의 추구는
미성숙한 성인이 저지르는 최악의 추함이다.

- 윌리엄 새들러, Third Age

50세 생일에 중학교 동창인 친구가 저에게 전화를 했습니다. 생일을 축하한다는 말까지는 듣기 좋았는데, 그 다음 이어지는 물음 '너, 별일이 없는 한 앞으로 30년은 더 살아야 하는데 어떡할 작정이니?'에서는 반갑다고만은 할 수 없는 심정이 되었습니다.

앞으로 30년을 더 살게 된다면 50에서 60으로 가고 있는 저는 이미 노년에 속할까요, 아직도 중년에 속할까요?

시대와 학자에 따라 다르지만 중년기는 대체로 35세 무렵에 시작하여 40세 혹은 45세 무렵에 끝나는 것으로 되어 있습니다. 얼마 전만 해도 '서른, 잔치는 끝났다!'고 외치면서 30세를 중년기의 시작으로 보기도 했습니다만, 문화내용(문화콘텐츠)이 폭발적으로 증가하고, (그만큼 한몫의 성인으로 활동하는 데 익혀야 할 것이 많아졌다는 뜻이겠지요.) 평균수명이 늘어난 오늘날에는 어른이 되기까지 준비하는 시간이 10년 정도 더 요구됨에 따라 40세를 중년기의 시작으로 보며 50세 후반 어디쯤에서 노년기가 시작된다는 정도로 합의하고 있는 것으로 압니다.

사실 중년기의 시작은 우리는 느낌으로 알 수 있습니다. 어쩐지 인생의 전성기가 지나간다는 느낌이 드는 거죠. 더 이상은 새로운 진로를 개척하지 않게 되며, 자신이 살아갈 인생의 향방은 대충 정해진 것 같고, 자신이 달성할 수 있는 성취의 한계도 눈에 보이는 듯합니다. 청년기에는 외적인 가치와 자신에게 주어진 사회적 역할이 중요합니다. 그러나 점차 그것들의 영향력이 줄어들면서 외적인 가치와 역할을 초월하여 내면으로 눈을 돌리게 됩니다. 그럴 때 중년의 위기라는 말을 쓰게 되지요.

20세기 초반에 자기 사상의 기반을 마련했던 융은 중년기를 35세부터 40대 중반 정도라고 정의했으며 인생에서 가장 중요한 고비가 중년의 위기라고 했습니다. 정신적인 문제를 안고 그를 찾아온 환자의 대부분이 중년이라는 사실 때문이기도 했으며 또 나날이 평균수명이 늘어가는 이즈음, 중년의 위기를 제대로 넘어가야 그 다음 살아갈 남은 인생을 제대로 살 수 있다고 생각한 것이기도 합니다.

중년에 이르기까지 어느 정도 외적인 환경에 잘 적응해왔습니다. 직업적으로도 생계를 해결할 수 있는 능력을 쌓았을 것이고, 결혼해서 가정을 꾸렸을 것이며, 시민으로 그 사회에서 어떤 역할을 하고 있을 것입니다. 그러는 가운데 이따금 조그만 좌절이나 실망, 불안을 느끼기도 했겠지만, 그것만 제외한다면 중년에 이른 사람들은 앞으로의 인생을 비교적 안정되고 탄탄한 상태로 살게 될 것이라고 기대하게 됩니다.

그러나 막상 중년이 되어 보면 젊었을 때의 기대대로 되어 가지 않습니다. 인생의 후반에 이르면 또 그 시기대로 그 시기만의 특별한 적응의 문제가 기다리고 있습니다. 여기서 적응의 문제란 청년기까지는 외적인 세계에 적응하는 데 심리적인 에너지를 사용해왔다면 중년기에는 에너지의 방향을 내면으로 돌려 새로운 문제에 직면해야 한다는 사실입니다.

중년기가 시작되면서부터 인식해야 할 새로운 요구란 정신적인 가치, 자기 자신이 되어야 한다는 요구입니다. 이 내면의 요구는 사실 그 전부터도 그 사람의 마음속에 숨어 있었지만 청년기에는 외향적, 물질적 가치를 쫓아다녀야 했기 때문에 등한시되어 왔습니다. 그 동안 이룩해 놓았던 익숙한 물길에서 새로운 물길을 개척하도록 심리 에너지의 방향을 바꾸어야 하는 이 문제는 어쩌면 우리가 인생에서 만나게 되는 도전 중 가장 크고 어려운 도전이라고 해야 할 것입니다. 어떤 사람은 이 도전을 감당하지 못하여 인생을 헛되게 하거나 파멸하기도 합니다.

중년기에 이르면 인생의 정열과 모험이 없어졌다고 느껴지게 마련인데, 이것이 심해지면 인생의 의미도 없다고 생각하기까지 합니다. 청년기에는 자신에게 굉장히 중요하다고 생각되던 문제들이 이제는 중요하게 느껴지지 않기 시작하며, 인생이 공허하고 무의미하다는 느낌이 밀어닥쳐 어찌할 바를 모릅니다. 그 해결책으로 중년기에 예전에 자신을 자극했던 욕망을 다시 한 번 뒤쫓아가 보기도 하는데, 중년기의 남자들이 곧잘 멀쩡하게 다니던 직장을 그만두고 새로운 직업을 시도하거나, 극단적으로는 혼외정사를 시도하여 새로운 짝을 찾아나서는 것이 그런 예라고 하겠습니다. 또 여자들의 경우에는 주부우울증이니 빈 둥지 증후군이니 하는 병을 앓기도 합니다. 그 까닭을 한마디로 말한다면 그 동안 나만의 직업과 가정이라는 세계를 만들기 위해 집중했던 에너지가 중년에 이르자 철수되었기 때문입니다. 목표가 실현되었으니까 더 이상은 그에 흥미를 느끼기 어렵다는 것이죠. 이러한 흥미의 상실, 가치의 상실은 그 사람의 정신 속에서 빈 공간을 느끼게 하는 것입니다.

이 문제를 해결하는 방법은 한 가지 밖에 없습니다. 닳아빠진 옛날의 외적 가치를 대신하여 빈 공간을 차지할 수 있는 새로운 내적 가치를 발견해야 하는 것입니다. 이제까지의 경험이 있으니, 이젠 청년기처럼 단순히 욕망을 추구하고 자신의 흥미를 쫓아다니는 것만으로는 그 사람의 자기 자신(self)이 만족되지를 않습니다. 그 사람의 정신(self)은 물질적인 세계를 넘어서서 자기 자신을 넓혀주고, 인생의 의미를 발견하게 해줄 영역으로 들어갈 것을 요구하게 됩니다. 그 영역은 대체로 정신적, 문화적인 영역이라고 하겠습니다. 어쩌면 중년기야말로 외적인 세계의 가치를 쫓아다니는 일을 다시 한 번 시작하기보다는 새롭게 내적인 세계로 시선을 돌려 자기를 실현해가야 하는 시기인지도 모릅니다.

아직 사회에 적응하지 못하고 아무 것도 이루지 못한 청년이라면 자기의 의식적인 자아(ego)를 가능한 한 효과적으로 확장해가는 것. 자기 의지를 훈련하여 외부세계에서 자신을 실현해가는 것이 중요할 것입니다만, 인생의 후반의 있는 사람, 이미 자신을 훈련할 필요가 없으며, 자아를 새로이 증명할 필요가 없는 사람이라면 앞으로는 자신의 삶의 의미를 이해하고 자신의 내적 존재를 체험하여 그것을 실현하도록 해야 합니다.

중년인 나의 이야기 쓰기

✎ 지난번에 했던 것과 같은 방법입니다. 우선 여러분의 기억을 더듬거나, 아직 중년기가 되지 않은 분이라면 상상을 펼쳐 보도록 합시다. 그리고 어떤 일화를 하나 고르십시오. 쓰는 분의 연령에 따라 바로 어제의 일을 쓸 수도 있습니다. 아무렇든지 한 상황을 정하여 그림으로 그릴 수 있을 만큼 세세하게 떠올려봅시다. 그리고 제목을 정한 뒤, 머릿속의 그림을 글로 구체적으로, 순서대로 옮겨 갑니다.

아래 보기를 보세요.

보기 1　　　**불파마**

아무래도 멀리 있는 자식은 소용이 없는 것 같다. 친정아버지 곁에 사는 언니가 '6월 며칠이 아버지 생신이다'라고 전화했을 때에야 '그래 아버지 생신은 늦은 봄이었지'라고 기억을 해내었다. 아들 딸 일곱이나 되지만 부모님 곁에 남은 사람은 오래 전 홀로된 언니뿐이다. 아파트 위아래

층에 살면서 '그래도 아버지 어머니가 의지가 돼.' 하지만 어쩐지 부모님에게 붙잡힌 셈이었다. 나는 홀로 된 언니가 안타까워 '아버지 언니 혼자 살아도 될까요?' 하고 말해 보지만,

"남의 집안의 종부가, 아, 아들딸 훌륭하게 키웠겠다, 그것도 보람이 아니냐." 하시며 워낙 완강하시다. 언니도 자신의 처신에 빈틈이 없고 조카들도 흔들림 없이 잘 커서 벌써 모두 대학생이 되었다.

딸도 자식인데 하면서 언니는 아버지 생신상을 언니 집에서 차렸다. 주말을 이용해 아들 딸 일곱 가족이 모이니 손자 손녀까지 해서 위아래 아파트가 북적북적하였다. 자식들과 손자 손녀들에게 둘러싸여 앉아 계신 아버지는 인디언 부족의 추장처럼 인자하고 지혜로워 보이신다.

밤이 누워서야 나는 언니와 한자리에 누웠다. 언니는 버석버석 소리가 나도록 정갈한, 풀 먹인 광목 홑청으로 꿰맨 이부자리를 깔아주었다. 오랜만에 우리는 이야기에 밤이 깊은 줄 몰랐다. 내가 졸려서 하품을 할 무렵 언니는 어렵게 말을 꺼냈다.

"나 누군가를 만났어." 나는 잠이 달아나 버렸다.

"누군데. 남자?"

"글쎄, 이런 걸 만났다고 해야 하는지. 그냥 우연히 동석을 했을 뿐이야."

"왜? 언니 상대가 될 만한 사람?"

"글쎄, 그냥 느낌일 뿐이야."

"그런데도 문제가 돼? 어떤 사람인데?" 나는 자꾸만 궁금해졌다.

(중략)

"그 사람하고 이야기하면서 나는 뭔가 갇혀 있다는 느낌이 들었어. 식사가 끝나고 레크리에이션 시간이 있었는데 그 사람은 모든 사람 앞에

서 훠이훠이 춤을 추는 거야. 나는 그 사람의 가식 없음이 부러웠어. 내 손을 잡아끌었는데, 나의 마음은 그와 함께 너울너울 춤을 추고 싶었지만, 그러나 나는 손 하나 까닥할 수 없었어.”

나는 마음이 아팠다.

“언니는 한 번도 춤춰본 적이 없지?”

“우리는 그렇게 커 왔잖니.”

형부가 가신 다음 언니는 조금도 흐트러짐이 없었다. 아버지 말씀처럼 종갓집 종부로서, 어머니로서 부족함이 없었다. 우리들이 너무 무심했던 게 아닌가 하는 자책감이 앞섰다. 그러나 언니의 말처럼 우리는 그렇게 커왔다. 그보다는 부모님 당신들이 사는 방식으로 우리를 그렇게 키웠다는 게 옳은 표현임 것이다. 나는 옛날 일이 생각나서 내내 궁금했던 것을 언니에게 물었다.

“언니 생각나?”

“뭐가?”

“나, 초등학교 이 학년 때 학교 수업 빼먹고 불 파마하러 엄마랑 장에 갔던 거.”

“응.”

“근데 이상해. 왜 그때 엄마는 언니는 놔두고 나만 데려 갔지?”

“나는 싫다고 했거든. 아버지가 싫어하실 것 같고 어쩐지 하면 안 될 것 같았어.”

“엄만 꽤 용감하셨네. 교장 사모님이. 아부지는 그때 화를 많이 내셨던 것 같은데.”

“그래, 내 생각으론 아버지가 그처럼 노하셨던 건 처음이었어.”

(중략)

우리가 ○○시를 떠날 때까지 나는 언니랑 더 이상 단 둘이만 이야기를 할 틈이 없었다. 서울로 오는 동안 차 속에서 나는 깊은 상념에 잠겼다.

우리가 추구하는 모든 진실한 것에 대해 나 자신을 향해 끝없이 묻고 있었다.

이 글에 대해 전체적인 인상부터 말한다면 글쓴이가 정말 하고 싶었던 이야기를 조금 비껴간 듯싶습니다. 좀 더 직설적으로 독신으로 살아가는 언니에 대한 애틋한 마음, 그런 언니의 재혼을 막는 아버지에 대한 나의 생각(찬성이면 찬성, 반대면 반대)이 명확하게 드러나는 게 나을 텐데, 자신의 느낌은 묻어둔 채 정황만 그렸다는 게 인상을 흐릿하게 합니다. 감정을 직접 대놓고 묘사하지 않는다고 하더라도 글을 쓰는 사람의 가슴 속에는 입장이 명확하게 살아 있는 편이 인상적인 글을 쓰게 합니다. 그리고 제목이 불 파마인데 이것은 중간에 생략된 부분이 바로 어린 시절 파마를 했다가 아버지에게 혼났던 사건(그 부분은 중년기에 해당되는 사건은 아니어서 생략했습니다)을 묘사하는 글이어서 적당한 제목을 붙였다고 하겠습니다.

첫 번째 문장은 글의 시작으로 자연스러워 좋습니다만, '아무래도'라는 말은 중간으로 옮겨서 '멀리 떨어져 사는 자식은 아무래도……'로 하는 게 더 낫겠습니다. 그리고 홑따옴표 속에 들어간 말은 간접화법으로, 따옴표를 없애고 '언니가 아버지 생신이 6월 ○일이라고 알려주었을 때에야'로 고치는 편이 낫겠습니다. 그리고 '6월인데 늦은 봄'이라는 표현은 맞지 않습니다. '초여름'이라고 해줍시다. 그리고 아버지 생신이 늦봄이라고 깨닫는 것이 아니라 생신을 잊고 있다가 깨우쳤다는 표현이 더 나을 것입니다. '아들딸 일곱이나 되지만'이 아니라 구체적으로 '우리 형제는 일곱 명이나 되

지만'으로 해주고, '그래도 아버지 어머니의 의지가 돼' 하는 문장
에선 '그래도'라는 말이 걸립니다. 무엇인가 불만이 있긴 하지만
긍정한다는 뜻이거든요. 언니의 심정이 그랬다는 것일까요. 불만
이 이 글에서 나오는 건 아니니까 '그래도'를 빼면 어떨까 합니다.
'어쩐지 부모님에게 붙잡힌 셈이었다'라는 문장은 앞에 '어쩐지'라
고 짐작형 부사가 붙었는데 뒤에는 단정적인 '~였다'라는 서술어
가 나왔습니다. 이럴 땐 '어쩐지 ~인 것 같았다', '~처럼 보였다'고
받는 편이 자연스럽습니다. 또 '언니 혼자 살아도 될까요' 하고 말
해 보지만 이라고 홑따옴표로 제시된 물음을 겹따옴표로 받는 것
도 어울리지 않습니다. 이럴 땐 둘 다 직접화법, 겹따옴표로 해줍
시다. '나는 홀로 된 언니가 안타까워 가끔 아버지께 이런 말씀을
드리곤 했다'로 고치면 될 것입니다. 그런데 내가 묻는 말의 내용이
너무 막연한 것 같지요? 구체적으로 혼자 살면 쓸쓸하지 않을까
요, 라고 구체적인 말로 바꾸면 어떨까요?

'언니도 빈틈이 없고 조카들도 흔들림 없이 잘 커서 벌써 모두 대
학생이 되었다'라는 문장도 내용이 맞지 않습니다. 아마 그 내용은
친정아버지도 재혼을 반대하고 있고, 언니 자신도 혼자인 생활을
잘 해내고 있는 것처럼 보인다는 것일 겁니다. 그러니 조카들이 대
학생이라든지 언니가 빈틈이 없다는 것보다는 '언니는 자식 키우
는 일에 골몰하여 재혼은 생각지도 않는 것처럼 보인다' 정도로 풀
어주세요.

딸도 자식인데 하면서 언니는 하는 문장에선 아버지 생신상을
언니 집에서 차린 것이 어느 때인지 명확하게 나오지 않습니다. '언
니는 올해 아버지의 생신상을 자신의 집에서 차렸다' 하는 정도면
무난하겠습니다. 그 다음 '아버지는 ~처럼 보이신다'는 갑자기 현

재형 어미가 되어 엉뚱합니다. 그러니 과거형으로 고쳐주세요.

그리고 행갈이를 하고 한 칸 띄워서 '언니와 한자리에 누웠다'라고 되어 있는데 칸을 띄우지 말고 '잔치가 끝난 뒤'라는 시간의 흐름을 나타내는 말을 넣습니다. 언니가 '누군가를 만났어'라고 말했다는 것은 뜻이 막연합니다. 차라리 '마음에 드는 사람을 만났어'라고 정확하게 짚어서 말해주는 게 낫지 않을까요. '모든 사람 앞에서'라는 말은 '사람들 앞에서'라고 고치고 '마음은 춤추고 싶은데 손 하나 까딱할 수 없었다'로 정리해 줍시다. 그리고 '형부가 가신 다음'은 존칭이 걸립니다. '형부가 죽은 뒤'로 바꾸며 '아버지 말씀처럼 종부로서 어머니로서의 역할을 부족함 없이 해냈다'라는 편이 매끄러울 것입니다. 그리고 '우리들이 너무 무심했던 게'라는 말에선 '우리'가 아니라 '그 동안 내가'라고 바꾸어 줍시다. '앞섰다'는 '들었다'로 고쳐 쓰는 편이 낫겠습니다.

'그보다는 부모님들 당신들이 사는 방식으로'라는 문장은 '그보다 부모님은 당신들이 옳다고 믿는 대로'가 뜻을 제대로 나타낼 수 있습니다.

그 다음 마지막 문단에서 '우리가'라는 말은 생략해도 뜻이 통하니까 생략하는 편이 낫겠습니다. 그리고 '더 이상 언니랑 단둘이 이야기할 틈은 없었다'라고 바꾸어 주며 마지막 문장은 '우리가 추구하는 모든 진실한 것들에 대해 나 자신을 향해 끝없이 묻고 있었다'라고 했는데 '모든 진실한 것'이라는 추상적인 말은 자신의 감정에 베일을 씌우면서 비껴가는 인상을 줍니다. 되도록 더 구체적인 표현을 찾아냅시다. 그리고 마지막 문장은 앞에 펼쳐 놓은 내용을 받아서 마무리해 주어야 합니다. 그러니 '남편이란 무엇인지, 또 과연 윤리와 욕망 중 어느 쪽을 우선하며 사는 게 좋을지 고민해

보았다'라는 정도로 수수하게 풀어주는 편이 나을 것 같습니다.

나를 가장 슬프게 한 기억

　○○시에서 서울까지 6시간 정도나 걸려 이삿짐 트럭은 목적지에 가까이 왔다. 네거리를 지나 좌측으로 100m쯤 올라간 기사 아저씨는 약도를 다시 한 번 확인하더니 큰 집들이 즐비한 골목으로 들어가 어느 큰 저택 앞에 차를 세웠다. 다 왔으니 우리보고 빨리 내리라고 소리쳤다. '우와, 저택이네.' 속으로 놀라 두리번거리고 있는데 어머니와 언니와 친구 정아가 미리 와서 기다리고 있다가 현수를 덥석 안아 내리며 반겼다.

　"어머니, 이런 저택에서 우리가 어떻게 살라고?"

　"말도 말아라. 사연이 있어."

　아저씨들이 짐을 내리는 동안 언니가 이곳에 방을 얻게 된 사정을 간단히 설명해 주었다.

　나는 남편이 서울로 전근 발령이 나서 급하게 이사를 해야 했다. 정아에게 소식을 전했다. 마침 친정집과 정아네 집은 몇 정거장 거리에 살고 있어서 정아가 자기 집 가까운 곳으로 방을 알아보고 다녔다. 급하게 방을 구하자니 쉽지 않았다. 더군다나 애기가 딸린 부부라고 하니 문도 안 열어 주더란다.

　가까스로 남자아기가 하나 있는데 순해서 성가실 일 없을 거라고 사정해서 구두계약을 하고 며칠 후 어머니와 언니가 계약금을 내러 그 댁엘 함께 찾아갔다.

　"우리는 신혼부부에게나 줄려고 했는데, 애가 순하다면서요?"

　"아니라우. 우리 손자 놈이 순하지는 않은디 즈 에미가 잘 돌볼 것이구만요."

"아니, 애가 부잡하단 말인가요, 그럼?"

집주인은 정아를 쳐다보며 난처한 얼굴을 했다.

"말이 틀리잖아요?"

"부잡하긴 하고만요. 애기들이 다 그렇지라우."

언니와 정아는 어머니가 곧이곧대로 말해 버리는 바람에 계약이 취소될까봐 속이 타서 죽을 지경이었다.

계약이 안 되더라도 나중에 들통나는 것보다는 이편이 나를 위해 훨씬 좋은 방법이라고 생각하는 어머니였다. 사실 우리 현수는 소문난 개구쟁이였었다. 잠시 침묵이 흘렀다.

"할머니가 솔직하게 말씀해 주시니 오히려 믿음이 가네요. 애기 엄마가 어머니를 닮았으면 성품이 곧겠네요."

이렇게 주인의 승낙이 떨어져 이사를 들어오게 되었다.

커다란 철 대문이 열리자 파란 잔디밭이 한눈 가득 들어왔다. 군데군데 장미, 철쭉 등이 소담스럽게 자라고 있고, 뒤편으로는 작은 텃밭에 채소들이 뾰족뾰족 순을 내밀고 있었다. 이집 주인 아주머니가 알뜰하다는 것을 한눈에 알 수 있었다.

(중략)

동갑내기 지현이 집에서 한나절을 놀던 현수가 지현이를 데리고 방안으로 들어왔다. 지현이는 노란 원피스에 머리 양끝을 삐삐 머리로 묶고 있었다. 아주 귀엽고 예쁘게 생겼다.

"지현아, 너 이거 가지고 놀아."

"그래, 고마워."

"이 책 읽어. 인어공주."

현수는 지현이를 칙사 대접하듯 했다. 아끼던 장난감을 다 양보했다. 새로 산 동화책도 가져다 안겨주었다. 둘이는 들은풍월로 동화책 한 권을 단숨에 읽어내려 갔다.

(중략)

"현수야, 우리, 엄마 아빠 놀이 할래?"

책 읽기에 싫증이 난 지현이가 말했다.

"내가 아빠다. 네가 엄마고."

신랑각시 놀이를 하자니 갑자기 내가 옆에 있는 것이 부끄러웠던지 지현이가 가지고 온 소꿉장난감을 주섬주섬 챙기며 현수의 손을 끌고 말했다.

"현수야, 네 방에 가서 놀자."

"으응, 아냐. 우리 밖에서 놀자. 좋지?"

고개를 지현이 턱밑에 밀어 넣고 얼렁뚱땅 지현이를 앞세워 밖으로 나갔다. 나는 그 모습을 지켜보면서 심장 어느 부위가 무너지는 아픔을 참아야 했다. 방이 한 칸밖에 없다는 사실을 알고 있는 현수는 다섯 살짜리답게 '내 방이 없어'라고 말하지 않고 그런 재치를 발휘했다. 어린 것이 순간 얼마나 당황했을까. 얼마나 창피했을까 생각하면 얼굴이 달아올랐다. 다섯 살짜리에게도 여자 친구에게 들키고 싶지 않은 자존심이 있었구나 생각하니 새삼스럽게 무능해 보이는 남편이 미웠다. '기집애, 지 생각만 하고 이런 곳에 방을 얻을 게 뭐람.' 죄 없는 정아까지 미워졌다.

(하략)

이 글은 아이를 키우면서 가슴 아팠던 내용을 소재로 하였습니다. 과민하다는 감상은 들지만 이제 막 살림을 시작하는 젊은 부부라면 누구나 겪게 되는 셋방살이의 설움을 솔직하고 담담하게 써서 읽는 이에게 감동을 줍니다. 원래 글은 끝부분에 약간의 문장이 더 이어지지만 그것은 생략하고 실었습니다.

252

두 번째 문장에서 미터를 영어 'm'으로 표기했는데 그러지 말고 소리 나는 대로 한국어로 씁시다.(kg는 킬로그램, coffee shop은 커피숍, TV는 텔레비전 등) '100미터쯤 올라간'이라고 하지 말고 '100미터쯤 올라간 뒤'로 바꾸어 줍니다. 그리고 다섯 번째 문장 '어머니와 언니와 친구 정아가 미리 와서 기다리고 있다가 현수를 덥석 안아 내리며 반겼다'라는 문장은 장소가 불확실합니다. '그들이 이사 오기로 한 집 앞에 미리 와서 기다리고 있었다'라고 정확하게 써줍시다.

그 다음 언니가 방을 얻게 된 전말을 나에게 설명하는 문단으로 '나는 남편이 서울로 전근발령이 나서'로 시작되는 문장이 나옵니다. '내 남편이'라고 고치고 '그 소식을 전했다'라고 '그'라는 지시대명사를 붙여 소식을 한정시켜서 쓰는 게 좋겠습니다. 그리고 '알아보고 다녔다'부터 이어지는 내용은 내가 직접 겪은 것이 아니라 남에게 전해들은 말이니까 '다녔다고 했다'라고 의미를 살리도록 합니다. 그리고 '주더란다'와 '가까스로' 사이에 '마음에 드는 방 한 칸을 발견하여 애는 있지만 순하다고 사정하고 구두계약을 하였다'로 문장을 적당한 길이로 끊고 설명을 더 넣어주는 게 나을 것입니다. 그리고 여전히 방을 구한다는 같은 내용이므로 행갈이를 하여 문단을 나누면 안 됩니다. 붙여서 써야 합니다. 그 다음 '며칠 후 어머니와 언니가 계약을 하려고 찾아갔다'에서 그 다음 대화를 살펴보면 정아가 계약하는 자리에 참석했다는 것을 알 수 있으므로 '정아는 우리 어머니와 언니를 모시고 계약하러 갔다'고 써줍시다.

대화 내용에서 그 말을 누가 했는지 명백하게 알 수 있는 것이 아니라면 '~가 말했다', '~가 물었다'라고 말한 주체를 써줘야 혼동되지 않습니다.

그 다음 '죽을 지경이었다'와 '계약이 안 되더라도'는 서로 뜻이 상반되는 문장이니까 그 사이에 '그러나'를 넣는 게 나을 것입니다. 그리고 '언니와 정아는'부터 '어머니였다'까지 두 문장에선 같은 상황에서 대조적인 두 입장을 설명하는 것이므로 앞의 문장에서 주어가 맨 앞에 놓였으면 뒤의 문장에서도 주어가 앞에 놓여야 균형이 맞습니다. 그러므로 '계약이 안 되더라도 앞에 어머니는'이란 말을 넣어 '어머니는 계약이 안 되더라도…… 생각했다'라는 문장으로 고칩시다. '이사를 들어오게 되었다'는 '세를 얻을 수 있었다'로 쓰는 편이 더 매끄럽게 읽힐 것입니다.

그리고 되도록 문장을 쓸 때는 주어를 문장의 앞부분에 나오도록 해보세요. 예를 들어 중략한 바로 다음 문장은 현수가 주어인데 그 앞에 너무나 길게 주어를 수식하는 말이 있습니다. 그럴 때는 수식어를 독립된 부사절로 만들어 '현수는 지현이 집에서 한나절을 놀다가, 지현을 데리고 우리 방으로 왔다'고 하여 부담 없이 읽히도록 신경 써줄 필요가 있습니다. '신랑각시 놀이를 하자니 옆에 있는 내가 부끄러웠던지 지현이는'이란 문장도 마찬가지입니다. 주어를 앞으로 끌어내 봅시다. '지현이는 신랑각시 놀이를 하자니 옆에 있던 나에게 부끄러웠던지'로 고쳐주는 것입니다.

뒷부분 아이의 자존심에 대해 새삼 깨우쳤다는 사실을 쓴 부분은 별 무리 없고 섬세한 시각이어서 잘 읽힙니다.

보기 3　　**조그마한 반항**

254　　① 쾅 현관문 닫는 소리가 요란했다. 빠른 발자국 소리. 둔중한 철 대

문 소리가 나의 가슴을 쳤다. 가서 잡아야 한다는 생각과 관둬라 하는 생각이 오락가락 했다. 그 다음을 눈치 챘는지 남편이 버럭 소리를 질렀다.

"놔둬. 혼 좀 나봐야 해."

나는 금세 후회가 되었다. 이렇게 할 일이 아니었는데. 대강 신발을 신고 골목으로 나가봤다. 보안등만 희미한 골목엔 아무도 보이지 않는다. 뛰다시피 걸어 네거리 약국 앞까지 갔지만 어느 쪽에도 딸은 보이지 않았다. 버스 정류장으로 뛰었다. 그러나 버스 정류장에는 남학생들이 두엇 서 있다 버스를 타는 모습이 보였을 뿐이다. 잠시 멍청히 지나가는 자동차 불빛을 바라보며 난감한 마음이 됐다.

"엄마가 뭘 알아."

딸의 말처럼 참으로 막막한 심정이 되었다. 어쩌면 나는 딸이 갖고 있는 고통의 반쯤도 알고 있지 못할지도 몰랐다.

불빛이 희미한 골목을 터덜터덜 걸어 집으로 왔다. 저번처럼 버스를 타고 왔다 갔다 하거나 어데선가 마음을 가라앉히고 오겠지 하며 좋은 쪽으로 생각하려고 애썼다. 안방에서 남편은 텔레비전 바둑 프로를 보고 있다. 나는 남편이 좀 원망스러웠다. 딸이 대들었을 때 좀 참아 주지 하는 마음이 앞섰다.

"좀 잡지 그랬어요?"

"놔둬. 당신 그런 태도가 애를 망쳐."

"어떤 태도인데요?"

나는 오히려 남편에게 짜증을 내었다.

"당신이 내가 야단친 줄 알았으면 좀 감싸 주지. 둘 다 함께 야단을 치면 애가 어딜 가요. 밖으로 뛰쳐나갈 수밖에."

나는 괜히 남편을 원망했다.

② 처음 딸이 현관문을 박차고 나갔을 때만 해도 사실 나는 나갈 테면 나가라 막된 심정이기도 했다. 고3 수험생 딸이 힘들어 한 만큼 바라보고 있는 나 역시 힘들었다. 새벽에 일어나서 애 깨우고 도시락을 싸는 것. 밤늦게 12시나 1시에 학원으로 데리러 가는 것은 아무것도 아니다. 애 짜증을 말없이 받아 주는 것. 어쩌면 그것도 엄마로서 견딜 만도 했다. 그러나 이번처럼 갑자기 규칙적인 생활에서 일탈해 버리는 것은 도저히 용납이 되지 않았다.

저번 모의고사가 그렇게 충격을 주었을 거라고는 생각 안 했다. 성적이란 떨어질 수도 오를 수도 있는 거니까. 수능 날짜가 얼마 남지 않는 상황에서 걱정스러웠지만 내색을 안 하려 애썼다. 딸도 '엄마 미안해 다음엔 잘 볼게'라고 선선히 넘어갔다. 딸은 평상시와 같았다.

③ 딸이 며칠 동안 학원엘 가지 않았다는 것을 학원 원장에게서 전화가 와 알았다.

나는 "글쎄요. 학원 아님 갈 데가 없는데요" 하며 멍청하게 전화를 받았다. 학원 원장은 내일은 꼭 보내 주시라며 전화를 끊었다. 도대체가 무슨 일인가 감이 잡히지 않았다. 말썽을 피우는 아이들 이야기를 들어 보기는 했다. 물론 학원 한두 번 쉴 수도 있을 것이다. 그러나 엄마 몰래 학원을 빼먹을 만큼 막되진 않는다고 생각했는데 무슨 일인지 당장 생각나는 게 없었다. 학원이 끝나는 시간에 맞춰 딸이 집에 들어왔을 때 나는 화를 내기보다는 좀 조용히 타이르자고 마음먹었다. 딸도 학원에서 전화가 왔다고 하자 순순히 '엄마 내일은 꼭 갈게'라고 말해 더 이상 애를 자극할 것만 같아 참기로 했다.

④ 그런데 오늘 밖의 일을 보고 집에 돌아온 나는 깜짝 놀랐다. 학원에 있어야 할 딸이 방에서 잠을 자고 있었다. 이건 좀 너무하다 싶었다. 부아가 치밀어 올랐다. 이 세상에 고3생이 저 혼자뿐인가. 똑같이 힘드

는데.

"얘." 딸을 흔들어 깨웠다. 그러나 딸은 꿈쩍도 하지 않았다. 자는 것 같지는 않았다. 나는 조금 더 세게 딸을 흔들었다.

"왜?" 이윽고 눈을 뜬 딸의 얼굴엔 잔뜩 짜증이 묻어 있었다. 이럴 때 어떻게 해야 하는지, 그보다 너무하다는 생각이 드니 자연 큰 소리가 났다.

딸 방을 나온 나는 기가 막혔다. 고3 엄마 하는 일이 마음을 비우는 일이라지만 이런 상황에서는 마음을 비우고 어쩌고도 없었다.

저녁에 남편이 오고 나서 일이 더 커져 버렸다. 어렵게 공부했던 남편은 도대체가 학원이니 과외를 못마땅해 하는 사람이었다. 남편은 딸을 억지로 일어나게 한 다음 훈계를 했다.

"몇십만 애들이 똑같이 힘들게 공부하고 있다. 이 정도도 못 이겨내고 어쩌란 말이냐?"

"아빠도 공부만 최고세요."

"학생이 공부 안하고 뭐? 더구나 수험생이."

"고3, 고3 지겨워요. 상관 마세요. 내 인생 내가 알아서 할 테니."

"아니 말버릇이……."

⑤ 후회해도 이미 엎질러진 물이었다. 시간이 11시를 넘었다. 대문으로 귀 기울여 보지만 아무런 기척도 없다. 남편은 텔레비전에 눈을 박고 꼼짝을 않는다. 안절부절 불안해진 나는 거실로 나가 현관 베란다 거실 할 것 없이 온 집에 불을 밝혔다. 어쩐지 환해야 애가 들어올 맘이 생길지도 몰랐다. 시계가 12시가 된 것을 보자 드디어 나는 더 견딜 수가 없어 현관문을 열고 마당으로 나왔다. 어두침침한 보안등 불빛에 나무들이 어둡게 떠올라 보였다. 대문을 열어 본다. '참 그렇지 대문을 조금 열어 봐야지.' 나는 대문을 조금 열어놓으려다 아예 골목으로 나와 보았다.

이미 골목엔 정적이 내렸고 멀리 큰길에서 자동차 소리만 가끔씩 들려왔다.

⑥ 나의 눈을 가렸던 것은 무엇이었을까? 우리들의 닫힌 마음이 아이들을 불행하게 하고 있는 것 같다. 언젠가 딸이 초등학생이었을 때, 옛날 내가 어렸을 적 가난했다는 이야기를 하자

"엄마는 어렸을 적엔 행복했겠네."

"왜?"

"그땐 학원이 없었을 거 아냐."

그때 나는 모른 척했지만 뭔가 찌르는 것이 있었다. 그러나 이게 아닌데 하면서도 학원을 그만두게 한다든지 할 만큼 용기가 나에겐 없었다.

(중략)

⑦ 대문 밖에서 어른거리는 그림자를 본 것 같았다. 나는 대문으로 뛰어갔다. 골목은 텅 비어 있었다. 그러나 약국 코너를 휙 돌아가는 그림자를 본 것 같았다. 나는 막무가내로 그림자를 쫓아갔다. 딸이 저만큼 가고 있었다. 뒷모습이 어쩐지 쓸쓸해 보였다. 왔으면 들어올 일이지 나는 반가움과 고마운 생각으로 달려가 와락 딸의 팔을 잡았다. 딸은 나의 손을 뿌리치더니 씨익 멋쩍게 조금 웃었다.

"너, 엄마를 이렇게 속 썩여도 되는 거야?"

"내가 뭘."

그러나 내가 하고 싶은 말은 이랬다.

"이렇게 돌아와 줘 고맙다. 이제는 우리가 눈을 뜰게."

수험생 자녀를 둔 부모라면 한 번쯤 겪었을 어려움을 소재로 한 글입니다. 잘 썼지만 시간 순서를 배분하는 문제가 조금 걸립니다.

한 편의 수필이라면 이대로도 별 무리가 없겠지만 이것을 자서전의 일부분이라고 가정하고 읽는다면 어떨까요? 물론 소설이나 자서전에는 회상 장면이 곧잘 들어갑니다. 그런데 그게 너무 많으면 읽기에 자칫 복잡해질 수도 있습니다. 이 글이 취급하고 있는 때를 살펴봅시다.

① 현재 ~ 이야기가 벌어지는 지금
② 과거 ~ 딸이 처음 집을 뛰쳐나간 옛날
③ 어제 ~ 과거이긴 하지만 ②보다는 가까운 과거
④ 오늘 낮~ 과거이긴 하지만 ③보다는 가까운 과거
⑤ 현재 ~ ①에 이어지는 현재
⑥ 과거 ~ 딸이 초등학생 때. 아주 옛날
⑦ 현재 ~ ⑤에 이어지는 현재

복잡하지요? 현재에서 한 번 정도 회상을 덧붙여서 이야기가 과거로 돌아가는 건 무리가 없습니다만, 이 글처럼 여러 번 과거로 돌아가는 건 읽는 이가 내용을 따라가기 어려울 우려가 있습니다. 그러므로 ② 부분을 생략하고 ③을 글의 첫머리로 삼으면 어떨까요? 그러면 순서가 이렇게 됩니다.

③ → ④ → ① → ⑤ → ⑥ → ⑦

⑥부분은 간단한 회상 장면이니까 그 사이에 들어가도 혼동을 일으키지는 않을 것입니다.

이제 문장을 손질해 봅시다.

①의 세 번째 문장에 있는 '그 마음'이 아니라 '내 마음'입니다. 그리고 '이렇게 할 일이 아니었나'보다는 '이럴 일은 아니었다'는 표현 쪽이 무난합니다. '뛰다시피 걸어'라는 문장은 '걸어갔다'는 내용이 반복되고 있으니 '뛰다시피 약국까지 걸어갔지만'으로 고쳐 줍시다. '잠시 멍청히 지나가는 자동차 불빛을 바라보며 난감한 마음이 됐다'라는 문장에서는 '바라보며'와 '됐다'가 어울리지 않습니다. '바라보며 서성이자니' 또는 '난감한 마음으로 불빛을 바라보았다'라고 고쳐 줍시다. '"엄마가 뭘 알아." 딸의 말처럼… '으로 이어지는 문장을 봅시다. 지금 현재 딸이 말하고 있는 것이 아니라 딸이 말한 것을 내가 기억한 것입니다. 그러니 겹따옴표를 쓰면 안 됩니다. 홑따옴표로 해주십시오. 그리고 "'엄마가 뭘 알아.'라고 했던 딸의 말처럼'으로 문장이 서로 이어지도록 손써 줍니다. 그리고 '엄마가 뭘 알아'라는 내용이 앞에 있으니까 뒤는 '막막한 심정이 되었다'가 아니라 '정말 아무것도 모르는 것 같은 느낌이 들었다'로 받아 주어야 내용이 맞게 됩니다. 그리고 ① 부분의 마지막 '괜히 남편을 원망했다'에서 남편과 싸우다 딸이 싸우다 뛰쳐나갔다는 글의 내용으로 볼 때 '괜히'라든지 '좀 원망스럽다'는 어울리지 않습니다. 이럴 땐 그냥 '원망스러웠다'라고 쓰는 편이 낫겠습니다.

② 부분을 봅시다. 첫 문장에서 '때만 해도, 심정이기도'라고 하여 '도'를 반복하고 있는데 하나는 생략하지요. 그 다음 행갈이를 하는 부분인 용납이 되지 않았다. '저번 모의고사'로 이어지는 말들 사이에는 설명이 더 필요합니다. 엄마의 입장에서 '딸이 왜 그럴까 하고 고민했다'는 내용이 들어갔으면 합니다.

그리고 ② 부분 문단 전체 내용이 잘 정리되어 있지 않습니다. 시작은 딸이 처음 집을 뛰쳐나간 것인데, 이어지는 내용은 수험생 엄마의 괴로움과 딸 성적이 떨어지는 것으로 받았습니다. 어울리지 않습니다. ①에 잇대어 읽어 볼 때 ②의 내용은 딸이 처음 집을 뛰쳐나가서 얼마나 가슴을 졸였던가 하는 것이 되어야 합니다.

③ 부분에서 겹따옴표도 지문 가운데 간접화법으로 인용한 것이라면 홑따옴표로 고쳐야 합니다. ④에서도 '그런데 오늘 오후'라든지 하여 때를 더 명확하게 써준다면 좋겠지요. 그리고 ⑤에서 '대문으로'가 아니라 '대문에 귀를 기울였다'로 바꾸어 줍시다. ⑥ 부분은 모두가 내가 생각하고 회상하는 내용이니까 그 앞에 간단하게 '나는 마당을 서성이며 생각에 잠겼다'고 설명하는 문장을 넣어 줍시다. 그리고 '우리들의 닫힌 마음이 아이들을 불행하게 하고 있는 것 같다'고 판단하는 말이 씌어졌는데, 그 문장 앞에 딸아이의 심정을 헤아려 보려고 어머니가 노심초사하는 모습이 표현되어야 글의 흐름이 자연스럽습니다. 그리고 '문득 딸의 이런 말이 생각났다'고 설명해 준 뒤 딸이 초등학생일 때 한 말을 쓰는 것이 좋겠군요. 그리고 '뭔가 찌르는 것이 있었다'가 아니라 '찔리는 구석이 있었다'가 되어야 합니다. '이게 아닌데'는 빼줍시다. 그리고 '할 만큼 용기가 나에겐 없었다'가 아니라 '나는 그만두게 할 정도의 용기는 없었다'가 뜻을 더 잘 나타내고 어색하지 않을 것입니다.

⑦ 부분 첫 문장과 두 번째 문장은 '대문 밖에서 어른거리는 그림자를 본 것 같아 나는 뛰어가 보았다'로 한 문장으로 만들어 주는 편이 낫겠습니다. 그리고 '막무가내로'라는 말은 어울리지 않는 것 같습니다.

중년기의 인생을 글로 쓴다면 무궁무진한 이야깃감이 있을 것입니다. 결혼이나 직업생활, 자식양육에 관한 일화들…… 자신을 제한하지 말고 생각나는 대로 쓰십시오. 구체적으로 순서대로 그림 그리듯 묘사한다는 것을 잊지 마십시오.

10장
주제 정하기와
소재 추리기

나의 인생관 쓰기

지난 9주 동안 여러분은 객관적인 입장에서 자신의 프로필을 스케치하고 다음에는 주관적인 입장에서 어린 시절, 청년기, 중년기의 순서로 인생의 여러 단계에 걸친 자신의 모습을 글로 써보았습니다. 10주부터는 그것들을 종합하여 책이 되도록 만드는 방법을 배우기로 하겠습니다. 이야기가 한 권의 책이 되기 위해서는 이야기에 중심이 되는 주제가 있어야 하며, 그 주제를 중심으로 책에 들어갈 일화들을 가려 뽑아야 합니다.

자서전이니까 책의 주제는 다름 아닌 글쓴이의 인생관이자 세계관이 될 것입니다. 인생관이란 이 세상을 어떻게 보는가, 인생이란 무엇이라고 생각하는가, 인간이란 무엇이라고 생각하는가, 산다는 일의 의미란 무엇이라고 생각하는가 등등, 여러 말을 하지만 한마디로 그 사람이 세상을 보는 관점을 말하는 것입니다. '인생이란 공수래공수거(空手來空手去)야'라고 단언하는 사람도 있는데, 맞건 틀리건 그것도 하나의 인생관입니다. 아무리 소박하고 진부하게 들리는 말일지도 그 사람이 인생을 판단한 견해라면 역시 하나의 인생관입니다. '나는 배운 것도 별로 없고 아는 것도 없어. 그러니 인생관이니 하는 거창한 말은 몰라. 그런 거야 많이 배운 사람이 떠드는 말이잖아' 하는 분이 있다면 그것도 하나의 견해를 나타낸 것이고, 그 말 속에는 그 사람의 인생관이 들어 있다고 하겠습니다. 즉 '자기 생각을 표현하고 유식한 단어를 사용하는 건 많이 배운 사람들이나 하는 짓이다'라는 견해인 셈이지요.

더 쉽게 설명한다면 여러분은 여태까지 살아오는 동안, 사람이란 마땅히 이러저러한 행동을 하면 되고 안되며, 사람이라면 이렇게 저렇게 살아야 한다는 생각조차 안했던 분은 아마 없을 것입니다. 그 생각이 바로 여러분의 인생관입니다.

여러분의 인생관은 여러분의 인생 경험에서 대강은 확립되어 있을 것입니다. 그러니 제가 이 장에서 여러분에게 이런 인생관을 가지면 어떻겠느냐고 내용을 권해드릴 수는 없습니다. 단지 그 인생관이 자서전을 쓰는 데 어떤 역할을 하는지 말씀드릴 수만 있을 뿐이죠.

그러니 이번 주 자서전 쓰기를 시작하기에 앞서 여러분은 자신의 인생관을 소박하면 소박한 대로, 거창하면 거창한 대로 확신에 차 있으면 그대로, 다른 사람들이 동의하든지 말든지, 무조건 글로 표현해 봐야 합니다. 다른 사람들이 찬성할지 안할지, 그런 건 구애되지 마십시오. 그냥 자신이 인생에 대해 생각하는 것을 자유롭게 써봅시다. 역시 A4 용지 한 쪽 정도의 분량으로 차분하게 씁시다.

다음 보기를 보십시오. 역시 자서전반 학생의 글입니다.

행복한 지상의 낙원을 창조하다

나는 나로 하여금 세상을 바꿀 수 있다, 좋은 방향으로 바꾸어야 한다고 그런 능력이 있다고 늘 믿고 살아왔다. 나는 꼭 행복하게 살아야 하고, 행복할 수 있는 능력이 있다고 믿었고 행복해질 수 있는 권리가 있다고 믿었다. 나는 "달이 끄는 인력에 따라 바닷물이 들고 난다"는 글귀를 좋아했다. "내가 끄는 인력에 따라서 세상을 좋은 방향으로 바꾼다"로 고쳐서 애용했다.

나는 행복론자이다. 행복하게 사는 것이 나의 꿈이기 때문에 인간에 대한 기본적인 사항 정신적인 사랑에 대해서 필요한 지식을 습득했다. 인간의 능력도 신의 능력처럼 무한하다는 사실을 알았고 능력을 계발하지 않으면 능력이 생기지 않으며, 정신력에 따라서는 기적을 창조할 수도 있다는 것, 정신에는 의식적인 부분과 무의식적인 부분이 있으며 자기 암시에 의하여 자기가 원하는 사람으로 스스로 만들어갈 수 있다는 것을 알고 내 인생에 대한 행복의 설계도를 만들었다.

나의 인생 설계도는 인생살이를 연극으로 생각하고 살아가라는 것이다. "인생이란 연극하는 것" 우리가 사는 세상을 연극무대로 보는 것이다. 나는 "나의 행복 창조"라는 연극의 주연배우이다. 주어진 각본에 따라 연기를 잘하면 좋은 연극이 될 수 있다. 나는 세상 사는 동안 각본에 따라 연기를 하고 살아가는 것이다. 세상살이는 힘들고 어려운 일이 많지만 똑같은 세상살이를 각본에 있는 연기를 한다고 생각하면 각본대로만 하면 되니까 세상살이보다는 훨씬 쉽고 흥미도 느낄 수 있고 객관적인 상태에서도 생각할 수 있는 기회를 만들 수 있다.

(하략)

이 글의 장점은 제목에서 의도가 뚜렷이 드러난다는 사실입니다. 단순히 '나의 인생관'이라고 쓰는 것보다는 내 인생관의 핵심이 되는 내용인 "행복한 지상 낙원 창조"라는 말을 제목으로 내세움으로써 읽는 이가 첫눈에 그 사람의 생각을 알아보고 내용에 쉽게 접근할 수 있도록 하였습니다.

그런데 전체적으로 문장을 더 짧은 길이로 쓰는 것이 필요합니다.

첫 문장부터 고칠 점을 지적한다면 '나로 하여금'이라는 사역의 뜻이 들어 있는 단어가 나왔는데 그 문장으로 끝맺는 말은 '믿고 살아왔다'는 능동형 서술 어미입니다. 그러므로 '나로 하여금'을 빼든지, '믿게 만들었다'고 피동형으로 바꾸든지 하면 좋겠습니다. 그리고 첫 문장과 둘째 문장은 '~하고 ~ 하고' 종지법으로 이어져서 복잡하고 지루한 느낌입니다. 그러므로 문장을 다양하게 쓰도록 신경 썼으면 합니다. 이럴 때는 내용이 비슷하니까 차라리 두 개의 문장을 정리해서 '나는 세상이 바뀌어질 필요가 있는데, 그것도 좋은 방향으로 바뀌어야 하며, 그렇게 할 능력이 나에게 있다고 믿고 살아왔다'라고 고쳐서 쓰면 좋을 것입니다. 두 번째 문장은 '그래서 나는 행복하게 살겠다고 결심했다'고 바꾸어 줍시다. 다음, "내가 끄는 인력에 따라서 세상을 좋은 방향으로 바꾼다"는 문장이 어색합니다. "내가 하기에 따라 세상은 좋은 방향으로 바뀔 수 있다"로 고치도록 합시다.

그리고 '인간에 대한 기본적인 사항'이 아니라 '행복하게 살기 위해서 필요한 요소'라는 말로 글의 흐름으로 보아 더 구체적으로 설명하는 말로 고쳐주며 '사랑에 대해 필요한 지식을 습득했다'는 말도 '사랑에 대해 연구했다'로 평이하게 바꾸어 줍니다. '인간의 능력도 신의 능력처럼 무한하다'는 문장은 과장이 심하니까 '신의 능력 못지않다'는 정도로 수준을 낮추어서 말하는 편이 쉽게 공감될 수 있습니다. '알았고'는 '알았다'로 써서 문장을 끊어 길이를 조절합니다. 그 다음 문장 '무의식적인 자기 암시에 따라 자기가 원하는 사람으로 변할 수 있다는 사실을 깨닫고 행복을 창조하려고 노력해왔다' 하는 정도로 정리하는 편이 낫겠습니다.

'나의 인생 설계도에는'은 '설계도는'이라고 주격조사로 바꾸어 주어를 명확히 드러내고 '인생이란 연극하는 것'이라는 말은 '연극이다'라고 말을 제대로 끝맺어 격언의 형태를 갖도록 하는 것이 좋습니다. 그런데 '설계도는 인생은 연극이다'라는 문장이 되니까 내용이 올바르지 않습니다. 설계도란 전체 모습을 미리 그린 것인데, '인생이란 연극이다'라는 것은 기본 구상이지 설계도는 아닙니다. 그러므로 '내 인생의 기본구상은 인생은 연극이다'라는 말에 '있었다'로 고쳐 주어야 글쓴이의 생각이 제대로 전달될 것입니다.

여기서 '나'라는 말이 자주 되풀이 되고 있으니까 문맥상 무리가 없다면 나를 생략하면서 쓰는 편이 훨씬 매끄럽게 읽힐 것입니다. 그리고 이 글을 쓴 사람은 세상살이와 연극이란 말을 대립적으로 생각하면서 쓰고 있는데, 두 단어의 대립이 그리 명확하지 못합니다. 연극의 반대되는 말은 현실, 혹은 실제상황일 것입니다. 그러니까 '현실에선 힘들고 어려운 일이 많아도 그것을 각본에 따라 연기한다고 생각하면 훨씬 쉽고 재미있으며 그렇게 하는 가운데 객관적으로 자기를 검토할 기회도 주어진다는 장점이 있다'라고 바꾸어 주면 어떨까요?

마지막 문제점은 이 글을 쓴 이가 너무 확신에 찬 어조로 급한 속도로 말을 이어가고 있다는 것입니다. 그 때문에 읽는 이가 몰아

붙여지고 있다는 느낌이 들면, 공감보다는 반발 쪽으로 기울어지기 쉽습니다. 자신의 인생관을 밝히는 글처럼 자기 의견을 내세우는 글은 확신한다, 믿는다, 주장한다, 생각한다는 종류의 말을 되도록 적게 사용하고 적절한 예화를 많이 내세워 글의 흐름을 느리게 만들어 주면 읽는 이에게 부담을 주지 않아 공감을 쉽게 끌어낼 수가 있습니다. 의견을 내세우는 글을 쓸 때에는 예화를 많이 넣고, 주장은 한두 문장 정도로 아주 선명하게 써서 글의 흐름을 편안하게 하는 것이 중요합니다. 실제로 글을 쓸 때 자신이 급해지고 있다고 느껴지면 의식적으로 숨을 크게 들이마시고 주변을 둘레둘레 살펴보세요. 의식적으로 신체적인 호흡부터 늦추는 것입니다. 그러면 글도 차분하게 써집니다. 한 번 해보세요.

주제 정하기

실제 자서전을 쓰기 시작하기에 앞서 여러분이 반드시 해야 할 일은 바로 주제를 정하는 것입니다. 물론 자서전이라고 하면 태어나서부터 지금까지 내가 살아온 것을 연대기 식으로 죽 쓰면 된다고 생각하는 분도 있을 것입니다. 또 대부분의 자서전이 그런 식으로 쓰어집니다. 그러나 저는 그것보다는 주제가 선명한 자서전을 권하고 싶습니다. 그러면 쓰기도 쉽고 읽는 사람도 훨씬 쉽게 공감하거든요.

그러자면 주제가 명확해야 합니다. 여러분이 인생에서 가장 소중하게 여기는 부분, 이것 때문에 나는 살아온 거다, 큰소리칠 수 있는 것, 그것을 책의 주제로 삼기를 바랍니다.

나의 어린 시절은 너무나 아름다웠다. 그 시절의 아름다움을 사람들에게 알리고 싶다. 그렇습니다. 좋은 주제일 수 있습니다. 또 나에겐 아들을 키운다는 게 평생의 과업처럼 느껴졌다. 그래서 아들을 어떻게 키웠는지 그 이야기를 사람들에게 해주고 싶다. 좋지요. 그것도 좋은 주제일 수 있습니다. 우리 부모는 특별한 분이었다. 부모님의 삶을 기록으로 남기고 싶다. 이것도 좋은 주제입니다. 내 직업에서 이런저런 알려지지 않은 특이한 경험을 할 수 있었다. 이런 분야에서 벌어지는 일을 사람들은 너무 모르고 있는 것 같다. 그러니 그런 경험을 세상에 알리는 것이 좋겠다. 이것도 좋습니다. 뭐든지 여러분만의 고유한 독특한 인생 경험이라면 제대로 털어놓았을 때 살아 있는 글이 되어 읽는 이들을 감동시킬 것입니다. 그러니 여러분이 인생에서 가장 중요하다고 느끼는 것을 주제로 삼으십시오.

또 이런 이유로 자서전을 썼다는 분이 있습니다. 제 생각으로는 이런 느낌 때문에 자서전을 써야겠다고 결심하는 분들이 많을 것 같아 보기 글로 인용을 해보았습니다.

보기 1

(상략)

어머니 곁에 앉아 있어도 영원히 그분과 맞닿을 수 없는 상황에서 나는 나의 아이들과 그 아이들의 아이들, 그리고 그렇게 이어 내려갈 많은 아이들을 떠올렸다. 그리고 아이들과 부모 사이를 가로막은 채 서로가 서로를 알지 못하도록 만드는 단절에 대해 생각했다. 아이들은 자신의 부모가 부모 되기 이전엔 어떤 모습으로 살았는지 알려고 들지 않는다. 그러다가 나이가 들어 궁금증이 생길 무렵이면 이번엔 얘기를 들려줄 부모가 없게 된다. 혹시라도 부모가 먼저 커튼을 젖히는 경우엔 옛날엔 얼마나 살기가 힘들었는가에 대한 설교조의 얘기로 아이들을 따분하게 만들 뿐이다.

나 역시 내 아이들이 어렸을 때 그랬다. 1960년대 초의 풍족한 생활을 누리고 있는 아이들에게 나는 공연히 심술이 났다. 나는 그토록 어렵게 자랐는데, 왜 이 아이들은 이토록 편하게 지내야 하는 거지. 나는 아이들이 스테이크가 너무 바짝 익혀졌다거나 텔레비전을 못 보게 한다고 불평을 터뜨릴 때면, 내가 어릴 적에는 얼마나 살기 힘들었는가에 대해 일장 연설을 하는 버릇을 키워갔다……

하루는 저녁 식사 중에 아들 녀석이 내 앞에 성적표를 내밀었다. 들여다보니 도저히 그냥 넘어갈 수가 없었다. 내가 의자에 등을 기대고 목을 가다듬으며 막 훈계를 시작하려고 했을 때, 그 애가 체념했다는 표정으로 나를 쳐다보면서 말했다. "아버지께서 어릴 적엔 어땠는지 말씀해 주시죠." 난 그 애가 그렇게 말하는 것에 화가 났다……

난 언젠가 내 아이들도 그걸 이해하게 되리라 생각했다. 언젠가 내가 얘기를 들려줄 수 없을 때가 오면 그제서야 아이들은 내 어머니의 어릴 적 그리고 내 어릴 적의 세상에 대해, 그리고 어머니와 나, 두 골동품이 함께 지나온 낯선 시간들에 대해 알고 싶어질 거라고 생각했다.

(하략)

— 러셀 베이커, 『성장』

이 글은 미국 퓰리처 상 전기·자서전 부문 수상자인 러셀 베이커가 쓴 『성장』이라는 자서전의 일부를 발췌한 것입니다. 그는 화려한 경력을 가진 언론인이었으나, 자서전을 쓴 이유는 의외로 단순해서 우리가 흔히 부딪치고 있는 문제입니다. 세대 간의 간격이라고나 할까요. 자식들은 부모의 삶을 제대로 알지 못하고 알려고도 하지 않는다. 알려고 했을 때는 이미 늦게 마련이다. 그래서 나는 훗날 자식들이 내 삶을 알고 싶을 때 읽도록 내 인생을 기록하여 남기고 싶다. 그것입니다. 단순하고 별다른 주제가 없는 책인 것 같습니다만, 제 생각으로는 모든 자서전이 씌어진 근원적인 동기가 아닌가 싶습니다.

다른 언론인이 쓴 자서전은 자서전을 쓴 이유로 '나는 언론인으로 미국 역대 대통령을 가까이서 사귈 기회가 있었다. 그들의 추억을 그리고자 한다.' 고 썼지만 어쩌면 그 책도 자신이 밝힌 집필 이유 말고도 러셀 베이커처럼 자신의 인생을 기록하여 남기고 싶다는 그래서 후손들이 기억해 주었으면 한다는 심정이 바닥에 깔려 있을 거라고 봅니다.

연대기 식으로 태어나서 지금까지의 인생 궤적을 죽 쓰는 것도 나쁘지 않습니다. 그러나 읽는 사람의 흥미를 끌고 그들이 내 이야기를 읽어 보고 싶다고 만들려면 아무래도 이야기의 주제가 명확한 편이 더 나을 것입니다.

일평생을 한번 계산해 보세요. 여러분의 나이가 50세라고 합시다. 그러면 $50 \times 265 \times 24 = 438,000$시간을 살아왔습니다. 그러면 자서전에다 무려 44만 시간을 다 집어넣을 수 있을까요? 나타내고 있는 땅의 크기와 똑같은 크기의 지도가 가능하지 않은 것처럼 가능한 일이 아닙니다. 만약 억지로라도 인생의 아주 작은 일부분이라도 인생과 자서전이 1:1로 대응되도록 쓴다고 가정합시다. 읽기에 지루할 것이 틀림없습니다. 1960년대 유명한 아티스트 앤디 워홀이 〈잠〉이라는 영화를 찍었는데, 8시간이나 되는 상영시간 동안 내내 자는 모습만 보여 주어 관객들을 몸서리치게 만들었다고 하지요. 인간은 목적이 없는 반복적인 것에는 금방 싫증을 내게 되어 있습니다.

그러면 자서전을 쓸 때 여러분이 살아온 인생 경험 중에 어느 것은 글로 기록하고 어느 것은 망각으로 버려지는 그러한 기준은 무엇일까요? 아무리 주제를 생각하지 않는다, 목적이 없다고 말하더라도 무심결에 어떤 경험은 선택하고 어떤 경험은 버리는 기준이 있게 마련인데, 그게 바로 주제인 것입니다.

여러분이 자서전을 쓰는 이유, 주제, 그것을 기준으로 하여 적당하다고 판단되는 이야깃거리(소재)는 글로 쓰고 부적절하다고 판단되는 것은 침묵 속에 묻어 두거나 아주 간략하게 표현하게 됩니다. 정말 이것만은 꼭 표현되어야 할 이야깃거리라고 여겨져서 다른 일화보다 정성스럽고 세밀하게 구체적으로 묘사하기도 합니다. 이것이 바로 주제의식을 갖고 쓰는 행위입니다.

한 권의 이야기가 만들어지려면 시간 순서에 따른 스토리도 있어야 하지만 의미 구조에 따른 플롯도 필요합니다. 그 플롯을 만들기 위해 필요한 것이 바로 주제, 여러분이 이야기하고자 하는 중심 사상이 무엇인가 하는 문제입니다. 그러니 여러분의 인생관을 말할 수 있어야 하겠습니다.

인생관 쓰기를 통해서 주제가 정해졌다면 이제 그 동안 쓴 짧은 글들을 주제에 비추어 전체적으로 연관되는 이야기로 발전시키려면 어떻게 해야 할지 연구해 봅시다. 즉 자녀교육 문제를 내 자서전의 중심 테마라고 결정했다면 여러분의 인생 경험 중에서 되도록 자녀교육에 관한 일화들을 많이 기억해낼 필요가 있겠지요. 앞에서 과제로 쓴 글 중에서 그와 관련된다고 판단되는 일화가 있으면 그것을 놓고 분량 늘이기를 해봅시다. 예를 들면 한 쪽 분량으로 썼던 이야기라면 두 쪽이 되도록 늘여서 쓰는 것입니다. 어떻게 분량을 늘이지? 우선 세부에 집중합시다. 단순히 담임선생님이라고 쓴 곳에선 담임선생님을 묘사하려고 해보세요. 담임선생님의 인상 같은 것을 잘 전달하려고 노력하는 거죠. 그러면 분량이 늘어납니다. 일단은 말이 되든 안 되든 상관없이 세부사항을 묘사하여 분량을 늘이세요. 그리고 난 다음에 주제를 기준으로 하여 줄이거나 삭제할 수 있으니까요. 종류도 마찬가지입니다. 자료가 많으면 얼마든지 고치고 줄여서 만들 수 있지만 자료가 적으면 쓸 만한 것을 만들기가 어렵습니다. 그러니 우선 메모를 많이 하세요. 생각난 것은 단서가 될 만한 형태로 기록해 두는 것입니다. 이것이 소재 모으기이고, 모아진 것을 주제에 비추어 추립니다.

노트에 적어 봅시다.

1. 내 자서전의 중심 테마 :
2. 내 자서전에서 중심이 되는 사건 :

11장

책 쓰기에
필요한 조언들

자서전을 한 권 정도 읽고 분석하기

🖋 이집트의 프톨레마이우스 왕 시절, 왕은 나일 강의 홍수를 다스리기 위해 기하학자를 초빙하여 기하학을 배우기로 했습니다. 공부가 너무 어려워 왕은 기하학자에게 쉽게 배울 수 있는 방법이 없느냐고 물었습니다. 기하학자가 말합니다.

"폐하, 기하학에는 왕도가 없습니다."

그 후 이 말은 공부에는 왕도가 따로 없다는 격언으로 널리 사용되게 되었습니다. 공부처럼 글쓰기에도 왕도가 따로 없습니다. 선천적으로 재능을 타고나는 이도 있겠지만 그 1퍼센트를 제외한 99퍼센트의 사람들은 애정과 관심에 찬 노력으로 글을 잘 쓰게 됩니다.

중학교 때 문예반 담당 선생님은 첫 시간 수업에 들어와 작가가 되는 방법이라며 칠판에 세 단어를 적어주는 것으로 글짓기 수업을 다했다고 말했었지요.

다사(多思) 다독(多讀) 다작(多作)

구태의연하게 들릴지는 몰라도 이 방법뿐입니다. 저로서는 이런 믿음은 어리숙한 감상문을 쓰던 중학생 때나 전업 작가로 생활하는 지금이나 변함이 없습니다.

이 말의 뜻은 알 것입니다. 좋은 글을 쓰려면 생각을 많이 해야 하고, 남이 써 놓은 글을 많이 읽어야 하고, 자신의 글도 많이 써봐야 한다는 것입니다. 정말 프로작가들을 보면 문자중독증에 걸린 게 아닌가 할 정도로 많은 책을 읽습니다. 모두들 나온 책은 샅샅이 읽고 많이 읽고 빨리 읽습니다. 소문에 의하면 한때 우리나라의 유명한 작가였던 이 아무개 선생은 젊은 시절, 읽고서 내버리는 책이 매달 한 수레씩 나왔다고 합니다. 남의 글을 많이 읽어야 자극도 받게 되며. 또 자신의 마음을 글로 어떻게 표현해야 하는지 객관적인 눈도 생깁니다.

때문에 제가 이번에 권하는 일은 다른 사람의 자서전을 읽고 분석해 보는 것입니다. 여기서는 분석이 목적이니까 꼭 불멸의 명작에 속하는 자서전이어야만 하는 건 아닙니다. 자서전 종류라면 되도록 많이 읽어 보도록 합시다. 잘못된 것도 내 스승이라는 말이 있지 않습니까? 읽어서 어떤 책이 마음에 들지 않으면 왜 내 마음에 들지 않는지 꼼꼼히 따져본다면 내가 자서전을 쓰는 데 도움이 될 것입니다. 마음에 드는 점, 들지 않는 점, 감명 깊었던 부분, 지루했던 부분…… 요소들을 나누어 세밀하게 따져봅니다. 단순히 그렇구나 하는 감상만 갖고 책을 덮지 마세요. 이유를 캐어봅시다. 무조건 많이 읽고 많이 생각하면 작가가 된다는 건 바로 그렇게 고심한다는 뜻입니다.

그런데 이때 책의 결말을 빨리 알고 싶다고 술렁술렁 읽는 남독은 하지 맙시다. 책의 주제, 구성, 배경, 인물, 어조(톤) 등을 꼼꼼하게 메모해가면서 읽는 정독이 필요합니다. 비판적인 시각으로 책을 분석하세요. 한번 읽는 것으로 남들에게 설명할 수준이 되지 않거든 그 책을 샅샅이 꿰뚫어 설명할 수 있을 때까지 여러 번 읽으십시오. 여기서는 내용보다는 형식에 더 관심을 기울이세요. 다 읽은 뒤에 책의 주제, 소재, 전개방식 등을 노트에 정리해 보도록 하세요.

아래에 분석하는 보기를 들었으니까 여러분도 자서전을 한 권 정해서 읽은 다음 보기에 나온 것처럼 분석해 보기 바랍니다. 자서전 반 학생들의 과제 중에서 고른 것입니다.

보기 1

이 분은 과제를 하려고 집의 책장을 뒤져서 우연히 손에 넣게 된 유명하지 않은 분의 자서전을 읽었습니다. 책의 형식을 분석하는 게 목적이니까 책의 내용을 따져 읽을 가치가 있는지는 문제 삼지 않았습니다. 단지 글쓴이가 말하고자 하는 것이 알맞게 펼쳐졌는지 알아보았습니다.

제목 : 한빛을 따라
글쓴이 : 김순영
주제 : 자신의 일을 하면서 평생을 독신으로 살고자 했던 여인이 결혼과 더불어 꿈을 접은 채 한 남자의 내조자로 살아온 성공적인 삶을 표현하고자 했음.

소재
* 부모님의 개화사상

* 큰오빠에 대한 가족의 실망과 좌절
* 부모의 교육열과 본인의 향학열
* 돈을 값있게 쓰는 방법
* 결혼

구성

발단 : 부산 거부의 막내딸로 태어나 부족한 것 없이 성장

전개 : 서울 유학, 동경 유학을 거쳐 교직 생활을 함

절정 : 34세 만혼. 유부남이었던 최두선을 만나 독신주의를 포기

결말 : "내가 깨끗하게 살 수 있었던 것은 모두 당신의 덕이요"라는 운
      명 직전 남편이 한 말을 통해 후회 없는 여인의 삶을 표현

나의 평가 : 큰오빠에 대한 증오감으로 독신주의를 택했던 저자가 15,
          6세가 결혼적령기인 그 시대에, 34세에 유부남의 8년간의
          끈질긴 구애 끝에 결혼한다. 그러나 결혼하기까지의 마음
          의 고통과 갈등, 결혼 후의 사생활 등에 얽힌 내용이 전혀
          표현되지 않았다.
          사건 위주로만 설명하고 있어서 자서전이라기보다는 마
          치 어느 누구의 일대기라고 볼 수밖에 없다.

보기 2

    아래 보기는 기독교 신앙의 간증 형태를 취하고 있는 자서전을
읽고 쓴 것입니다. 다행히 이 분은 같은 신앙을 가진 터여서 감명
깊게 읽을 수 있었다고 합니다. 그러나 〈보기 1〉과 마찬가지로 내

용은 문제 삼지 않았습니다. 구성만 분석하는 형태로 숙제를 해왔습니다.

제목 : 사랑은 죽음같이 강하고
글쓴이 : 김성일
주제 : 나를 향하여 그의 사랑을 죽음으로 고백했던 분과의 만남

소재

1. 준비하는 손길 : 내가 있기 전에 준비되었던 몇 가지 일

2. 안에서 밖으로 : 인간에 대한 혐오감으로 세상으로 눈 돌리게 되었고 소설가가 되었음. 니체를 만나게 됨. 니체의 성실이란 어휘에 매료되었고 나의 문학에 영향을 주었음

3. 야성을 찾아서 : 하느님에 대한 항의, 인간의 야성에 대한 탐구, 친구 정달영이 신앙에 귀의

4. 무너지는 소리 : 교통사고로 다시 만난 교회 사람들. 딸 예나의 병으로 인해 인간의 오만이 얼마나 무력한가를 실감함. 경동감리교회 이희준 목사와의 만남

5. 흑암의 골짜기에서 : 아내의 병과 하느님과 다시 만남

6. 디베리아의 바닷가 : 사십 세에 새롭게 주님을 영접하게 됨. 자신의 죄를 통감하고 기도란 하느님과 아름다운 만남임을 깨닫게 됨

7. 내가 훔친 것들 : 하느님을 영접한 후 내가 가졌던 모든 것. 성경의 내용. 예수와 나의 관계, 역사적인 의미. 과학적 증거 등

8. 땅 끝에서 오다 : 하느님의 일이 글 쓰는 일임을 깨닫다.

9. 땅 끝으로 가다 : 땅 끝으로 오다의 후반부인 보내심의 이야기

10. 하늘의 문 : 나의 모든 시련은 야곱의 '하늘의 문'으로 가기 위한

시련이었다.

구성

발단 : 1. 준비하는 손길

전개 : 2. 안에서 밖으로

   3. 야성을 찾아서

   4. 무너지는 소리

절정 : 5. 흑암의 골짜기에서

   6. 디베리아의 바닷가

결말 : 7. 네가 훔친 것들

   8. 땅 끝에서 오다

   9. 땅 끝으로 가다

   10. 하늘의 문

이렇게 제시된 두 가지 보기를 살펴보면 다른 사람의 자서전을 읽고 어떻게 분석해야 하는지 알 수 있을 것입니다. 여러분도 보기와 같이 해보십시오. 책을 읽고 이런 방법으로 분석해 보면 그 책의 얼개가 훤히 보이는 느낌이 들테고, 그에 따라 여러분도 어떻게 자서전을 쓰면 좋을지 감각이 생길 것입니다. 가능하다면 한 권이 아니라 세 권쯤 해보면 어떨까요? 많이 해볼수록 자신감이 더 생길 것입니다.

자서전과 소설은 다릅니다. 자서전은 실제 있었던 일에 한정해서 이야기를 하지만, 소설은 상상으로 꾸며낸 일을 이야기합니다. 얼마든지 거짓말을 하는 게 허용되고 또 장려됩니다. 그러나 그 거짓말에도 조건이 있습니다. 있을 법한 이야기, 즉 허구(虛構 : fiction)여야 한다는 것입니다. 소설이 실제 있었던 일이 아닌 허구로서 이야기하는 까닭은 허구가 인생의 진면목을 보여주기 때문입니다.

1+1=2라는 진실이 빈틈없이 들어맞도록 드러내는 현실은 없다는 것입니다. 현실에서는 1+1=1.8이든지 1.95 혹은 2.05 뭐 이런 식으로 나타납니다. 그런데 진실은 1+1=2인 것이죠. 현실과 진리 사이에는 그런 차이가 있기 때문에 우리는 1.95나 2.05인 보통 직면하게 되는 현실을 깎고 다듬고 부풀려서 1+1=2라는 진실을 보여준다, 그렇게 인생의 진실을 드러내는 방법이 바로 허구라는 거죠. 그래서 "진리는 상상력의 산물이다"(어슐러 르귄)는 유명한 말이 있습니다.

자서전은 소설처럼 허구를 이용하지 못합니다. 자신이 살아온 삶을 가능한 한 솔직하게 표현하겠다는 전제가 있습니다. 그런데 우리나라에서 발간된 자서전을 읽어 보면 글쓴이의 명예가 바로 그 책을 통해 새롭게 증명되어야 한다고 믿는 모양인지(어차피 그 사람의 언행은 쏟아 놓은 물처럼 세상에 나와 버렸으며 그걸 없애거나 거짓말로 덮으려고 해봐야 소용없는데도) 지나치게 미화 과장하거나 하는 경우가 많습니다. 솔직하지 못한 자서전은, 흔히 완벽한 인격자인 체 꾸미고 다니는 인간에게서 우리가 역겨움을 느끼게 되듯 어쩐지 공감할 수 없게 마련입니다. 자신이 다른 사람에게 완벽하게 보이려고 애쓰는 글은 얼마나 자신감이 없기에 저렇게 안달일까 하는 안타까움마저 불러일으킵니다. 자신의 약점이나 상처까지 있는 그대로 토로하면서 진솔하게 쓴 글은 소설이 그렇듯 삶의 진실에 보다 근접하고 있어 읽는 이를 감동시키게 됩니다.

여기서는 소설, 특히 장편을 쓰는 데 이용되는 몇 가지 방법을 간단히 안내하도록 하겠습니다. 이것들 전부가 다 자서전 쓰기에 응용되지는 않는다고 하더라도 각 요소들을 알아두는 편이 보다 쓰기 쉬울 것입니다.

소설의 요소

주제와 소재

소설에서 가장 먼저 존재하며 가장 중요한 것은 바로 주제입니다. 주제는 작가의 인생관이라고 할 수도 있습니다. 비유해서 말한다면 주제는 스포트라이트와 같습니다. 여러분이 살아온 인생의 총합을 우리는 어두컴컴한 창고에 비유할 수 있습니다. 그 창고 안에는 여러분이 경험한 인생사가 가득 들어 있습니다. 어둡기 때문에 무엇이 있는지 남들은 알지 못합니다. 물건을 찾으러 어두운 창고에 들어간 이가 손전등 빛을 비추면 어둠 속에서 사물들이 모습을 드러냅니다. 주제는 손전등의 빛처럼 여러분의 인생사들을 부각시켜 드러나게 해주는 것입니다.

제가 르포 일을 할 때 여성 농부나 광부라든지, 포구의 생선 파는 아줌마들을 만나곤 했었는데 그들이 한결같이 하는 말은 "내 인생 이야기를 풀어 놓으면 소설 열 권 분량은 될 것이다"며 우여

곡절 사연 많은 인생을 살아왔다고 강조하곤 했습니다. 동의합니다. 분명 그럴 것입니다. 그러나 그건 꿰어지지 않은 구슬이 목걸이로서 광채를 발하지 못하는 것과 마찬가지입니다. 낱낱의 구슬들로 그저 굴러다닐 뿐이겠지요. 그걸 사람들이 찾는 목걸이로 만들려면 주제라는 실로 꿰어야 합니다. 자신의 인생 창고에 들어가 회중전등 빛을 비추어야 하는 것입니다. 그 빛이 바로 주제입니다.

　주제는 작가의 의도이며 동시에 소설에 표현된 내용에 대한 독자의 최종적인 해석입니다. 그러므로 소설을 쓰기 위해선 주제가 있어야 합니다. 어떤 주제를 발견하는 재능, 어떤 인생 경험을 놓고 무슨 말을 할 것인지를 생각해 내는 것은 작가의 기초적인 재능에 속합니다. 이런 말을 하고 싶다, 저런 이야기를 하고 싶다고 작정한 후라야 그 생각을 어떤 이야깃거리를 갖고 펼쳐 나가면 남들이 알아들을 수 있는가 하는 문제가 뒤따라오는 것이니까요. 아무리 이야깃거리가 많다고 하더라도 주제가 머릿속에 뚜렷하게 의식되기 전까지는 작가는 어느 경험을 어떻게 남들에게 말해야 할지를 모릅니다. 주제를 정하는 것은 소설 쓰기에서 첫 번째로 하는 일이지만, 어떻게 보면 쓰는 작업 전체라고도 할 수 있습니다. 주제를 모른다면 소설도 그 형태가 없는 것이나 마찬가집니다. 인생 경험이라는 구슬더미일 뿐 소설이라는 목걸이는 아니라는 소리입니다. 그러므로 소박하게 말해서 무엇을 이야기하고 싶다는 생각이 떠올랐다면 그것이 바로 주제의식이라고 하겠습니다.

　작가는 주제를 분명히 의식하기 위해서 그 통일된 내용을 단어 열 개 정도로 요약해서 말할 수 있어야 합니다. 그러니 여러분도 자서전의 주제를 단어 열 개로 요약해서 간명하게 설명할 수 있도록 해보십시오. 열 개의 단어로 표현될 때까지 생각을 종이에 거듭 적

11장 책 쓰기에 필요한 조언들

287

어 본다면 그러고 있는 동안 글의 구상은 점점 구체적인 모습을 갖게 될 것입니다.

이처럼, 소재를 다루어 나가는 통일된 원리를 주제라고 한다면, 소재는 주제를 예증하거나 구체화하여 이야기해 주는 재료입니다. 주제는 사상이자 의미이고, 인물과 사건에 대한 해석이며 전체 이야기 속에 구체화되어 있는 인생에 대한 단일화된 관점입니다.

또 주제란 그 작품 속 인물의 동기를 구체화시킨 것이라고도 할 수 있습니다. 만약 글에 등장하는 인물의 동기가 애매해서 이야기의 흐름이나 활동에 신바람이 모자란다고 느껴진다면 그래서 동기를 구체화시키고 싶다면 다음과 같은 방법으로 하면 됩니다.

첫째, 자신이 쓰고자 하는 이야기의 줄거리를 구체화시키려고 노력합니다. 즉 초점을 맞추어 가면서 이야기를 확장시키고 세부사항을 두드러지도록 메모해 봅니다.

둘째, 자료를 더 모아야 합니다. 주제에 관계된 사실을 많이 알면 알수록 그 주제를 이야기하는 여러분의 글은 자신감이 넘치게 되니까요.

셋째, 이렇게 모은 자료를 주제라는 기준에 따라 선택하거나 버리면서 선별합니다.

이런 식으로 창작노트에 메모해 가다 보면 소설 속 인물들의 동기는 구체적으로 드러나게 되는 것입니다.

인물 → 필요 → 장애 → 행동

인생사라는 것은 이런 공식대로 흘러가는 것이니까, 이 공식을 놓고 따져보면 동기를 생각해내는 것이 편리할 것입니다. 나라는 인물이 있고, 무엇을 가장 필요로 했었는지를 기억해 보고, 그 필요를 충족시키려고 하는데 어떤 장애가 있었는지 글로 쓰는 것입니다. 그리고 그 장애를 넘어서서 나의 욕구를 충족시키기 위해 어떤 행동을 취했었는지도 씁니다. 아무튼 이런 식으로 창작노트를 펼쳐 놓고 메모하면서 생각을 이어가는 것입니다. 나중에는 동기가 구체적으로 드러나고 주제도 선명하게 인식될 것입니다.

그런데 한마디 덧붙일 것은 너무나 특이한 주제는 공감을 불러일으키기 어렵다는 사실입니다. 일반 사람들이 상식적으로 공감하고 있는 주제가 좋은 주제입니다. 일반 사람들이 상식적으로 공감한다고 하는 말의 뜻은 작품 속에서 일어나는 사건이나 생각의 틀이 그 작품이 내세우고 있는 시대와 장소라는 조건에 적합하다는 뜻이지, 반드시 지금 우리 사회의 상식과 맞아떨어진다는 뜻은 아닙니다. 소설, 특히 리얼리즘 계열에 속하는 소설에선 인물이나 사건이 전형적이어야 한다는 말을 자주 하게 되는데, 전형적이라는 말의 뜻도 바로 이와 같습니다. 전형적이라고 한다며 열 사람을 합해서 10으로 나눈 산술적인 평균이 아닙니다. 또 가운데 있는 중앙값도 아닙니다. 당대의 특징과 모순이 그 속에 들어 있어 시대와 장소의 특색을 드러낸다는 뜻이지요.

작가는 소설을 쓸 때, 인물이나 동기, 배경, 개념 등에 대해 얼마든지 과장할 수 있습니다. 그렇게 해야 자신이 말하고자 하는 주제가 제대로 전달될 수 있다고 판단된다면 말입니다. 그런데 그 과장은 소설의 구조 안에서 적합하게 맞아떨어져야 하는 것이지, 우연이나 돌발적인 것이 되어서는 안 됩니다.

한 편의 잘 꾸며진 소설이란 명확한 주제의식을 갖고 출발하여 그 주제를 가장 잘 드러낼 수 있는 소재, 즉 이야깃거리를 잡는 것으로 시작됩니다.

스토리와 플롯

주제가 잡혔고, 그것을 펼치는데 알맞은 소재를 선택했다면 그 다음 연구해야 할 것은 그 소재를 어떤 순서로 어떻게 늘어놓을 것인가 하는 문제에 부닥치게 됩니다. 그것을 스토리와 플롯의 문제라고 합니다.

문학을 전공하지 않은 사람에게 '소설이란 무엇이라고 생각합니까?' 하고 물으면 대부분은 이렇게 대답합니다. '소설이란 이야기라고 할 수 있겠죠.' 또 옛날에는 소설책을 이야기책이라고도 불렀습니다. 어렸을 때 외할머니는 「옥루몽」이란 소설을 읽어 주시며 골똘하게 흐름에 빠져드는 저에게 말씀하셨습니다. "이야기를 좋아하면 가난하게 산단다."

이럴 때 말하는 이야기란 바로 스토리를 가리킵니다. 스토리는 시간의 흐름을 뼈대로 삼아서 그에 따라 펼쳐지는 인생살이를 가리킵니다. 그래서 여기선 시간이 중요합니다. 그에 비해 플롯은 의미를 뼈대로 삼아 펼쳐 놓은 인생살이입니다. 여기서는 의미가 중요합니다. 그래서 스토리에 따라 어떤 인생이 펼쳐진다면 듣는 사람들은 그 다음은 어떻게 되었는지 궁금해 할 것이고, 플롯에 따라 어떤 인생이 펼쳐진다면 왜 그럴 수밖에 없는지 고개를 갸웃거리게 될 것입니다.

플롯을 좁은 의미로 한정시켜 말한다면 한 편의 소설에 나타난 행동구조를 뜻합니다. 어떤 인물이 어떤 이유로 어떤 행동을 했다

290

고 설명하는 것은 플롯이라는 소리입니다. 넓은 의미로 말한다면 플롯은 인물의 성격을 설정하는 것에서부터 배경의 변화까지 모든 것을 다 포함한 소설의 모든 설계, 혹은 얼개를 가리킨다고 하겠습니다.

플롯과 스토리에 대한 설명으로 이보다 더 잘 설명할 수는 없는 적절한 예가 이미 나와 있으므로 그것을 인용하겠습니다. 말한 사람은 영국 소설가 E. M. 포스터로 우리나라에는 〈인도로 가는 길〉, 〈하워드 엔즈〉 같은 영화가 개봉되면서 알려졌습니다. 아래 이야기는 그의 『소설의 이해』라는 책에 나옵니다.

"스토리는 시간 순서대로 배열된 사건의 서술이다. 플롯도 사건의 서술이지만 인과관계에 중점을 둔다. '왕이 죽고 왕비가 죽었다'라고 하는 것은 스토리지만 '왕이 죽자 슬퍼서 왕비도 죽었다'라고 하는 것은 플롯이다. 시간 순서는 그대로 갖고 있지만 그 속에는 인과율이 들어 있다. 그리고 '왕비가 죽었다. 아무도 그 까닭을 모르더니 왕이 죽은 슬픔 때문이라는 것이 밝혀졌다'라고 한다면 이것은 신비를 간직한 플롯이며 고도의 발전이 가능한 형식이다."

플롯이 긴밀하게 짜여진 소설을 두고 흔히 구성이 탄탄하다고 말합니다. 그런 소설은 형식의 아름다움으로 긴장감을 불러일으키기 때문에 독자들을 흥분하게 하고, 그 이야기 속으로 빨려들게 만듭니다. 때로는 숨 쉴 틈 없이 독자들을 몰아쳐서 책을 읽느라고 밤을 새우게 만들기도 합니다. 그렇게 되려면 소설 속의 모든 사건들이 필연적인 인과율의 질서 속에 있어야 합니다. 이야기를 더욱 흥미진진하게 만들겠다고 우연의 일치를 끌어들이면 안 됩니다. 소설 속의 우연은, 현실에서 일어나는 우연과 달리, 독자를 납득시키기 어렵고, 엉뚱하다는 느낌을 주어 작가의 주제의식을 공감하기 어렵게 합니다.

플롯이 정밀하게 짜인 소설을 들라면 추리소설 혹은 미스터리 소설일 것입니다. 그런 소설들은 까다로운 원칙을 갖고 있습니다. 그런 소설은 작가와 독자 사이에서 벌어지는 일종의 두뇌게임이기 때문에 나중에 속았다는 느낌을 주면 안 됩니다. 그래서 우연의 일치가 끼여들면 그 추리소설은 잘 못썼다고 비난받게 되지요.

그러나 실제 인생에서는 우리가 생각하는 것보다 더 많은 우연의 일치가 일어나곤 합니다. 아침에 일어나서 엄마 생각을 했는데 갑자기 엄마가 찾아오셨다, 아이에게 그림을 가르쳐야겠지만 학원이 멀어서 고민하고 있었는데, 이웃집 여자가 미술을 전공하여 자녀를 교환해서 가르치자고 한다. 내 인생을 기록해두고 싶다고 생각하는데, 뜬금없이 친구로부터 자서전 쓰기라는 책을 선물 받았다, 등등. 남들 보기엔 사소할지 몰라도 당사자에겐 무척 인상 깊은 우연의 일치들이 일어나곤 합니다. 이런 일은 과학으로는 설명되지 않는 것인데도 실제 일어나는 현상이어서 융과 같은 심리학자는 거기에다 동시성(synchronicity)이란 이름을 붙여 놓았을 정도입니다.

그러나 소설은 실제 그대로의 인생이 아닙니다. 소설은 다른 사람을 납득시키고 감동시킨다는 점에서, 당사자는 받아들일 수 있지만 남들은 받아들이지 못하는 우연의 일치는 스토리에 넣지 않는 것으로 되어 있습니다. 그래야 보편적이고 상식적인 선에서 공감을 불러일으킬 수 있기 때문입니다.

자서전은 그런 점에서 자유롭다고 하겠습니다. 자신의 경험한 것이라면 무엇이든지, 물론 납득할 수 있는 설명이 덧붙여진다면 좋겠지만 그렇지 않더라도 내가 그렇게 경험하고 느낀 것이기만 하다면 진솔하게 이야기하면 된다는 점에서 말입니다. 그러니 자서전은 추리소설처럼 빈틈없는 원인과 결과로 짜여진 구성이 필요하지는 않습니다. 그래도 탄탄한 구성을 갖는 것이 독자의 공감을 얻는 데는 유리합니다.

여유가 있다면 추리소설을 읽어 플롯에 대한 견문을 넓혀 볼 것을 권합니다. 재미도 있고 도움도 됩니다. 플롯이 어떻게 전개되어야 되는지 배울 수 있습니다.

플롯의 전개방식

(1) 발단起

주인공이 소개되고 이야기의 배경이 제시되면서, 이야기의 윤곽이 드러나는 소설의 서두이자 출발점입니다. 발단은 읽는 이의 흥미를 끌 수 있는 것이어야 합니다. 이곳에서는 소설의 전체 모습이 암시되면서 어떤 이야기가 전개될 것인지 읽는 이가 짐작할 수 있어야 합니다. 처음 열 쪽 가량을 읽었는데 무슨 이야기를 하려는지 알 수 없다면 사람들은 그 책을 던져 버리겠지요. 그러므로 처음에 무슨 이야기인지 다 드러내지는 않지만 짐작할 수는 있게 한다는 점, 중요합니다.

(2) 전개承

주인공의 생각이나 성격, 욕구에서 비롯되는 충돌, 혹은 갈등이 드러나면서 부분적으로 해결되기도 하고 더욱 얽히기도 하는 과정입니다. 주인공은 그에 대립되는 세력의 방해나 혹은 자신의 성격 때문에 심리적인 갈등을 겪게 되고 거기에서 생긴 긴장감은 행동과 사건으로 나타나게 됩니다. 일반적으로 전개는 결정적인 순간, 즉 갈등을 향해가는 상승행동이라고 할 수 있습니다. 이 부분에서 긴장은 점점 고조되어 절정으로 치달아야 합니다.

(3) 절정轉

전개에서 고조되었던 긴장이 최고조에 도달하는 부분입니다. 이곳에서 행동은 뒤집어지고 동시에 사건의 긴장감이 높아졌다가 급격히 낮아지는 방향으로 바뀌게 됩니다. 여기서 독자들은 카타르시스를 맛보게 됩니다. 전개에서 복잡하게 얽혔던 이야기가 여기서 통일성, 단순성, 진실을 찾게 됩니다. 충분히 극적이기 위해서는 발단과 전개에서 제시되었던 행동들이 서로 원인과 결과의 관계를 갖고 유기적으로 발전해서 절정에 도달할 필요가 있습니다.

현대로 올수록 사람들은 결말에서 이야기를 길게 늘어놓는 일을 구차스럽게 여기는 경향이 있습니다. 때문에 절정이 바로 결말이 되어 버리는 경우도 많은데, 멋있어 보이기는 하지만 때로는 좀 허전하기도 하고, 이야기를 제대로 끝맺지 않았다는 인상을 주기도 합니다.

(4) 결말結

파국, 해결, 대단원이라고 말하기도 합니다. 여기서 주인공의 운명은 분명히 드러나고 그의 실패나 성공의 전모가 드러나는 마지막 단계입니다. 미진한 부분이 없도록 발단이나 전개에서 펼쳐 놓았던 것들의 해결을 남김없이 보여주어야 합니다.

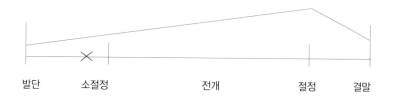

플롯의 모양을 도표로 그린다면 위와 같습니다.

발단에서 절정까지는 계속 상승하고 절정에서 결말까지는 하강합니다. 이 그림에 맞추어 자기 이야기의 전체 모습을 머릿속에 그리십시오. 특히 발단 부분의 끝부분에 소절정이라고 표시해 놓은 것이 있는데, 이 부분에 신경을 쓰세요. 이야기를 시작하면서 제시된 인물이며, 사건, 배경들이 이 부분에서 뭉뚱그려져 하나의 질문으로 집결되어 독자의 눈 앞에 제시되어야 하는 부분입니다. 이 질문이 바로 소설 전체를 관통하는 하나의 물음입니다.

발단에서 이런저런 여자가 이런저런 환경에 있는데, 이런저런 일이 벌어지려고 한다, 고 가정한다면, 그것을 종합하여 그 여자에게 앞으로 어떤 일이 일어나는가, 라는 질문으로 모아지게끔 스토리를 만드는 것입니다. 이 소절정이 중요하니까, 발단에서 벌여 놓은 이야기를 하나로 묶는다고 생각하여 정성들여 준비하면 좋겠습니다. 이렇게 해놓으면 그 책의 주제나 작가의 생각이 쉽게 드러나고 읽는 이들이 혼란스럽지 않아서 쉽게 스토리에 몰입하게 됩니다. 힘은 들겠지만 소절정 부분을 잘 연구해 보기 바랍니다.

스토리를 만들 때 도움이 되는 tip

플롯을 짤 수 있게 되면 금방이라도 글을 써내려갈 것 같은 기분이 들지만, 막상 이야기를 시작해 보면 막막한 기분에 빠질 것입니다. 그게 보통입니다. 그런 막막함을 여러 번 이겨내고 난 다음이라야 비로소 책이 완성됩니다. 아무튼 탄탄한 플롯을 짰다고 해도 그에 맞춰 그 이야기를 어떻게 전개시킬까 고민하게 마련입니다. 이럴 때 제가 아는 몇 가지 방법을 알려드리려 합니다. 물론 참고하면 도움이 될 가이드라인이지 반드시 이렇게 해야만 한다는 뜻은 아닙니다. 단지 이야기를 전개시킬 때 다음과 같은 사항을 염두에 두면서 창작노트에 답을 써본다면 흥미진진한 스토리가 훨씬 쉽게 만들어진다는 것입니다.

첫째, 이런 종류의 스토리에서 이런 종류의 주인공이 직면하는 데는 어떤 대립상황이 적당한가? 주인공은 어떤 문제를 안고 있는가? 지금 이 시점에서 주인공이 목숨을 걸고라도 이루고 싶다고 생각하는 것은 무엇인가?

둘째, 주인공을 가로막는 장애는 무엇인가? 누가 또는 무엇이 주인공이 원하는 것을 가로막고 있는가? 이것도 진지하게 물어볼 일입니다.

셋째, 주인공의 목표와 장애를 하나의 문장으로 표현해 봅시다.

넷째, 스토리의 발단과 결말이 정해지면 그 안에서 다시 몇 개의 산과 골짜기를 만든다고 생각하는 방식으로 그 가운데 부분에 들어갈 이야기를 만들도록 합니다.

인물

소설에서는 다양한 시점이 있을 수 있습니다. 그러나 자서전의 주인공이란 바로 글쓴이 자신일테고, 시점은 1인칭 나일 것입니다. 글 내용이 내가 보고 듣고 추측하고, 생각하는 것에 한정되는 것입니다.

그렇지만 자서전이든 소설이든 인물의 성격묘사는 강렬할수록 좋습니다. 성격묘사가 뚜렷하면 그 이야기는 힘이 있고 흥미진진해집니다. 그러자면 등장인물의 성격 혹은 특징이 뚜렷하게 부각되도록 해야 합니다. 인물이 갖고 있는 여러 요소들을 철저하게 연구하여 그 특징을 잡아내되, 약간 과장되었다 싶을 정도로 묘사하는 것입니다.

등장인물들을 제대로 그리고 싶다면 우선 자서전에 들어갈 인물들의 프로필을 창작노트에 적어 봅시다. 그리고 거기에 내 집안의 연대표, 혹은 내 인생의 연대표와 대조해 봅시다. 또 앞에서 배운 성격유형과 욕구강도도 참고해서 분석하십시오. 외모를 그리는 것은 물론이고, 그렇게 적어 놓은 인물의 프로필을 참고하면서 묘사를 하는 것입니다.

많은 작가들이 소설을 쓸 때 창작노트를 만듭니다. 사람의 기억력에는 한계가 있으니까 연습장 비슷한 노트에다 도표를 그리기도 하고, 생각난 구절을 적어 놓고 멋진 대화가 떠오르면 메모해 두는 것입니다. 그리고 이야기가 복잡해지면 창작노트에 반드시 인물들의 연대기를 기록해 둡니다. 인물들의 이름을 적고, 그 옆에 작가가 반드시 명심해야 할 그 인물의 특징, 요소, 역할, 같은 것을 연대별로 적어 놓는 것입니다.

인물들을 죽 적어 놓고 내 집안 연대표나 내 인생 연대표와 비교하면서 기억을 되살려 보십시오. 어떤 특징을 가졌고, 어떤 관계가 있었는지, 어떤 일이 특히 기억에 남는지. 그리고 나에겐 어떤 영향을 미쳤는지 곰곰이 생각해 봅시다.

배경

배경은 크게는 이야기의 시간적 배경과 공간적 배경으로 나누게 되고, 의미를 좁힌다면 어떤 상황이 벌어지고 있는 무대적 배경을 일컫기도 합니다. 어느 쪽이든 꼼꼼한 조사가 선행되어야 합니다. 5주째에 이미 집안의 연대표를 만들어서 내 자서전의 시간적 배경을 파악했다면 이번에는 공간적인 배경을 조사해 봅시다. 특히 어린 시절을 자서전의 주요 소재로 삼으려는 분이라면 내가 성장했던 고장을 다시 한 번 방문해 보는 것도 좋을 것이며, 또 그 시절을 담고 있는 책(시군의 역사책, 풍물지, 사진집, 소설 등)을 조사하는 것도 도움이 됩니다. 그렇지만 자서전이란 무엇보다도 자신만의 독특한 인생을 표현하려는 것이지, 문화 일반을 보여주는 데 목적이 있지 않으니까, 이러한 사전 조사는 대략적인 정도로 그치고, 자신의 기억이나 주변 사람들이 들려주는 증언을 더 중요시할 필요가 있습니다.

소설 쓰기에서 응용할 수 방법은 위와 같습니다.
마지막으로 저는 이런 방법들이 절대적인 규칙은 아니라는 사실을 거듭 강조하겠습니다. 단지 백지를 마주했을 때 여러분이 느낄 막막함을 덜어주려는 가이드라인에 불과합니다. 자서전이란 내 마음대로, 내 주관대로, 내가 쓰는 것입니다. 여러분의 경험을, 여러분의 취향에 맞는 스타일로 표현하는 것입니다. 그것이 가장 좋은 자서전일 것입니다. 글쓰기가 막막해질 때, 앞으로 어떻게 전개시켜 가야 할지 모르겠을 때, 이 방법들을 참고만 하십시오.

12장
첫머리

집필 계획표 짜기

자, 이제 마지막 주, 나의 자서전을 쓸 준비를 끝내려는 단계에 와 있습니다. 이번 주부터 여러분은 실제로 자서전을 집필하기 시작합니다.

책 한 권을 써낸다는 것이 보통 일은 아닙니다. 어떤 작가는 삼 개월이면 책 한 권을 뚝딱 써내는가 하면 어떤 작가는 십 수 년 동안 단 한 권에 책에 매달려 일하기도 합니다. 아마 그런 사람을 두고 독일 철학자 니체는 '책은 잉크로 쓰지 않고 피로 쓰는 것'이란 말을 했을 것입니다. 제가 알고 있는 기록 중에 책을 가장 빠르게 쓴 작가는 『주라기 공원』을 쓴 미국 작가 마이클 크라이튼인데, 그는 대학 시절 추리소설을 써서 학비를 벌었기 때문에 휴가 기간인 2주 동안 책 한 권을 쓰기도 했다는군요. 어렵다고 생각하면 한없이 어렵고 쉽다고 생각하면 한없이 쉬운 것이 책 쓰기입니다.

그러나 글자를 늘어놓았다고 해서 그게 다 책이 되지는 않으며, 더구나 가치 있는 책을 쓰려면 아무래도 정성과 노력이 들어가야 할 것입니다. 저는 서점에 갔을 때 누가 제가 쓴 책을 빼어들고 '당신이 바로 이 책을 썼습니까?' 하고 물었을 때 조금도 머뭇거리지 않고 당당하게 '그렇습니다'라는 대답이 나오도록 책을 써야 한다고 생각하고 있습니다. 아마 여러분도 그럴 것입니다.

아무튼 책 쓰기를 조금은 쉽게 할 수 있도록 도움이 될 방법이 있습니다.

집필 계획표를 짜는 일입니다.

집필 계획표란 집짓기에 있어 설계도 그리기와 같습니다. 집을 지을 때 무조건 땅에다 벽돌을 늘어놓고 쌓으려고 하면 막막할 것입니다. 어디에 안방을 두고 창문은 어디에 내고 방문은 또 어떻게 할 것인지, 벽돌을 몇 미터로 쌓아야 할지 어림되지 않습니다. 이럴 때는 설계도가 있어서 그에 따라 조금씩 짓다 보면 어느새 집이 완성되게 됩니다. 그처럼 책을 쓰는 일에도 집필 계획표가 있으면 편리합니다. 물론 이런 것에 반대하는 작가도 있습니다. 글을 쓴다는 것, 특히 문학은 영감에 따라 창조하는 예술행위인데, 어떻게 미리 짜놓은 설계도대로 되겠는가? 설계도대로 따라가다 보면 작위적인 느낌이 되어 감동을 주지 못한다. 그냥 영감을 따라가다 보면 책 쓰기는 끝나게 마련이다. 이런 반론을 폅니다.

그러나 십 수 년 소설을 써온 저의 경험으로는 영감에만 의존하다 보면 자꾸 되풀이해서 수정하고 또 수정을 하게 되는데, 결말을 쓰다가 다시 앞머리로 가고, 갈등을 그리다가 전개를 다시 쓰는 등 시간과 품은 많이 들면서 구성도 엉성한 경우가 많고, 어떨 때는 썼던 것을 다 없애서 몇 번씩 새로 쓰는 등 일이 진척되지 않습니다. 그래서 저는 소설을 시작하기 전에 일단 집필 계획표부터 만들기로 하고 있습니다. 전체의 모습을 머릿속에 그릴 수 있게 된 다음 쓰기 시작하면 시간도 덜 들고, 자신을 격려하기도 쉽습니다. 오늘은 이야기를 여기까지는 진척시켜야겠다, 내일은 이야기를 저기까지 발전시켜 보자든지 미리 예정할 수 있어 글쓰기가 고독한 작업이긴 해도 한결 힘이 납니다.

각설하고 집필 계획표를 짜려면 우선 주제와 소재가 마련되어야 하겠고, 그 다음에는 어느 분량만큼 쓸지 미리 예정되어 있어야 합니다. 예전엔 단편소설이라고 하면 원고지 70매가 기본이었습니다.(A4 용지 한 쪽이라면 원고지로는 7~8매 분량이라고 생각하면 됩니다.) 그런데 지금은 단편소설이 100매 정도의 분량인 것도 흔합니다. 그렇게 양이 늘어난 까닭은 컴퓨터의 워드프로세서가 보편화되어 글쓰기에 힘이 안 들게 되었다는 설이 있습니다. 펜으로 글을 쓰던 시절엔 밤을 꼬박 새워 팔이 저려 얼얼해질 때까지 내리닫이로 글을 쓰면 원고지 7, 80매 정도가 나왔습니다. 또 요즘 원고료로만 생활하는 전업 작가들이 늘어나 한 장이라도 더 써서 원고료를 더 받으려고 하다 보니 단편의 분량이 늘어났다는 설도 있습니다. 그러나 어느 쪽이든 글의 길이를 아무렇게나 늘이고 줄일 수 있다고 생각한다는 점에서 저는 찬성할 수가 없습니다.

글의 길이는 내용과 관계가 있습니다. 내용과 길이가 조화되지 않으면 완성도가 떨어집니다. 내용에 비해 길이가 짧으면 독자들이 글쓴이의 의도를 충분히 공감할 수 없고, 길이가 너무 길면 긴장감이 떨어져 지루하여 흥미를 끌기 어렵습니다. 그러니 글의 길이는 내용에 비례하는 것이 원칙입니다 여러분도 되도록이면 자신의 뜻을 펼치는데 많지도 적지도 않은 적절한 양을 염두에 두도록 하십시오.

단편은 그렇고 중편소설이라고 하면 보통 원고지 200매에서 500매까지를 뜻하며 장편소설은 대략 1200매 정도를 기본으로 하고 있습니다. 또 경장편이라고 하여 얇지만 산뜻한 형태의 소설은 7, 8백 매 정도가 되기도 합니다. 아무튼 요즘은 활자가 커지고 레이아웃이 다양해져서 1000매 정도면 멋진 책이 나오는데 전통적으로 책의 두께가 알맞게 두툼하고 보기 좋은 형태가 되려면 1200매 정도가 적당한 것으로 알려져 있습니다.

여러분이 쓰고자 하는 책은 글의 내용에 따라 달라지겠지만, 저는 1000매를 기준으로 해서 책 쓰는 방법을 알려드리도록 하겠습니다. 여러분이 써야 할 원고지가 1000매라고 생각하십시오. 집필 계획표를 짠다는 것은 글을 시작하기 전에 1000매를 어떻게 채울지 구상하는 일입니다. 지난주에 배운 플롯의 형식을 떠올리세요. 먼저 발단이 있고 다음에 전개가 오고, 절정이 있다가 결말이 납니다. 도합 4부분이니까 1000매를 기준으로 하면 부분마다 250매씩이라고 할 수 있겠죠. 물론 전개는 발단이나 절정보다는 길어야 하니까 꼭 250매에 맞추어서 쓸 필요는 없습니다.

제가 장편소설을 쓸 때 자주 이용하는 형식을 보여드리겠습니다.

첫 번째 방법, 한 장의 종이를 이용하는 것입니다. A4 용지 한 장을 세로로 한 번 접고 가로로 여섯 번 접습니다. 아래 그림처럼 됩니다.

종이를 위의 그림처럼 펼쳐 놓고 각각의 칸마다 원고지 80에서 90장 분량의 이야기가 들어간다고 생각합니다. 그리고 그 분량의 이야기를 대충 연필로 적어 봅니다. 하다 보면 자주 고쳐야 할 테니까 잘 지워지는 연필로 쓰는 게 좋습니다. 플롯의 전개방법을 염두에 두어야 하며, 그 동안 과제로 썼던 글들은 어느 부분에 응용되면 적당한지도 생각해 봅시다.

발단 → 전개 → 절정 → 결말

85	580
170	670
250	750
330	830
420	920
500	1000

매 칸마다 자신이 나누어 적어 넣은 이야기가 이 원칙에 맞는지 살펴봅시다.

그 다음에는 그 칸의 내용은 좀 더 상세하게 쓰는 단계가 됩니다. 예를 들어 첫 번째 칸에 일곱 살 때 겪은 사라호 태풍 이야기가 중심이 된다고 적었다면, 그걸 상세한 일화들로 나누는 것입니다. 사라호 태풍이 오기 전 전날 밤, 태풍 당일의 풍경과 나의 감상, 그때 벌어진 사건은 어떤 것, 무엇이 인상 깊었던가, 등등, 조목조목 늘어놓습니다. 인물과 배경, 사건을 되도록 구체적으로 메모합니다. 그 칸에 실제로 글을 쓰는 것은 아니지만 개요를 적되 되도록 상세한 편이 실제 글을 쓸 때 도움이 됩니다. 그리고 다음 칸, 다음 칸…… 그렇게 열두 칸을 다 채운 뒤 전체를 놓고 살핍니다. 구성의 원칙에 맞는지, 이야기 전체가 내가 말하고자 하는 것을 잘 드러내는지, 균형은 잡혔는지를 연구합니다.

그 외에 독서카드를 이용한 집필 계획표 만들기가 있습니다. 문방구에 가서 독서카드를 한 묶음 사십시오. 그리고 독서카드 한 장당 원고지 50매 혹은 80매 분량의 이야기를 쓴다고 생각하고 카드마다 쓸 이야기의 개요를 적는 것입니다. 한 장당 50매라면 20매의 독서카드가 나오겠지요. 그러면 그것을 첫 번째 방법에 나온 그림처럼 책상 위에 늘어놓고 구성의 원칙에 따라 배분합니다. 이것은 발단 부분에 들어갈 이야기, 이것은 전개 부분에 들어갈 이야기 하는 식으로. 그리고는 이야기의 흐름이 알맞게 배치되었는지 검토합니다. 카드 방식의 좋은 점은 지우고 고칠 필요 없이 카드를 몇 번이고 뒤섞었다가 새로 배치해 볼 수 있어, 주제에 비추어 적합한 구성을 찾아내기 편리하다는 점입니다. 카드를 늘어놓고 에피소드의 순서를 바꿔 놓아 가면서 이야기의 흐름을 상상하는 것입니다. 카드를 다 메웠고, 그 순서를 정하였다면 카드를 한 장씩 책상 앞에 붙여놓고 그에 따라서 글을 쓰기만 하면 됩니다.

저는 글 쓰는 일도 재미있어 하지만 이렇게 카드놀이를 하는 작업도 여간 좋아하지 않습니다. 여러분도 한 번 해보세요.

위의 집필 계획표가 고정불변이 아니라는 점을 명심해야 합니다. 글을 써보면 알겠지만 써나가는 도중에 계획은 몇 번이고 바뀔 수 있습니다. 제가 여러 편의 긴 소설을 써본 경험으로는 책 한 권을 쓰는 데, 통상 다섯 번 내지 여섯 번 정도 집필 계획표를 다시 쓰게 되더군요. 그러니 여러분도 언제나 바뀔 수 있다는 열린 자세를 가지십시오. 새로운 아이디어가 떠오르면 언제든지 덧붙이기도 하고 생략하기도 하는 것입니다.

일정 짜기

이렇게 집필 계획표를 짜고 나면 그 계획표에 따라 책 쓰기의 일정도 정할 수 있습니다. 오늘부터 하루에 30매씩 쓴다고 하면 몇 월 몇 일에 끝나겠구나 하는 식으로. 그렇게 생각해보면 언제 1000매를 다 쓴담? 하는 식의 막막함에 빠지지 않아도 됩니다.

일정을 정하되 제가 하고 싶은 충고는 매일 일정한 시각에 일정한 시간만큼 일하는 습관을 만들라는 것입니다. 저처럼 전업 작가로 하루 종일 글쓰기로 시간을 보낼 수 있는 사람은 많지 않겠지요. 주부라면 아이도 돌봐야 하고, 가사도 처리해야 합니다. 직장인이라면 회사에 나가 근무하고 사람들과 교제도 해야 합니다. 그렇게 하고 남는 자투리 시간에 자서전을 써보리라 작정하고 있을 것입니다.

글쓰기를 잘 하려면 제일 중요한 것이 시간과 장소입니다.

두말할 것도 없이 방해받지 않으면서 차분하게 글을 쓸 수 있는 장소가 있어야 합니다. 방 하나를 형제가 같이 사용하던 시절, 저는 뭔가 글을 쓰려면 언니가 잠이 든 12시 이후를 기다리곤 했습니다. 그렇지만 제 책상은 있었습니다. 여러분도 고정적으로 일하는 장소가 필요합니다. 아이들이 학교에 가고 난 뒤 오전 시간을 이용하려는 주부라면 식탁에서 글을 쓰는 것도 좋은데, 항상 그 식탁이 일하는 장소가 되게끔, 그 앞에 앉으면 저절로 글을 쓰는 장소라는 기분이 들게끔 하는 것이 중요합니다. 그리고 매일 언제 쓰기 시작하고 얼마만큼의 시간 동안 쓸 것인지도 미리 정하도록 합시다. 많은 시간이 아니어도 됩니다. 하루 2시간 정도라도 좋으니 일과에 2시간의 글쓰기를 넣고 매일 실천하는 것입니다. 같은 시각, 같은 장소에 글을 쓰는 것이 좋습니다. 매일 2시간씩만 쓴다면 언제라도 좋다, 시간 날 때 아무 때나 쓰면 된다, 이건 잘못된 계획입니다. 만약 새벽 5시에 일어나 7시까지 글을 쓰겠다고 계획을 세웠다면 무슨 일이 있어도 그 시간만큼은 책상 앞에 앉아 있도록 해야 합니다. 저는 책상 앞에 앉았는데 도무지 글을 쓸 수 없는 기분이면, 흔히는 연필을 깎습니다. 뭘 해도 좋으니 그 시간만큼은 책상 앞에 앉아 있도록 합니다. 또 주말에 시간을 내어 쓰기로 한다든지, 틈틈이 쓴다든지 하는 계획은 좋지 않습니다. 계획이 며칠 간격으로 드문드문 있으면 습관을 들이기가 어렵고, 따라서 잘 지켜지지 않습니다. 그러니 하루 한 시간이라도 좋으니 매일 꼬박꼬박 쓰도록 일정을 짜십시오. 습관이 만들어지면 그 다음부터는 일이 쉬워집니다. 습관은 대략 3,4주 반복하면 만들어진다고 하지요. 그러니 인내심을 갖고 해보세요.

일본이 자랑하는 세계적인 영화감독 구로사와 아키라는 자신이 감독한 영화의 각본을 직접 쓴 것으로도 유명한데 쉴새없이 영화를 만들어야 했던 바쁜 일정 속에서도 각본까지 써냈던 것은 매일 밤 한 시간씩 글을 쓰고 잠드는 것을 원칙으로 정했고, 평생 동안 하루도 빠짐없이 그걸 지켰기 때문이라고 회고했습니다. 한 시간도 쌓이고 보면 결코 적은 시간이 아닙니다. 많은 일을 해낼 수 있습니다.

또 우리나라에서 자기계발서로 널리 알려진 저자 구모 씨는 유명해지기 전엔 직장에서 근무해야 했기 때문에 아침 5시면 일어나 7시까지 글을 쓰고 출근을 하곤 했다고 합니다. 그 정도의 시간 동안 일했어도 그는 수많은 책을 써냈고, 이젠 자기계발 분야에서 유명한 사람이 되었습니다.

아무렇든지 일정을 정하여 막상 글쓰기를 시작해보면 또 다른 장애가 생기곤 한다는 사실에 여러분은 놀랄지도 모릅니다. 그 장애는 전화가 온다든가, 혹은 피곤해 보이니까 푹 쉬어야 한다는 주변의 걱정부터 몸이 괴로운 것, 관계가 소원해졌다고 투덜거리는 주변의 불평까지…… 외적인 것도 있지만 사실 대부분은 자신이 만들어 내는 장애들입니다.

책상 앞에 앉자 가스 불을 안 껐다는 생각이 퍼뜩 떠올라 가만히 앉아 있을 수가 없습니다. 한 줄 간신히 썼는가 했는데, 갑자기 발가락이 간질거려 샤워를 해야 차분해질 것 같은 기분입니다. 고민을 더 깊이 해야 하는데, 집안이 더럽다는 생각이 퍼뜩 떠올라 가만히 책상 앞에 앉아 있을 수가 없습니다. 또 냉장고 속이 궁금합니다. 커피를 마셔야 정신이 나서 더 잘 일할 것 같습니다. 인터넷에 메일이 와 있을지도 모릅니다. 얼른 접속해서 인터넷 뉴스를 조금 훑어보면 어떠랴 싶기도 합니다.

글쓰기가 삶의 가장 큰 보람이자 기쁨이라고 주장하고 있는 프로 작가들까지도 책상 앞에 앉기만 하면 크고 작은 그런 장애들을 만납니다. 제가 아는 원로작가이신 어떤 분은 소설을 써야지 하고 마음먹고 나면 문득 옷장 정리를 하느라 시간 낭비를 하게 된다고 합니다. 저의 경우엔 원고 마감이 다가오면 평소엔 하지 않던 청소를 죽어라 하게 되는데, 그래서 소설을 쓰기 시작한 초기에는 집안이 반짝반짝 빛이 납니다. 물론 글쓰기가 중반에 이르러 순조롭게 진행되고 있을 때는 청소를 안해 집안이 돼지우리같이 변합니다만.

글을 쓰려면 이런 장애들을 이겨내는 수밖에 없습니다. 청소를 해야겠으면 하고, 냉장고 정리를 해야 하면 하고, 샤워를 하고 싶으면 하고 장애가 생기면 생기는 대로 하는 수밖에 없습니다. 그러면서도 머릿속으로는 글을 쓰려고 안달을 하고 있구나 하고 생각하면서 글쓰는 시간만큼은 지키려고 노력합니다. 그런 과정을 지낸 다음에야 비로소 글쓰는 기쁨이 찾아옵니다.

자서전을
어떻게 시작할 것인가?

자서전을 시작하기 위해 집필 계획표 상에서 여러분이 확실하게 알고 있어야 하는 것이 있는데, 첫 번째가 1000매라고 쓰인 칸에 들어갈 내용이고, 두 번째는 250매라고 쓰인 칸에 들어갈 것이고, 그 다음은 830매라고 쓰인 칸에 들어갈 내용입니다. 이 중 가장 중요한 것은 마지막 칸인 1000매라고 쓴 칸의 내용입니다. 다른 것은 몰라도 그럭저럭 시작해 볼 수 있겠지만 마지막을 어떻게 맺을지 모른다면 글은 시작할 수가 없습니다.

글쓰기를 여행에 비유한다면 결말을 안다는 것은 목적지를 안다는 것과 같습니다. 목적지를 모른 채로 여행을 떠난다고 가정해 보십시오. 어디로 가야 할지 비용은 얼마나 들지, 일정이 어떻게 될지 아무것도 모릅니다. 아마도 여행 내내 헤매기만 할 뿐 얻는 것이라곤 없을 것입니다. 그리고 어디에도 도달하지 못할 수도 있습니다. 그러므로 저는 소설반 학생들에게 결말을 어떻게 맺을지 모르는 상태에서는 소설 쓰기를 시작하면 안 된다고 충고합니다. 자서전 쓰기도 마찬가지입니다. 일단 시작만 해놓으면 하느님의 도우심으로 어떤 결말이든 끝이 나겠지, 하는 막연하고 안이한 생각은 버리십시오. 나중에 결말이 어떻게 변하든지, 일단 어떻게 끝을 맺어야 한다는 걸 미리 연구하십시오. 그리고 나서 쓰기를 시작합시다.

결말을 안다고 했을 때, 그럼 자서전 첫머리는 어떻게 시작하면 좋을까요?

첫 번째 자서전 쓰기 반에서는 이 대목에서 혼란이 일어났는데, 제가 첫머리를 써오라는 과제를 내자 그것이 책의 서문을 가리키는 것인지 이야기의 첫머리를 가리키는지 몰랐다고 합니다. 제가 여기서 자서전 첫머리라고 말하는 것은 여러분 자신의 이야기를 시작하는 첫머리입니다. 서문을 겸할 수도 있으나, 엄밀하게 말하면 이야기가 시작되는 첫머리입니다.

책 전체에 대한 대략적인 안내에 속하는 서문은 책을 완성한 다음에 쓰는 것이 관례입니다. 프로 작가들의 경우, 서문은 교정쇄를 받아서 읽어 본 뒤에 쓰기도 합니다. 왜냐하면 그 책을 통독하고 난 뒤 책의 내용을 전체적으로 조망할 수 있을 때, 그 책을 독자들이 어떻게 받아들여 줬으면 좋겠는지 이야기하는 것이니까요.

이야기의 첫머리를 생각합시다. 플롯으로 보자면 발단 부분에 해당됩니다. 책을 펼쳐든 사람에게 호기심을 불러일으켜 끝까지 읽도록 만들어야 합니다.

첫머리를 쓰는 방법은 여러 가지입니다.

소설의 전성기였던 19세기에는 소설의 첫머리에 세밀한 배경묘사가 들어가는 게 보통이었습니다. 발자크나 스탕달, 디킨스 시대의 소설을 읽어 보면 연극의 무대장치를 어떻게 해야 하는지 희곡의 첫머리에서 지시하는 것처럼 시간과 공간에 대한 긴 설명을 첫 부분에 놓는 것이 보통이었습니다. 때로는 주인공이 하숙하게 된 집을 설명하는데, 하숙집이 있는 도시, 그 거리, 골목, 하숙집 외관, 하숙집 거실의 벽지 무늬까지 꼼꼼하게 그리다 보니 열 페이지가 넘는 배경묘사가 나오곤 했습니다. 그래도 독자들이 책을 집어 던지지 않고 읽었던 것을 보면 그 시대 사람들은 그만큼 여유가 있었던 것이겠지요.

보기

(상략)

별장의 사방을 둘러싼 생울타리는 꾸불꾸불한 모양을 하고 있고, 삐져나온 머리칼 같은 가시덤불은 생울타리 밖으로 흩어져 나와 있네. 여기저기서 나무의 새순은 오만하게 자라고 있고, 구렁의 비탈 위에 핀 아름다운 꽃들은 괴어 있는 푸른 물속에 뿌리를 적시고 있네. 이쪽저쪽으로 이 울타리는 숲의 두 기슭에 이르고 있고, 울타리가 그 내부의 구실을 하는 이중의 초원은 개간에 의해 얻어진 것이네.

이 먼지투성이의 텅 빈 별장에서 아주 오래된 느릅나무의 멋진 가로수 길이 시작되고, 양산 모양의 나무 꼭대기는 서로 걸쳐져서 길고 장엄한 요람을 이루고 있네. 초목은 가로수가 있는 길에 무성하고, 이중의 마차바퀴 자국이 가까스로 눈에 띈다네. 느릅나무의 나이, 가로수 사이의 폭, 별장의 매우 오래된 모습, 돌의 갈색 빛깔, 이 모든 것들이 으리으리한 성을 꾸미고 있네.

이 울타리에 다다르기 전에, 우리 프랑스 사람들이 매우 으스대며 산이라고 부르는 이 언덕 꼭대기에서……

(하략)

— 오노레 발자크, 「농민들」

「농민들」이라는 소설의 첫 부분인데 이야기가 전개될 배경인 마을의 풍경, 주인공의 집이 있는 장소, 그 집 겉모습 묘사, 그 집 가족의 역사, 현재 주인의 외모, 의상 묘사…… 이렇게 이어지는 묘사는 무려 15쪽에 이릅니다. 대단하지요? 이런 첫머리는 시간과 장소에 대해 독자들이 미리 충분한 지식을 갖게 한다는 장점이 있습니다. 그러면 그 속에서 전개되는 이야기를 머릿속에 그려보기가 쉽거든요. 하지만 현대의 독자들은 이렇게 긴 배경묘사를 좋아하지 않습니다. 조금만 지루하다 싶어도 곧 독서를 포기해버리는 경향이 있지요. 그렇기 때문에 요즘 씌어진 소설들은 충격적인 사건을 앞에 두거나 바로 액션이나 대화로 들어가는 수가 많습니다.

보기

나는 열두 살 때 물 위를 처음 걸었다. 검은 옷을 입은 남자가 내게 그러는 법을 가르쳐주었는데, 그렇다고 해서 지금 그 재주를 하룻밤 새에 배운 척하려는 것은 아니다. 예후디 사부는 내가 아홉 살이었을 때 세인트루이스의 길거리에서 푼돈을 구걸하고 있던 고아인 나를 찾아냈고, 그 뒤로 3년 동안 꾸준히 가르친 다음에야 내가 사람들 앞에서 묘기를 선보이도록 허락했다. 그것은 홈런왕 베이브 루스와 대서양을 처음 횡단 비행한 찰스 린드버그가 이름을 날렸던 1927년, 전세계에 영원한 밤이 내리기 시작한 바로 그해였다……

(하략)

― 폴 오스터, 「미스터 버티고」

현재 생존해 있는 미국의 작가인 폴 오스터의 소설은 아주 간명하게 이야기의 핵심부터 소설을 시작합니다. 첫 줄을 읽자마자 이 이야기가 물 위를 걸을 줄 아는 재주를 가진 이의 회고담이구나, 하고 짐작할 수 있고, 또 그 짐작은 그리 틀리지 않습니다. 이것은 첫 머리부터 흥미를 불러일으킨다는 장점이 있는데, 문제는 지나치게 단도직입적으로 들어가다 보면 독자의 머릿속에 그림이 선명하게 그려지지 않을 수도 있습니다.

소설의 경우는 이 정도로 해두기로 하고 자서전 쓰기의 첫머리를 이미 발간되어 있는 책의 예를 보면서 이야기하도록 합시다.

보기 1　　**읽기**

1850년경, 알사스 지방의 한 초등학교 선생이 아이들 때문에 짐이 무거워져 하는 수 없이 식료잡화 상인이 되기로 했다. 속인이 되어 버린 이 사람은 한 가지 보상을 원하였다. 사람들의 정신을 양성하는 일을 자기 자신은 포기하게 되었으니, 아들 중 한 사람으로 하여금 사람들의 영혼을 기르는 일을 시켜야하겠다는 것이었다. 즉, 집안에 목사가 한 사람이 있어야겠는데, 맏아들 샤를르가 그 일을 해주었으면 하는 생각이었다. 그러나 샤를르는 그것을 피해 버리고, 어느 서커스단 여자 곡마사의 행방을 찾아 길을 떠나 버리고 말았다. 집안에서는 벽에 걸었던 그의 초상화를 뒤집어 걸고 그의 이름조차 입 밖에 내지 못하게 했다. 그럼 목사는 누가 돼야 하나? 둘째 아들 오귀스트는 재빨리 아버지의 희생을 모방하여 장삿길에 들어섰고, 결국 그렇게 한 것을 흡족하게 여겼다. 그러니 남은 것은 루이였다. 그에게는 그럴 만한 소질이 없었건만 아버지는 그 온순한 아이를 휘어잡아 대번에 목사로 만들어 버렸다. 그 뒤 루이는 지극한 순종심을 발휘하여 자신도 목사 하나를 낳게 되었는데, 그이가 바로 알베르트 슈바이처요, 알베르트 슈바이처의 생애는 사람들이 다 아는 바이다. 그런데 샤를르는 그가 따라나섰던 여자 곡마사를 다시 만나지 못했다. 그는 아버지의 유식한 체하는 거동을 이어받았던 것이다. 즉 그는 일생 동안 고상한 것을 찾는 버릇을 버리지 못했고 조그마한 사건을 갖고 거창한 장면을 꾸며내는데 그의 열성을 기울였다. 그러니 그는 자기 집안의 사명을 기피하려고 생각하진 않았던 게 분명하다.

(중략)

장 바티스트는 바다를 보기 위해 해군 사관학교를 지망했다. 1904년 셀부르에서 해군사관이었던 그는 이미 코친차이나에서 열병에 걸려 가지고 안느 마리 슈바이처를 알게 되어, 그 버림받은 키다리 처녀를 휘어잡고 그녀와 결혼하여 부리나케 어린애를 배게 하고, (즉, 그것이 나다) 죽음 속으로 피신하려 했다.

(하략)

— 장폴 사르트르, 「말」

위의 〈보기 1〉은 약간은 아이러니한 어조로 씌어졌는데, 부모 양쪽 집안의 역사를 객관적인 사실을 서술하듯 담담한 역사가의 입장에서 시간 순서대로 이야기하고 있습니다. 개략적인 부모 양쪽 가문의 역사를 미리 안내함으로써 독자의 이해를 돕는다는 점에서는 좋은 시작이지만 요즘 사람들 취향으로는 지루한 모양입니다. 그러나 약간 삐딱하게 꼬인 어조가 읽을 만합니다. 저는 대학 시절 이후 심심할 때면 이 책을 꺼내 흐뭇한 기분으로 읽곤 합니다. 재미가 있습니다. 아무튼 이렇게 쓰려면 문장에 힘이 넘쳐야겠지요. 지나치게 객관적인 서술로 윤기를 잃으면 곤란하니까 수사법을 적절하게 이용하여 말맛을 내도록 하며 시간 순서대로 차근차근 간단하게 쓰도록 합시다.

아래 〈보기 2〉와 〈보기 3〉은 〈보기 1〉처럼 내 집안 연대기로부터 시작되는 첫머리이기는 하지만 어른들에게 전해들은 가족사가 아닌 자신이 직접 기억해낼 수 있는 첫 번째 기억으로부터 이야기를 시작합니다.

보기 2

내가 태어난 것은 1896년 11월 22일이다. 내가 태어나던 해 부모님은 메데시스 가에 자리 잡고 있던 어떤 아파트의 5층인가 6층인가에 살고 있었다. 그 후 몇 해가 지나서 그곳을 떠났기 때문에 그곳에 대한 기억이 내겐 거의 남아 있지 않다. 그러나 아파트 발코니는 아직도 기억에 새롭다. 발코니에의 기억이라기보다는 발코니에서 내려다본 풍경들이 지금도 눈앞에 펼쳐진 듯 생생하다. 베란다에서 내려다보이던 광장과 연목의 분수가 눈앞에 그려진다.

혹은 좀 더 정확히 말해, 아버지가 색종이를 오려 종이학을 만들어 주면 우리들은 발코니 위에서 그것을 던지곤 하던 그 종이학이 보인다. 종이학은 바람에 실려 광장 위를 날다가 룩상부르 공원에까지 날아갔고, 공원에 있는 높다란 마로니에 나뭇가지에 걸리곤 했다.

　발코니에 대한 기억 위에 내가 기억하는 또 한 가지는 꽤 큰 식탁이다. 식탁은 나직이 늘어진 양탄자에 덮여 있었다.

　(하략)

— 앙드레 지드, 「한 알의 밀이 썩지 않으면」

　지드는 노벨상을 받은 프랑스의 소설가로 「좁은 문」, 「전원교향악」 같은 소설로 유명합니다. 아래 구로사와 아키라는 일본으로서는 최초로 〈라쇼몽〉이라는 영화로 칸 영화제에서 그랑프리를 수상하여 화제가 된 인물입니다. 그 후 그의 영화세계는 전 세계 영화 감독들에게 많은 영향을 끼쳤고, 10여 년 전 사망한 것으로 알고 있습니다. 그의 자서전은 일본 영화의 초창기 발달사를 알 수 있는 좋은 자료이기도 합니다.

보기 3　　이상한 아기

　나는 벌거벗은 채 빨래통 속에 들어가 있었다. 주위는 어두침침했는데, 나는 뜨거운 물 속에 몸을 담그고 통 가장자리에 매달려 몸을 흔들어댔다. 경사진 두 개의 널빤지 사이에 놓여 있던 빨래통 밑바닥은 삐걱삐걱 흔들렸고, 통 속의 물은 찰랑찰랑 작은 소리를 내고 있었다. 이렇게 하는 것이 아주 재미있었던지 나는 온 힘을 다 내어 통을 흔들어댔다. 그러다가 갑자기 통이 뒤집혀졌다. 그 순간의 충격과 불안감. 나의 맨살이 물기로 미끄러운 바닥 위로 떨어질 때의 느낌. 그리고 머리 위로 따갑도록 눈부신 어떤 물체가 보였던 기억을 나는 아주 생생하게 간직하고 있다.

의식을 가질 나이가 되면서부터 나는 이 사건을 가끔씩 기억해 내곤 하였다. 하지만 사소한 일인 것 같아 어른이 될 때까지 이 사건에 대해 말을 꺼낸 적은 없다. 그러다가 스무 살이 지났을 때 어떤 이유에선가 그런 느낌들을 기억한다고 어머니에게 말한 적이 있다. 어머니는 놀란 표정으로 나를 응시하더니, 우리 가족이 아버지 고향인 아키타 지방에 할아버지 제사를 지내러 갔다가 일어난 일인 것 같다고 말씀하셨다. 그때 나는 한 살이었다.

그 집은 아버지가 태어나셨던 집인데……

(하략)

— 구로사와 아키라, 「감독의 길」

위의 보기들처럼 시간 순서대로 써나가는 연대기 형식으로 쓰되, 그 앞에 자서전을 쓰게 된 이유를 먼저 밝히는 것으로 하나의 장을 할애한 뒤 연대기 순으로 써나가는 방법이 있습니다. 아래 〈보기 4〉는 어머니가 치매에 걸린 뒤에야 과거를 기억해 두는 일이 소중하다는 사실을 깨닫고 자서전을 쓰게 되었다는 사실을 밝히면서 자서전을 시작합니다.

보기 4   1장

여든의 연세로 어머니의 적적함은 끝이 났다. 그 해 가을 이후로 어머니의 정신은 시간을 자유로이 넘나드는 여행을 시작하게 되었다. 어머니는 어떤 날엔 반세기 전에 있었던 결혼식과 장례식

엘 다녀오셨고, 어떤 날은 이젠 백발이 다 되어 버린 그 옛날의 아이들을 위해 일요일 오후 내내 준비한 저녁 식탁에 자리를 잡고 앉으시기도 했다. 이 모든 일이 벌어지는 동안에도 어머니는 여전히 병석에 누워 계셨다. 어머니께서 맘대로 오가시던 시간은 물리학의 법칙과는 아무 상관이 없었다.

"러셀 어딨냐?"

언젠가 내가 요양원으로 문병을 갔던 날 어머니께서 물으셨다.

"저 여기 있어요."

내가 대답했다. 어머니는 먼 미래에서 폭삭 늙어 버린 모습으로 나타난 나를 한참이나 물끄러미 쳐다보시더니 고개를 가로저으셨다.

"러셀은 겨우 요만한 걸."

어머니는 손바닥을 아래로 향하며 고작 바닥에서 60센티미터의 높이에 손을 뻗으셨다. 그날 어머니는 시골 아낙이 되어 있었다.

(중략)

(그런) 어머니의 병상 곁을 맴돌면서 당신의 어린 시절로부터 들려오는 약한 신호음에 귀를 기울이며 난 그와 똑같은 말싸움(나와 아들 사이의 말싸움)이 어머니와 나 사이에도 있었음을 깨달았다. 어머니께서 젊었던 시절, 인생이 아직 당신 앞에 놓여 있을 때 나는 그 분의 미래였고 난 그 점이 못마땅했다. 나는 거의 본능적으로 나의 존재가 어머니의 시간에 한정되는 것을 깨부수고 거기에서 빠져나오고 싶었다. 그 분에게 미래였던 시간들을 모두 과거로 치워 없애고 내 스스로의 시간을 창조하고 싶었다. 글쎄, 난 결국 그렇게 하긴 했다. 그러고 나서 나는 내 약동하던 미래가 내 아

이들에게 따분한 과거가 되고 마는 것을 줄곧 지켜보아 왔다.

어머니를 따라 희망 없는 과거 여행을 계속하며 나는 내 과거를 그토록 쉽게 내버린 것이 얼마나 잘못된 일이었는가를 깨달았다. 우리 모두는 과거에서 왔다. 아이들은 자신들을 생겨나게 한 그 과거에 대해 알아야 한다. 아이들은 인생이 아주 오래 전에 사라져 버린 시간으로부터 현재까지 뻗어 있는, 사람들로 엮어진 새끼줄과도 같다는 실을 알아야 하며, 인생이란 결코 기저귀에서 수의(壽衣)를 입기까지의 한 뼘만큼의 여정으로는 한정될 수 없다는 것을 알아야만 한다.

난 언젠가 내 아이들도 그걸 이해하게 되리라 생각했다. 언젠가 내가 얘기를 들려줄 수 없을 때가 오면 그제서야 아이들은 내 어머니의 어릴 적 그리고 내 어릴 적의 세상에 대해, 그리고 어머니와 나, 두 골동품이 함께 지나온 낯선 시간들에 대해 알고 싶어질 거라고 생각했다. 나는 제트기와 고속도로, 수소폭탄과 텔레비전의 지구촌이 없었던 시절에 대해 얘기해 주어야겠다고 생각했다. 어머니의 얘기라면, 아무래도 늘 남자라는 족속을 낮게 만들어 보려던 그 분의 열정에서부터 시작하는 게 좋겠다. 어머니의 그 열정이 내겐 '출세'를 강조하는 형태를 취했었다.

아아, 나는 그 단어를 얼마나 끔찍이도 싫어했던지······

— 러셀 베이커, 「성장」

이렇게 해서 1장이 끝나면 2장에선 어린 시절 어머니가 나에게 출세에 필요한 적극성을 길러 주려고 애쓰던 에피소드로부터 이야기가 시작됩니다.

이와 달리 내 인생에서 가장 잊을 수 없는 일을 이야기하는 것으로 시작해도 좋습니다. 이런 시작은 독자에게 친밀감을 느끼게 하고 강한 인상을 줍니다.

보기 5 **들어가는 글**

웨스터민스터 다리가 개통되기 전의 케닝턴 도로는 단지 승마로로 작은 도로에 지나지 않았다. 1750년 이후, 그 다리에서 브라이튼까지 곧바로 연결되는 새 길이 트였다. 내가 대부분의 유년기를 보냈던 케닝턴 도로에는 그 결과 쇠로 된 격자 발코니가 달린 새로운 건축물들이 들어서게 되었고, 그곳 주민들은 브라이튼까지 마차를 타고 다니는 조지 4세(당시의 영국 왕)를 종종 볼 수 있게 되었다.

(중략)

내가 열두 살 때, 탱거드 밖에서 나는 그 유명한 사람들이 마차에서 내려 술집으로 들어가는 모습을 지켜보며 서 있곤 했다. 일요일이면 보드빌 배우들은 점심 시간에 맞춰 집에 돌아가기 전 마지막 회합을 그곳에서 여는 게 보통이었다. 그들 모습은 얼마나 매혹적이었는지…… 나는 그런 모습에 넋이 빠져 바라보길 즐겼다. 그들 중 몇몇은 괴상한 자세로 으쓱대곤 했는데, 그게 무척 신기하게 보였다.

그들이 떠나고 나면, 꼭 태양이 구름 속에 사라진 것 같았다. 나는 케닝턴로의 외곽지대로 줄지어 선 낡고 버려진 집들을 향해 텅 빈 가슴을 안고 돌아오곤 했다. 포널 3번지의 테라스로 해서 꾸불꾸불한 층계를 오르게 되면 그 꼭대기에 우리의 작은 골방이 있었다. 방안 공기는 부패해가는 물과 다 낡은 옷들로 더럽기가 일쑤였다. 이 날은 일요일이었는데, 어머니는 창가에 앉아 밖을 보고 있었다.

(중략)

그런데 그때 내가 방으로 들어가자 어머니는 돌아서며 책망하듯 나를 바라보았다. 그 모습을 보는 순간 나는 심한 충격을 받았다. 어머니는 너무 여위어 있었고, 눈동자는 괴로운 고통으로 가득해 보였다. 표현할 길 없는 슬픔이 내게 복받쳐 올라왔으며, 어머니와 함께 집에 있지 않았다는 자책감과, 이 모든 참혹함으로부터 도망치고 싶다는 갈등 사이에서 내 가슴은 터지는 것이었다. 어머니는 나를 차갑게 바라보았다.

"왜 매카시 집으로 가지 않는 거니?" 어머니가 말했다. 나는 울음이 터질 듯했다. "그야 엄마 곁에 있고 싶어서……." 어머니는 돌아서서 멍하니 창밖을 내다봤다. "매카시 집으로 가거라. 그리고 거기서 저녁을 먹어…… 여긴 아무것도 너에게 줄 것이 없구나."

나는 어머니의 말투에서 나무라는 뜻을 알아챘지만 왠지 내 마음은 그 때문에 뒤틀려 있었다. "엄마가 원하시면 가겠어요." 나는 맥없이 얘기했다.

창백하게 웃으며 어머닌 내 머리를 토닥거렸다. "그래, 그래. 가거라." 그러고 나서 내가 어머니와 같이 있도록 해달라고 빌었는데도 상관없이 어머니는 나가라고 고집했다. 그래서 나는 죄인의 심정으로 집을 나왔다. 어머니를 그 비참한 꼭대기 골방에 외롭게 남겨둔 채……. 불과 며칠 후 어머니에게 닥치는 끔찍한 운명을 생각지 못한 채…….

— 찰리 채플린, 「자서전」

채플린의 이 글은 자서전의 첫 부분인데, 굶주림에 시달리다 못해 어머니가 영양실조로 정신이상이 되는 장면이어서 채플린처럼 엄청난 성공과 부를 가진 사람에게 이런 어두운 과거가 있었다니! 하는 놀라움과 호기심으로 그 다음을 궁금하게 만듭니다.

또 독일의 수상 빌리 브란트의 아내였던 루트 브란트의 회상록은 그녀가 나치 독일을 피해 스웨덴으로 피신했던 일을 가장 잊을 수 없는 일로 꼽아 그것을 첫머리로 쓰고 있습니다.

보기 6   **스웨덴이 어디지요?**

내가 이곳 쇠리의 농가로 왔던 것이 이미 한 생을 넘긴 아득한 일만 같다. 이곳은 자연이 노르웨이와 스웨덴 사이의 경계를 이루는 높은 산악지대이다. 이곳에 서서 나는 푸른 초원과 우리가 밤을 지낸 작은 오두막을 다시 떠올린다. 그 오두막에서 우리는 농가로 올라왔다. 그토록 긴 세월이 흘렀는데도 모든 것이 기억에 새롭다. 젖은 옷이 몸에 닿는 것 같고 농부의 아내가 내놓은 끈적끈적하고 새큼한 우유의 맛이 입안에 남아 있는 듯하다. 나는 둥근 산정을 둘러보았다. 지금, 산들은 친근하게 푸른빛을 띠면서 그러나 여전히 다가서기 어려운 당당함을 지닌 채 저녁 햇살을 받고 있다. 그 산들은 언제나 아름다웠다…… 겨울이면 내내 눈이 쌓였고, 가을이면 온갖 빛깔의 찬란한 융단으로 뒤덮여, 오로지 높은 꼭대기만 벌거벗은 회색을 드러냈다. 거기에는 이끼조차 한 번도 끼지 않았다. 지금이야 산들의 장엄함을 있는 그대로 볼 수 있지만, 그러나 거의 50년 전 그때, 나는 저 산자락 어디에선가, 하느님 어서 내려와 우리를 도와주세요! 라고 기도 드리고 있었다. 스웨덴이 어디지요?

　(하략)

― 루트 브란트, 「친구의 나라」

　유명한 재즈 음악가인 마일스 데이비스의 자서전 첫머리는 어떨
까요? 처음으로 재즈라는 걸 온몸으로 느꼈던 순간을 첫머리에 내
세우고 있습니다. 그가 구술하고 퀸시 투르프가 받아 적는 형식으
로 씌어진 자서전이어서 여기서는 미국 흑인 음악가들의 말투가 생
생히 살아 있습니다. 아주 재미있습니다.

보기 7　　서장

　들어봐라, 여지껏 내가 세상에 태어나―옷 입은 상태에서―경
험한 가장 멋진 느낌은 세인트루이스의 미주리에서 디즈와 버드
(디지 길레스피와 찰리 파커의 별칭)가 왔을 때 그들의 연주를 들은
것이다. 때는 1944년으로 거슬러 올라간다. 나는 열여덟 살이었고
막 링컨 고등학교를 졸업한 후였다. 미주리는 일리노이 주 세인트
루이스 동부 미시시피 강 바로 건너편이다.
　디즈와 버드가 B밴드에서 연주를 하는데, "어럽쇼? 이게 뭐
지?" 하는 말이 입에서 절로 터져 나왔다. 나 원, 그 연주들이 어
찌나 대단했던지 무서울 지경이었다. B, 그러니까 빌리 엑스타인
은 그렇다 치고, 디지 길레스피, 찰리 '야드버드' 파커, 버디 앤더
슨, 진 아몬스, 럭키 톰슨, 아트 블레키가 한 밴드에서 연주하다니
말 다했지. 정말 대단한 씨팔놈들이었다. 그 놈들 하는 연주가 내
몸 속에 확 타올랐다. 음악이 말이다. 내가 듣고 싶은 것은 그런 음

악이었다. 뭔가 대단한 것이었다. 또한 나도 무대에 올라가서 그들과 연주하기까지 했으니.

　(하략)

— 마일스 데이비스와 퀸시 투르프, 「마일스」

아래 〈보기 8〉은 자신의 삶에서 절정이라고 부를 순간을 묘사하는 것으로 자서전을 시작하고 있습니다. 크리스틴 최는 현재 한창 전성기를 구가하고 있는 한국계 다큐멘터리 감독인데, 그녀는 〈누가 빈센트 친을 죽였는가〉라는 필름으로 아카데미 상을 수상하여 세계적으로 인정을 받게 된 순간을 현재형으로 묘사하여 생생히 전달하고 있습니다.

보기 8　　**프롤로그 직설법으로 말하기**

1990년 4월 할리우드, 아카데미 시상식이 거행되는 날 저녁이다. 할리우드가 그 도시만의 현란함과 매력을 온 세상에 과시하고 있다.

조디 포스터가 어깨끈 없이 몸에 딱 달라붙는 검정 드레스 차림으로 나타난다. 그녀는 밤새도록 젖꼭지를 내놓고 웃으며 돌아다닌다.

나는 수상 후보자로 객석에 앉아 있다. 이게 꿈인가? 아니다. 이건 생시다. 내가 만든 영화 〈누가 빈센트 친을 죽였는가〉가 베스트 다큐멘터리 부문 후보 작품으로 선정된 것이다.

그 소식을 듣고 나는 내가 아는 모든 사람들에게 전화를 했다. 워낙 다혈질인지라 감격과 흥분으로 거의 정신이 나간 상태였다.

식장에 무슨 옷을 입고 갈까, 어떤 차를 빌릴까 하는 생각으로 며칠을 들떠서 지냈다.

여러 가지 점에서 아카데미상은 미국 문화의 빛나는 거울이다. 대공황과 전쟁 그리고 군비 경쟁으로 점철된 세월을 지나오면서 '오스카'라는 이름을 가진 이 금도금의 작은 청동입상은 미국뿐만 아니라 전 세계에 번영의 상징으로 인식되었다.

(하략)

— 크리스틴 최, 「내 영화의 진실, 내 사랑의 자유」

아래 〈보기 9〉는 우리나라에서 수백만의 독자가 읽고 감동했던 김영희 씨의 자전적인 이야기의 시작 부분입니다. 여기서도 독일 남자의 아이를 임신하여 앞으로는 독일 사람으로 살 수밖에 다른 여지가 없다고 느꼈던 결정적인 순간을 첫머리로 내세우고 있습니다.

보기 9   **뮌헨의 노란 민들레**

노란 민들레가 뮌헨 근교에 한없이 쏟아져 깔리고 있었다.

키니네 봉지를 쏟아 급히 주워 담으며 느끼던 노란 현기증의 어린 시절, 그 어지럼증이 나른한 봄날 속에 핑그르르 맴돌고 있었다.

지천에 핀 민들레 때문일까?

저쪽 끝에는 드물게 보는 푸른 하늘에 나풀나풀 까만 머리칼을 날리며 한국의 어린아이들이 놀고 있었다. 토마스는 내 이마를 만

저주며 외로운가 물었다. 그럴까? 그 외로움이 봄날의 내 생각과 풍경을 뒤범벅시키고 있는 걸까?

  뮌헨에 정착한 뒤로 바늘로 찌르는 듯한 심한 외로움을 느꼈는데 그것은 심하게 줄다리기를 하며 내 생활에 자주 침투하곤 했다.

  그날도 그랬다.

  아이들이 꽤 익숙한 독일말로 "토마스! 토마스! 날 잡아봐!" 외치며 뒤따라오고 있었다.

  내 체구를 감당하지 못할 만큼의 흔들림을 느끼며 잔디에 주저앉자 "윽" 하고 구역질이 났다. 끝없이 맹물을 뱃속으로부터 토해냈다.

  "임신이구나!"

  나는 낮게 외치며 잔디에 드러누워 버렸다. 말간 하늘에 구름이 새털처럼 흩어지고 뽀오얀 구름들은 내 눈가에 흐른 눈물을 닦아주고 있었다. 또 하나의 우주를 당돌하게 품게 된 것이다. 토마스의 아이를!

  (중략)

  나는 이제 독일아이의 어머니가 된 것이다……. 진짜로 나는 독일 여편네로 이 땅에서 살아야만 했다.

  (하략)

  여러 개의 보기를 살펴본 것처럼 첫머리는 어떻게 시작하든 상관없습니다. 시간 순서대로 썼으니까 읽는 이가 흥미가 덜할 것이라든지, 중요한 사건을 앞에 내세워야만 읽을 맛이 날 것이라든지 하는 건 사실 글쓰기에서 그리 중요한 문제가 아닙니다. 중요한 것은 여러분의 마음을 적절하게 표현할 수 있는 형식이어야 한다는 것입니다. 무엇보다 자서전이니까요.

어떤 형식이든 장단점이 있습니다. 가장 소박한 형태를 취해서 쓴다고 하더라도 미리 염려할 필요가 없습니다. 담담하게 시간 순서대로, 흔히 연대기 스타일이라고 부르죠. 쓴 글이 의외로 깊은 감동을 주기도 하니까요. 또 다 쓴 다음에 출판사의 편집자와 더불어 글의 어느 부분을 앞에 놓자든가 하고 의논하여 형식에 변형을 가하는 것이 가능합니다. 그러니 지금은 그런 걱정은 뒤로 미루고 내가 이야기를 시작하기에 가장 편하고 좋은 형식을 찾아봅시다. 드라마틱한 성격을 가진 사람이라면 중요 사건을 먼저 이야기하고 왜 그런지 이유를 찾아가는 편이 쓰기 쉬울 것이고, 담백한 사람이라면 시간 순서로 기억하는 편이 나을지도 모릅니다. 자신에게 알맞은 방식을 찾으세요.

그럼 이제 이 책을 덮고 여러분에게 적합한 첫머리를 생각하여 그로부터 여러분의 인생을 글로 쓰기 시작합시다.